JEN BESSER
SHANA FESTE

DAS ERWACHEN

Roman

Aus dem Englischen
von Sabine Längsfeld

ROWOHLT POLARIS

Die englische Originalausgabe erschien 2024
unter dem Titel «Dirty Diana» bei Dial Press, New York.

Deutsche Erstausgabe
Veröffentlicht im Rowohlt Taschenbuch Verlag,
Hamburg, November 2024
Copyright © 2024 by Rowohlt Verlag GmbH, Hamburg
«Dirty Diana» Copyright © 2024 by Jen Besser and Shana Feste
Redaktion Susann Rehlein
Das Zitat von Elizabeth Bishop auf Seite 155
stammt aus: Gedichte. Zweisprachig. Herausgegeben,
übersetzt und mit einem Nachwort von Steffen Popp,
Carl Hanser Verlag, München 2018.
Die Nutzung unserer Werke für Text- und Data-Mining im
Sinne von § 44b UrhG behalten wir uns explizit vor.
Covergestaltung FAVORITBUERO, München,
nach dem Original von Penguin Random House LLC, US
Coverabbildung Rocío Montoya, Design Donna Cheng
Satz aus der Albertina bei Pinkuin Satz und Datentechnik, Berlin
Druck und Bindung CPI books GmbH, Leck
ISBN 978-3-499-00742-2

Für Brian und Ben

The armored cars of dreams,
contrived to let us do
so many a dangerous thing.

ELIZABETH BISHOP,
«Sleeping Standing Up»

Prolog

Draußen vor dem Zelt herrscht tiefe Nacht, schwarz und sternenklar. Drinnen bin ich, schließe die Augen und versuche zu schlafen. Aber der Boden unter meinem Rücken ist eiskalt und hart. Ich spanne den Kiefer an, um nicht mit den Zähnen zu klappern.

In deinem Schlafsack ist es *garantiert* warm.

Ich drehe mich auf die Seite, um dich anzusehen. Es ist Neumond, nur die Sterne spenden Licht. Sie tauchen dich in sanftes Silber – deine Haut wirkt weich, außer da, wo Stoppeln von drei Tagen Wüste sind. Du hast die Augen geschlossen und das Gesicht nach oben gerichtet, hin zu dem Moskitonetz im Zelthimmel, und auf deinen vollen, sinnlichen Lippen liegt ein entspanntes Lächeln. Du frierst bestimmt nicht, deine Arme stecken nicht im Schlafsack, sondern ruhen neben dir. Dein nackter, muskulöser Brustkorb hebt und senkt sich regelmäßig.

Wir hatten seit Stunden keinen Sex, und mir kommt es vor wie Jahre.

Ich dachte, ich wäre auf die heißen Tage und die kalten Nächte in der Wüste vorbereitet – zumindest hatte ich zugehört und genickt, als du mich vorwarntest. Jetzt weiß ich, dass das was anderes ist, als vorbereitet zu sein. Ich hatte das Wetter auf die gleiche Weise unterschätzt, wie wir beide heute die schroffen Berge unterschätzt haben, die uns umgeben. «Sieht gar nicht so steil aus», haben wir gesagt. «Komm, wir wandern zum Gipfel.» Du bist vorangekraxelt, als würde die Hitze dir nichts ausmachen, und wäre ich nicht bei dir gewesen, wärst du noch viel schneller vorangekommen.

Kurz vor dem Gipfel passierten wir einen Höhleneingang. Ich überlegte laut, was da wohl drin hausen mochte. «Vielleicht ein Luchs», sagtest du achselzuckend. Also zuckte ich ebenfalls die Achseln, sagte «Cool!» und sah zu, dass ich da wegkam.

Ich krieche noch tiefer in meinen Schlafsack und wünsche mir eine zusätzliche Schicht Kleidung. In deinem Schlafsack ist es *garantiert* anders. Ich stelle mir vor, wie ich zu dir reinkrabble. Doch ich weiß nicht, ob du geweckt werden willst. Unsere Beziehung ist so frisch, dass jede Entscheidung Gewicht hat – dich nachts zu wecken, könntest du als Anzeichen dafür nehmen, dass ich kein Gespür für Grenzen habe, wo doch gelegentlicher Abstand wichtig ist, um die Intensität der körperlichen Nähe zwischen uns auszubalancieren. Diese Anfangsphase ist alles gleichzeitig: berauschend, heikel und extrem verunsichernd.

Seit drei Tagen herrscht knisternde Spannung zwischen uns, wir lassen uns beide von der kleinsten Kleinigkeit anstacheln – ein langsamer Zug am Joint, ein von meiner Schulter gleitender BH-Träger. Wir sehen beide ständig von der Arbeit auf und erwischen uns gegenseitig beim Schauen.

Ich ziehe die Hände in die langen Ärmel meines Shirts, um sie zu wärmen, und schaue durch das Netzdach zu den Sternen hoch. Ich denke an den steilen, steinigen Weg zum Gipfel, an den Höhleneingang. Und an den Luchs.

Meine Wollmütze fällt mir ein, die ich aus Nachlässigkeit am Lagerfeuer habe liegen lassen. Plötzlich ist die Mütze die Lösung gegen meine Schlaflosigkeit. Sie wird mich wärmen. Ich muss meine Mütze holen.

Leise, leise, um dich nicht zu wecken, schlüpfe ich aus dem

Schlafsack, öffne den Reißverschluss und schleiche mich hinaus in die Nacht.

Die Luft ist schneidend kalt. Irgendwo in der Nähe schreit eine Eule. Ich höre ihren wachsamen Ruf, als ich nach der Wollmütze greife, die neben den glimmenden Überresten des Feuers liegt. Die Bäume am Rand unseres Lagerplatzes schimmern bläulich. Irgendein Echsentier huscht direkt vor meinen Füßen entlang. Ich schrecke so heftig zusammen, dass ich über mich selbst lachen muss.

Ich hole tief Luft, strecke die Hände aus und lasse mich von den letzten rot glimmenden Glutresten beruhigen und wärmen. Als meine Schultern sich wieder entspannen, atme ich die Stille ein.

«Diana!» Beim Klang deiner Stimme schrecke ich zusammen. Du packst mich an den Schultern und ziehst mich neben dich. Der Strahl deiner Taschenlampe leuchtet in die Bäume, tanzt zitternd übers Laub und landet auf zwei Augen – glänzend und hell und direkt auf uns gerichtet. «Geh wieder ins Zelt.»

Ich keuche erschrocken auf und gehe mit zitternden Knien langsam rückwärts. Das Tier beobachtet uns.

Von innen leuchten wir durch das Zeltfenster nach draußen, bis der lange, katzenhafte Körper davonschleicht, zurück in Richtung der Berge.

«Meinst du, das Tier kommt noch mal wieder?»

«Alles gut», sagst du, aber dein Herz pocht genauso heftig wie meins. Wir mustern einander – unsere Augen groß und erschrocken, unsere Körper starr. Mein Lachen durchbricht die Anspannung, dann lachst auch du los.

«Ich hätte mir fast in die Hose gemacht», sagst du.

«Ich auch.»

Das Zelt ist winzig, trotzdem sind wir plötzlich viel zu weit voneinander entfernt. Dein Blick gleitet von meinen Augen auf meinen Mund. Ich betrachte deine Kehle, die kräftigen Muskeln deiner Arme, dein Gesicht.

Als unsere Lippen aufeinandertreffen, merke ich, dass ich zittere. Dein warmer Mund schmeckt salzig, wir küssen uns, bis wir beide in der Hitze glühen, die von meinem Körper ausgeht. Ich ziehe das Shirt aus. Du lehnst dich zurück, damit du die Rundungen meiner Brüste betrachten kannst, weich und willig im schwachen Licht.

Du öffnest den Reißverschluss deines Schlafsacks und breitest ihn zur Decke aus. Wir legen uns nebeneinander auf den Rücken, beide von der Taille aufwärts nackt. Nur unsere Hände berühren sich ganz zart. Wir versuchen, die Ekstase des Augenblicks zu bremsen.

«Ich will morgen nicht zurück in die Stadt», sage ich. *Wenn wir zurückfahren*, denke ich, *gehen wir uns verloren.*

Ich schaue in den Nachthimmel, aber du bist interessanter. Als ich mich zu dir drehe, um dich anzusehen, hast du dich mir schon zugewandt. Wir liegen beide auf der Seite, und du ziehst mich an dich. Deine Haut ist warm, als hättest du bis eben in der Sonne gelegen.

Ich ziehe dir die Hose über die Hüften und streife mit meinem nackten Bauch an deinem Penis entlang, spüre, wie er hart wird.

Ich nehme ihn in die Hand, und du stöhnst auf. «Wo bin ich?», fragst du.

Ich lächle und verstärke den Druck.

«Und was machen wir?»

Ich lache. «Mit unserem Leben oder jetzt gerade?»

Du küsst mich, beißt zart in meine Unterlippe. «Beides.»

«Wir campen.» Dann füge ich hinzu: «Wir sind hier draußen und haben Sex. Jede Menge.»

«Mhm, stimmt», murmelst du und küsst mich weiter.

«Und vielleicht verstecken wir uns vor der Welt.» Ich schlinge ein Bein um dich, dann den ganzen Körper. «Aber vielleicht sucht uns auch niemand.» Vielleicht gibt es niemanden außer der Eule, die draußen über uns wacht.

Deine Hände wandern über meinen Rücken und gleiten in meine Hose. «Die muss weg», sagst du.

Ich hebe lächelnd das Becken an, damit du sie mir ausziehen kannst. «Und das hier definitiv auch», sagst du, und wir schieben mein Höschen hinunter. Dann sind wir beide nackt.

«Frierst du noch?»

Zur Antwort öffne ich die Beine, ganz leicht nur, und reibe den wärmsten und weichsten Teil von mir an deiner Erektion.

Du legst lustvoll den Kopf in den Nacken und packst mich an den Hüften. «Ich find's gut, mich mit dir vor der Welt zu verstecken.»

«Ich auch.» Ich küsse die Bartstoppeln auf deiner Wange. Du ziehst mich fest an dich, und dein kehliges Stöhnen erfüllt das Zelt. Wir verlieben uns gerade ineinander, denke ich, spreche es aber nicht aus.

Ich umschlinge mit meinen Beinen deine Oberschenkel und gleite mit meiner Vulva an deinem Penis entlang. Ich muss dich in mir haben. Ich rutsche noch ein Stückchen hoch und schiebe das Becken vor, nehme deine Eichel in mich auf. «Warte.» Du hältst mich an den Hüften zurück. «Ich will dich anfassen.»

Du nimmst etwas Gewicht von mir, deine Unterarme stemmen sich neben uns auf die Decke. Ich spreize die Beine noch weiter. Aber du schüttelst den Kopf. «Beweg dich nicht.» Du hebst meine Handgelenke über meinen Kopf und hältst sie da fest. Eine Hitzewelle rollt durch mich hindurch, und ich zappele unter dir, will endlich deine Erektion in mir haben. Wieder schüttelst du den Kopf. «Nicht bewegen», raunst du.

Du lässt meine Handgelenke los, streichelst meine Seiten entlang nach unten. Ich lasse die Hände über meinem Kopf und schließe die Augen. Seltsam entrückt schweben wir gemeinsam in fiebriger Dunkelheit, und das Einzige, worauf ich mich noch fokussiere, sind deine Anweisungen, die mich in die Untiefen unserer Lust führen.

Du küsst die kleine Kuhle unter meiner Kehle, nimmst meine Brüste in die Hände und küsst meine Nippel. Sie sind hart zwischen deinen Lippen. Du lässt zwei Finger in mich hineingleiten, und ich weiß, dass du spürst, wie bereit ich bin. Ich kann nicht anders und packe dein Handgelenk, halte es an meiner Öffnung fest. «Bitte», flüstere ich. «Ich will dich ficken.» Aber du reagierst gar nicht, bewegst ungerührt deine Finger in unerträglich langsamen Kreisen.

«Ich will dich in mir», flehe ich.

«Vertrau mir.»

Die Gier in deiner Stimme lässt mich schier überfließen. Noch nie hat es so lange gedauert, noch nie hat jemand versucht, mit der Geografie meines Körpers so vertraut zu werden wie du.

Je stärker das Fließen und Tosen in mir wird, desto größer wird der Drang, mich unter dir wegzuschlängeln. Ich bekämpfe das Bedürfnis, deine Hand wegzuziehen, und in mir erwacht etwas Neues zum Leben, ein winziges Molekül vorerst nur. Wird es sich wieder auflösen oder wachsen?, frage ich mich.

Es flutscht mir weg, und ich nutze den Moment, um zu Atem zu kommen.

«Bleib da», flüsterst du mir ins Ohr.

Ich wölbe den Rücken und presse mich an dich. Deine

kratzigen Bartstoppeln hinterlassen ein brennendes Stechen auf meiner Wange. Das Molekül taucht wieder auf und vervielfacht sich. Ohne irgendwelches Zutun von mir öffnet sich mein Mund, und ich fange an zu keuchen.

«Vertrau mir», raunst du. «Du bist so nah dran.»

Mein Becken bewegt sich im Einklang mit deiner Hand, bedrängt dich, den Druck zu verstärken, länger in mir zu bleiben, nicht aufzuhören, bis ich unter dir zerschmelze.

«Du bist so nah dran», wiederholst du, als würdest du meinen Körper besser kennen als ich.

Ich bewege mich unter dir, bis ich kurz davor bin, in tausend Stücke zu zerspringen. «Ich komme!» Es laut auszusprechen, gibt meinem Körper die Erlaubnis. Ich lasse den Kopf zurückfallen. Schreie meine Lust hinaus in den Wüstenhimmel.

Du lächelst, küsst mich gierig, und ich weiß, dass wir noch nicht fertig sind.

Mein Körper bebt. «Was war das?», frage ich dich.

Du lächelst nur, und zwischen zwei Küssen fragst du: «Darf ich dich ficken?»

Mein Körper gehört dir. Du kannst damit machen, was du willst. Ich nicke, lege mich auf dem warmen Schlafsack bereit und spreize die Beine für dich. Meine Oberschenkel zittern immer noch. Du dringst schnell in mich ein, und ich spanne mich um dich herum an, mache mich eng, wie um dich anzuflehen, für immer bei mir zu bleiben. *Verlass mich nicht.*

Du nimmst meine Hände, unsere Finger verschränken sich, ich spüre den harten Boden unter uns.

«Gott, du fühlst dich so gut an», flüsterst du.

Ich schiebe mich auf dich, meine Beine um deine Hüften geschlungen. Du setzt dich zusammen mit mir auf. Deine Hände liegen auf meinem unteren Rücken. Du nimmst meine rechte Brust in den Mund, beißt mir in den Nippel und saugst wie zur Entschuldigung daran. Ich schwinge das Becken vor und zurück, und du drängst dich tiefer in mich hinein. Wir bewegen uns im Gleichtakt, schneller und schneller.

Ich lehne mich zurück und spüre plötzlich ein seltsames Kitzeln am Hals. Ich wische mit der Hand darüber, setze mich auf und konzentriere mich ganz auf uns, auf unsere zwei Körper, auf deine Haut an meiner, auf die Gefühle, die damit verbunden sind, dich zu ficken.

Jetzt kitzelt mich etwas im Gesicht. Ich fege es mit den Fingerspitzen weg, presse mich an dich, aber der Druck ist verschwunden. Ich spüre den Boden unter mir – dabei bin ich doch aufrecht, oben bei dir. Ich sollte dich spüren, nicht den Boden. Dann ist der seltsame, widerliche Windhauch wieder da und reißt mich von dir weg.

Ich schaue dich an, aber du wendest dich ab. Ich sehe dein Gesicht nicht mehr.

Ich kneife die Augen zu und zwinge mich zurück in meinen Körper, in die wogenden Wellen der Lust. Ich will verzweifelt die Hitze zurückhaben, die eben noch zwischen uns war.

Doch plötzlich bin ich woanders.

Ich reiße die Augen auf und starre direkt in das Gesicht meines schlafenden Ehemanns. Da ist kein Zelt, kein Sternenhimmel. Ich liege zu Hause in meinem Bett, in sauberer gestreifter Bettwäsche, auf meinem Gesicht der warme, schale Atem meines Mannes. Beim Ausatmen macht er ein kleines Geräusch, wie eine winzige Fahrradpumpe, mit der man versucht, einen riesengroßen Rettungsring aufzupumpen.

Ich lasse das Gesicht ins Kissen sinken, versuche, mich in meinen Traum zurückzuzwingen, zurück in das Zelt, zurück in die kalte, sternenklare Nacht.

Es hat keinen Zweck. Ich bin wach.

Dallas, Texas

—

JETZT

Kapitel 1

Bei uns zu Hause gibt es ein Zimmer, das wir so gut wie nie betreten. Es ist das dritte Schlafzimmer, klein und quadratisch, und das einzige Zimmer im Haus, in dem nach wie vor Auslegware liegt – dicker, cremeweißer Flor, noch von den Vorbesitzern.

Oliver und ich sind reingegangen, um Geschenkpapier für die kleine Plastikmeerjungfrau zu suchen, die er und unsere Tochter Emmy ihrer besten Freundin zum Geburtstag gekauft haben. «Die hätten das doch im Laden für dich eingepackt», sage ich. Ich kann nicht anders. «Umsonst.»

Er mustert den vollgestopften Schrank. «Wir mussten dringend da raus, ehe Emmy wieder was klaut.»

«Oliver!» Ich lache. «Das war *einmal* und ist fast ein Jahr her.» Mit fünf hat unsere Tochter im Supermarkt an der Kasse ein Päckchen Juicy Fruit geklaut und tat anschließend im Auto ganz unschuldig, während sie versuchte, eine Kaugummiblase zu machen.

«Sie ist kleptomanisch veranlagt, Diana. Eine eiskalte Diebin.» Oliver verlässt grinsend das Zimmer und überlässt es mir, nach dem Geschenkpapier zu suchen.

Am Anfang hatten Oliver und ich davon geträumt, aus diesem Raum eine gemeinsame Werkstatt zu machen. Er ist zwar zu eng für eine richtige Werkbank, aber nachmittags herrscht wunderbares Licht, und der Platz hätte gereicht, um den Zeichentisch reinzustellen, den er schon immer wollte, und ich hätte meine Staffelei und meine Farben hier unterbringen können.

Als wir uns kennenlernten, war ich sechsundzwanzig und lebte mit sieben anderen in einem runtergekommenen Haus in Dallas. Wir hielten uns für eine Künstlerkommune und nannten unsere WG *die Kooperative*, aber eigentlich wurde hauptsächlich gefeiert und nie geputzt. Irgendwann hängte ich einen Haushaltsplan in die Küche, mit einer Spalte, in die sich alle im Haus freiwillig eintragen konnten, und dachte, das würde unser Problem lösen. Doch statt ihrer Initialen schrieben meine Mitbewohnerinnen und Mitbewohner neben Kloputzen *Matthew McConaughey* und neben Küchendienst *der Geist von Sir Alec Guinness*.

Als inmitten der größten Sommerhitze jemand rohes Fleisch in den kaputten Mülleimer warf und wir plötzlich Maden in der Küche hatten, fing ich an, meine Lebensmittel in meinem Zimmer aufzubewahren. Manchmal vertrieb ich mir den Nachmittag damit, zum Spaß das Haus und meine Mitbewohner zu zeichnen, ein bisschen übertrieben und ein bisschen grotesk. Irgendwann schickte ich meinem Freund Barry in Santa Fe einen Satz Bilder und einen weiteren meiner besten Freundin Alicia, die nach New York an die Filmhochschule gegangen war. Ich signierte die Zeichnungen mit *Dirty Diana*, weil die grellen Bildgeschichten über die Abenteuer in meiner Schmuddel-Kooperative Barry entsetzten und Alicia zum Lachen brachten. Beide reagierten mit langen, liebevollen Briefen, und einmal schickte Alicia mir ein Päckchen mit einer auf einen Küchenschwamm geklebten Nachricht – *Zweimal blinzeln, wenn ich Hilfe schicken soll.*

Dann eines Abends zog ich mir eine Lebensmittelvergiftung zu, wahrscheinlich von dem Fraß in meinem Kellnerinnenjob, und verkroch mich im Erdgeschoss-Bad der Kooperative. In der WG stieg gerade eine Party, und während ich auf dem kalten Fliesenboden lag, mir die langen, dunkelblonden Haare im schweißnassen Gesicht klebten und ich nur noch beten konnte, dass die Kotzerei endlich aufhörte, stiegen die Partygäste ungerührt über mich hinweg, um zu pinkeln. Ich lag zusammengekrümmt neben der Wanne und entdeckte auf die Weise, dass irgendwer die Ränder mit Edding beschmiert hatte. Jemand hatte einen ziemlich gelungenen Bart Simpson mit Skateboard gezeichnet, und jemand anders hatte einen Zweizeiler gedichtet: *Hier sitz ich, den Arsch weit offen / kann nicht kacken und bin immer noch rotzebesoffen.* Mir zerriss es vor Kopfweh fast den Schädel, und seltsamerweise dachte ich trotzdem: *Netter Reim, aber das Versmaß ist daneben.* Am nächsten Tag fing ich an, mir was Eigenes zu suchen.

Ich schaute mir fünf Einzimmerwohnungen an, alle waren zugig und rochen schlimm, bis ich zum letzten Angebot auf meiner Liste kam, ein Apartment in einem gedrungenen, grauen Gebäude in einer ruhigen Seitenstraße, mit einer Reihe heiterer, rosa Rosenbüsche vor dem Eingang.

Auf den Stufen vor dem Haus saß ein Typ und schlug nach Mücken. «Ms Reece?» Er faltete die Zeitung, in der er gelesen hatte, zu einem ordentlichen Quadrat zusammen, stand auf und schob es sich in die Hosentasche. Er war irgendwie altbacken gekleidet, trug karierte Kakis und ein mintfarbenes Hemd, aber im Näherkommen stellte ich fest, dass er ungefähr in meinem Alter sein musste. Er hatte dichte, braune Haare, breite Schultern und blaugrüne Augen, die aussahen, wie ich mir einen See im Mittelwesten im Hochsommer vorstelle – keine unruhigen Wellen, nur warmes, glitzerndes Wasser.

Ich entschuldigte mich für mein Zuspätkommen. «Ich hab

den falschen Bus erwischt. Zwei Mal, um ehrlich zu sein. Ich bin aus dem falschen Bus ausgestiegen, um den richtigen zu nehmen, und bin wieder im falschen gelandet.» Aufmerksam musterte ich dieses Gesicht mit den freundlichen Augen und stellte mir automatisch vor, wie ich ihn zeichnen würde: Die vollkommen gerade Nase nach unten gerichtet, würde er unter gerunzelten Augenbrauen nach oben schauen, mit einer Sprechblase über dem Kopf: *O Gott, wer hat die denn geschickt?*

Aber in Wirklichkeit lag auf seinem Gesicht keinerlei Urteil. Ich schob mir die Fransen aus der Stirn und wünschte, ich hätte mir die Haare gewaschen, anstatt sie im Nacken zu einem schludrigen Knoten zusammenzubinden. «Und im dritten Bus war die Klimaanlage kaputt, und obwohl ich endlich im richtigen saß, fühlte es sich an ...» Dann kam's: ein winziges, aber unübersehbares Stirnrunzeln. «Es war der richtige Bus», fasste ich eilig zusammen. «Aber es fühlte sich trotzdem an wie der falsche.»

Er wartete kurz, als wollte er mir Gelegenheit geben, etwas Vernünftiges zu sagen. «Ich bin Oliver Wood. Sind Sie hier, um sich die 4B anzuschauen?»

«Ja, richtig. Ich bin Diana.»

Wir gaben uns die Hand, und ich folgte ihm zum Lift, in dem es so eng war, dass meine Schulter sanft seinen Bizeps berührte und ich sein leichtes, frisches Aftershave roch. Sobald die Tür zuglitt, beugte er sich vor und drückte drei Mal auf den Knopf für den vierten Stock. Nichts passierte. Wir warteten schweigend, dann probierte er es wieder. Immer noch nichts. Er wirkte komplett ratlos, also sprang ich ein paar Mal in die Luft, und der Lift erwachte zum Leben.

«Danke.» Er räusperte sich. «Leben Sie schon lange in Dallas?»

«Nein, eigentlich nicht. Ungefähr ein Jahr.»

«Studieren Sie?»

«Nein. Ich zeichne.» Weil es im Lift stickig und zu still war, fügte ich hinzu: «Ich habe gerade ein Buch veröffentlicht.»

«Wirklich?» Er sah aus, als würde er sich aufrichtig für mich freuen. «Das muss ich mir kaufen.»

«Ist nicht ganz so leicht zu finden. Es ist bei einem winzigen lokalen Verlag erschienen.»

«Ach so.» Seine Enttäuschung überraschte mich.

«Ich könnte Ihnen ja ein Exemplar schicken.»

Das Buch war überhaupt der Grund, dass ich in Texas gelandet war, nachdem eine Lektorin von meiner Arbeit so angetan gewesen war, dass sie mir sogar einen Platz zum Wohnen in der Kooperative besorgt hatte. Ich stellte mir vor, was passieren würde, wenn ich jetzt hier, in diesem winzigen Aufzug, mein Buch aus der Tasche holen würde und mir zusammen mit diesem höflichen Fremden meine Bilder anschaute, Gemälde von Frauen in verschiedenen Stadien sexuellen Verlangens, eingerahmt von den Gesprächen, die ich mit ihnen über ihre Sehnsüchte geführt hatte.

«Meine Tante malt auch», unterbrach Oliver meine Gedanken.

«Wie schön.»

«Hauptsächlich Porträts. Von ihren Hunden.» Er senkte die Stimme, als könnte die Tante jeden Moment auftauchen. «Die Bilder sind ein bisschen beängstigend. Aber wenn ich es mir recht überlege, sind die Hunde auch ziemlich beängstigend. Kann sein, dass sie doch mehr Talent hat, als ich dachte.»

«Kann sein.» Ich lächelte und konnte spüren, wie sich neben mir seine Schultern entspannten.

Oliver ging voraus zur Wohnungstür, zog einen riesigen Schlüsselbund aus seiner Umhängetasche und probierte einen nach dem anderen aus. Er bekam rote Ohren. Irgendwann war ein Klicken zu hören, und er stöhnte auf. «Sicherheitsstufe eins, oder was? Hier kommt nicht mal der Vermieter rein.»

Es gab nicht viel zu sehen. Ein quadratischer Raum mit zwei kleinen Fenstern, von denen eins auf den Parkplatz und eins auf die Rosen rausging. Eine schmale Küchenzeile mit kleinem Kühlschrank, Elektroherd und Spüle. Oliver warf einen Blick auf sein Formular und sagte: «Alle Geräte neu!» Dann öffnete er den Kühlschrank und entdeckte eine halb volle Flasche Ketchup, ein Glas Mayonnaise und ein Coors Light. «Und was für nette Gratisgaben.»

Ich lachte, und er wirkte erleichtert. «Ich würde Sie ja gerne herumführen, aber im Grunde reicht es, wenn Sie sich einmal um die eigene Achse drehen», sagte er. «Ich meine, das muss nicht unbedingt schlecht sein. Man hat weniger zu putzen, oder?»

Ich musste an die Edding-Dichtkunst und den versifften Badezimmerboden in der Kooperative denken. «Es gefällt mir.»

«Die Kosten für Wasser und Müllabfuhr sind inbegriffen. Ist ein Bad mit Wanne das Richtige für Sie?»

«Ja.»

«Gut. Mag ich auch.» Schwungvoll öffnete er die Tür gegenüber von uns und wurde blass. Das Bad war so klein, dass kaum ein Klo reinpasste, von einer Badewanne ganz zu schweigen. «Ich bin echt schlecht in so was.»

«Das ist ehrlich gesagt die netteste Wohnung, die ich heute zu sehen bekommen habe», beeilte ich mich zu sagen.

«Ja. Aber Sie haben eine Wanne verdient.» Die Intimität dieses Moments brachte uns beide aus dem Konzept. Oliver wurde rot.

«Die Küche ist *definitiv* die schönste, die ich heute gesehen habe.»

«Kochen Sie?»

«Nein.» Weil ich den Eindruck hatte, dass wir beide nicht wollten, dass die Besichtigung schon zu Ende war, machte ich den Kühlschrank auf und holte das Bier raus. «Ich mag die Gratisgaben.»

Oliver lächelte wieder, nahm mir die Flasche ab und öffnete sie mit einem der vielen Schlüssel an seinem Ring. Das Bier war kalt und köstlich, und ich bot ihm einen Schluck an. «Ich würde Ihnen ja gern ein Glas geben, aber ...» Ich deutete auf die leere Küchenzeile. «Wir könnten uns auf meine imaginäre Couch setzen?»

Er sah mich an und wägte meine Einladung ab, und währenddessen stellte ich mir vor, wie über unseren Köpfen der Manga-mäßige Soundeffekt für *beredte Stille* erschien. Oliver schwenkte die Bierflasche in der Hand. Dann zeigte er zu der Wand rüber, wo eine Couch stehen könnte. «Ich hätte ja nicht gedacht, dass du dich für kirschrotes Leder entscheidest, aber sieht gut aus.»

Ich lachte. «Passt zu den Makramee-Untersetzern, die du für mich gebastelt hast.»

Wir hockten uns auf den Boden und ließen die Flasche hin und her gehen. Unter dem Fenster, das nach Westen rausging, verschwand der letzte Rest orangefarbenes Sonnenlicht, aber keiner von uns stand auf, um das Licht anzumachen, und im Zimmer wurde es dämmrig.

Ich streichelte mit den Fingern über die Auslegware. «Man sieht, dass die frisch gereinigt ist. Danke.»

Er sah mich ernst an. «Ich muss dir was sagen. Ich bin nicht der Makler. Das Haus gehört meinen Eltern. Connie, die Frau, die normalerweise die Wohnungsbesichtigungen macht, musste ihr Kind abholen, also bin ich eingesprungen.»

Ich war froh, dass wir beide was zu gestehen hatten. «Ich muss dir auch was sagen. Ich kann mir die Wohnung eigentlich nicht leisten. Ich hab genug für die erste Monatsmiete und die Kaution. Aber eine Miete im Voraus, so viel hab ich nicht.» Ich lehnte den Kopf gegen die Wand. «Und meine Kreditwürdigkeit ist grauenhaft.»

Während ich redete, huschte sein Blick zwischen meinen Augen und meinem Mund hin und her. «Hast du einen Job? Ich meine, außer Malen?»

«Ich bin Kellnerin. Bei Momo's.»

«In diesem Dreißigerjahre-Gangster-Schuppen? Der Laden, wo die Kellnerinnen ‹Vergisses› sagen müssen, sobald man sich für irgendwas bedankt?»

«Erwischt.» Ich hob beide Hände. «Bist du schon mal da gewesen?»

Er schüttelte den Kopf. «Hab's nur im Fernsehen gesehen. Der Besitzer ist ein Sexualstraftäter?»

«Mhm.» Ich dachte darüber nach. «Klingt logisch.»

«Tja.» Oliver senkte den Blick. «Das heißt, ab jetzt werde ich meine Freizeit damit verbringen, dir einen neuen Job zu suchen.»

«Danke sehr.»

Er beugte sich zu mir und versetzte mir mit der Schulter einen sanften Stoß. *«Vergisses.»*

Als wir acht Jahre später in unserer alten Nachbarschaft in Dallas in dieses Haus zogen, war ich schon mit Emmy schwanger. Wir verbrachten die ersten Monate damit, uns auf das Baby vorzubereiten, suchten Wandfarben aus und zerbrachen uns über IKEA-Anleitungen für ihre Kinderzimmermöbel den Kopf. Oliver, der in der Lage war, wunderschöne Holzmöbel zu schreinern, verwirrten die Aufbauanleitungen ebenso wie mich. «Da kann doch was nicht stimmen», sagte er und drehte das Blatt in den Händen. «Da fehlt doch was.»

Dann kam Emmy, und mit ihr kamen schlaflose Nächte und Anfälle niederschmetternder Ängstlichkeit, eingeklemmt zwischen Momenten reiner Freude und himmelhohen Wäschebergen.

Inzwischen ist Emmy sechs, und dieses Zimmer ist vollgestopft mit Plastikkisten voller Kinderspielzeug, für das sie inzwischen zu groß ist, Anziehsachen, die ihr zu klein geworden sind, und einer riesigen Sammlung Madame-Alexander-Puppen, von denen Emmy Albträume bekommt, was Oliver sich seiner Mutter aber nicht zu sagen traut. Wir schwören einander immer und immer wieder, dass wir die Kisten *nächstes Wochenende* wirklich endlich wegfahren werden. Wenn wir abends fix und fertig ins Bett fallen, und einer von uns hat Durst, ist aber zu faul, noch mal aufzustehen, sagen wir: «Wenn du mir ein Glas Wasser holst, bringe ich *morgen* die Kisten weg. Versprochen.»

Was in den Kisten allerdings nicht zu finden ist, ist auch nur ein einziger Bogen Geschenkpapier. Ich kämpfe mich zwischen zwei Türmen mit Plastikboxen hindurch, um an den Schrank hinten an der Wand ranzukommen, schalte die Deckenbeleuchtung an und schaue hinein, stoße auf zusätzliche Bettdecken, ein zusammengeknautschtes Gästebett zum Aufblasen und einen alten Angelkasten voller Pinsel. An der Rückwand lehnen ein Bild, das Lupinen zeigt, und eine Strandszene, beide von mir vor Jahren im Zuge eines Abendkurses gemalt.

Ich dringe noch tiefer in die Innereien des Schranks vor. Hinter der Angelkiste entdecke ich einen ramponierten roten Schuhkarton. Ich hatte völlig vergessen, dass ich den noch habe. Er ist mit Klebeband umwickelt. Ich krame ein bisschen herum, finde einen Spachtel und schlitze es auf. In dem Karton liegt ein alter Minikassettenrekorder und daneben zwei Reihen mit Minikassetten. Jede Kassette ist mit einem Vornamen beschriftet. *Jess*, *Claudia*, *Brynn*, *Theresa* und so weiter. Mir fährt ein Schauer über den Nacken, als ich mit dem Zeigefinger drüberfahre. Unter der Schuhschachtel entdecke ich eine alte Zeichenmappe mit Skizzen, alles Porträts der Frauen auf den Bändern, aus denen eigentlich irgendwann ein zweites Buch hatte entstehen sollen. Die Skizzen sind hastig hingeworfen, mit dickem Kohlestift – das Profil einer Frau, die zum Fenster rausschaut, eine andere, die zurückgelehnt auf einem Stuhl sitzt, die Hand locker im Nacken.

Als ich nach Dallas kam, nahm mich die Lektorin, mit der ich an meinem ersten Buch gearbeitet hatte, abends oft mit zum Poolbillard, um zu spielen und sich zu betrinken. Dann pries sie mir mit schweren Augenlidern mein eigenes Buch an, als hätte ich noch nie was davon gehört. «Die perfekte Verbindung von Journalismus und Kunst», schwärmte sie dann, und ich nickte eifrig, weil ich nicht wusste, was ich sagen sollte.

Ein paar Wochen nachdem das Buch erschienen war, zog die Frau nach Michigan, und damit war unsere Zusammenarbeit beendet. Ihr Assistent, ein junger Typ mit leiser Stimme, übernahm ihre Stelle, aber er war schüchtern und unsicher und wollte sich nie mit mir treffen. Ich schickte ihm Entwürfe für ein zweites Buch, woraufhin er meinte, die Bilder wären zwar schön, aber zu weich. «Versuch, den Kern zu finden. Ihn richtig freizulegen, weißt du, was ich meine?» An dem Tag, als Oliver mir die Wohnung zeigte, hatte ich bereits mehrere Monate lang nach diesem Kern gegraben.

Jetzt hole ich den Schuhkarton aus dem Schrank und setze mich zwischen zwei riesigen Plastikkisten auf den Fußboden. Der Platz reicht, um die Beine auszustrecken, und ist gleichzeitig eng genug, um mich geschützt und verborgen zu fühlen. Ich fahre mit dem Zeigefinger über die Kassetten, all die

Gespräche, die ich schließlich weggeräumt und mit denen ich mich nie wieder beschäftigt habe.

Ich nehme eine Kassette, die mit *Jess* beschriftet ist, aus der Hülle und lege sie in den Rekorder. Ich drücke auf Play, und schon erklingt ihre Stimme.

Er war groß. Und ich meine, darauf beruhte sein Selbstbewusstsein. Das war alles. Dass er groß war. Ist das zu glauben? Frauen müssen sich ständig irgendwie geißeln, um sich wenigstens ein bisschen gut zu fühlen, und der? Alles, was der brauchte, war eine gewisse Körpergröße und breite Schultern, und wir Mädels alle so: «Ja, klar, klar würd ich mit dem in die Kiste steigen.»

Aber weißt du, wenn ich ganz ehrlich bin, ich dachte nicht wirklich, dass ich's tun würde. Sex mit dem Barkeeper, also echt. Ich hatte noch nie einen One-Night-Stand. Aber na ja, ich war frisch getrennt – okay, frisch sitzen gelassen –, servierte Cocktails in einer seltsamen Stadt und gab mich nassforsch. In der Bar fiel es mir leicht, selbstbewusst zu sein, weil es dort immer gesteckt voll war und alle ständig verzweifelt was zu trinken bestellen wollten. Obwohl wir also die Gäste bedienten, hatten wir gleichzeitig voll die Macht. Man konnte einen miesen Gast einfach den ganzen Abend ignorieren, und die anderen Mädels brachte man dazu, ihn ebenfalls links liegen zu lassen. Jedenfalls flirtete dieser Barkeeper mit jeder einzelnen Kellnerin, die dort arbeitete. Er hätte mit jeder von uns Sex haben können, sogar mit der Geschäftsführerin, und die war in festen Händen. Während ich Tablett für Tablett schleppte, dachte ich den ganzen Abend, ja, ich will mit jemandem ins Bett, den ich nicht kenne, mit jemandem, dessen Körper eine absolute Überraschung ist und bei dem ich weder weiß, wie es sich anfühlen wird, wenn er mich anfasst, noch, was als Nächstes passiert.

Wenn ich ihm meine Bestellungen brachte, schrieb ich Wodka Lemon. Scotch auf Eis. Lass uns abhauen auf den Block.

So ging es den ganzen Abend zwischen uns hin und her. Und meine Nachrichten wurden jedes Mal herausfordernder. Martini Twist. Wie ist deine Wohnung? Zeigst du sie mir?

Oder zwei Stella. Margarita auf Eis. Sex on the Beach. Lauter albernes Zeug, verstehst du? Aber wir hatten unseren Spaß.

Und dann war es plötzlich zwei Uhr morgens, die Schicht war vorbei und die Musik zu Ende. Die grellen Deckenlampen gingen an, und ich war mir sicher, dass damit die Flirterei vorbei war. Doch beim Putzen spürte ich seine Blicke auf mir. Seine blauen Augen funkelten mich weiter an, auch im Neonlicht. Als ich mit der Trinkgeldabrechnung fertig war, spürte ich plötzlich seine Hand auf meinem Rücken. Die Berührung ging mir durch und durch, und da war mir klar, dass es wirklich passieren würde.

Ich drehte mich zu ihm um, er nahm meine Hand und zog mich raus auf die Straße. Es regnete, aber wir erwischten ein Taxi. Vielleicht sollte es tatsächlich so sein. Wir stolperten quasi auf die Rückbank, und meine Hände waren in der Dunkelheit sofort an seiner Hose und seine an meiner Bluse ... ich erinnere mich zwar nicht mehr an seinen Namen – echt nicht –, aber an seine Hände auf meinen Brüsten erinnere ich mich noch. Sie waren kalt, doch es fühlte sich trotzdem gut an, als würde mein ganzer Körper davon erwachen. Ich hätte mich am liebsten auf der Stelle nackt ausgezogen, um mich ihm zu zeigen. Damit er mich überall anfassen konnte. Damit ich sehen konnte, wie er mich fand. Ich wollte, dass er mich überall berührt ...

«Diana?» Draußen auf dem Flur ruft Oliver nach mir, und ich schrecke hoch. Hektisch drücke ich auf die Stopp-Taste und schiebe mir den Minirekorder in die Hosentasche. Schnell mache ich den Schuhkarton wieder zu und vergrabe ihn ganz unten in einer Kiste Babysachen.

Oliver taucht im Türrahmen auf. «Hast du Geschenkpapier gefunden?»

«Nein.» Ich schüttle den Kopf. «Ich bringe von unterwegs was mit.»

Er reicht mir einen Thermobecher Kaffee und legt mir den Arm um die Hüfte.

«Danke.»

«Gerne.»

Er schnuppert an meinem Hals. «Du riechst gut.»

Ich spüre, wie in mir alles dichtmacht, anstatt zu entspannen.

Er zieht mich näher an sich und schaut zur Kinderzimmertür. «Emmy schläft immer noch tief und fest.»

Ich scanne Stück für Stück meinen Körper und flehe das richtige Gefühl herbei – aber das Verlangen, seine Zuneigung zu erwidern, scheint sich eben gerade außer Reichweite zu verstecken. Lächelnd mache ich mich los.

«Was?», fragt er.

«Was meinst du?»

«Du schaust so komisch. Du glotzt mich regelrecht an.»

«Stimmt doch gar nicht.» Aber es stimmt. Ich glotze das Nasenhaar an, das sich aus seinem linken Nasenloch rauskringelt. *Konzentrier dich nicht auf das Haar. Konzentrier dich auf seine wundervollen Augen. Den Kaffeebecher, die Hände, den Dampf.*

Oliver wischt sich übers Kinn, als hätte er womöglich Essensreste im Gesicht.

«Du hast da ... ein Haar.» Ich deute auf sein Nasenloch. «Da.»

«Scheiße!» Er lacht. «Ich werde wie mein Vater. Ich versuch's mit dem Trimmer, den du mir geschenkt hast. Versprochen.» Er fasst sich mit einem Finger an die Nase und versucht, das Haar zurückzuschieben. «Besser?»

Draußen hupt es dreimal kurz. Das ist L'Wren.

«Ich wünschte, ich müsste nicht los.» Mit einem Kuss auf die Wange wende ich mich von ihm ab.

Er lässt den Blick über die vielen Kisten schweifen.

«Nächstes Wochenende?», frage ich lächelnd.

«Okay.»

Kapitel 2

Ich weiß wirklich nicht, was armseliger ist, ein Siebenundfünfzigjähriger, der so tut, als wäre er Mitte zwanzig, oder ein Vierundzwanzigjähriger, der immer noch zu Hause wohnt.» L'Wren seufzt und schert auf den Highway ein. Gleichzeitig Reden und Fahren ist nicht ihre Stärke. Ich klammere mich an den beigen Ledersitz.

«Das ist meine Familie, aber die kommen mir alle vor wie *Mitbewohner*», sagt sie. «Halston genauso. Mein kleines Mädchen ist sechs und führt sich auf wie eine Sechzehnjährige. Sie bittet mich ständig, *Harry Styles, oben ohne* zu googeln.»

«L'Wren! Hör endlich auf, ich darf nicht lachen!», ruft Jenna von der Rückbank. «Ich versau mir meine Filler!» Sie drückt sich die Handflächen gegen die Wangen.

L'Wren beäugt Jenna im Rückspiegel. Die beiden sind seit der Highschool befreundet, und unsere Töchter sind alle im selben Alter. «Wer sagt denn, dass man nach 'ner Botox-Spritze nicht lachen darf?»

«Das ist kein Botox. Das ist *Filler*. Die Dermatologin hat gesagt, kein Sport und keine starken Grimassen in den nächsten vierundzwanzig Stunden, weil es sonst verrutschen kann.»

«Himmel! Wo bist du denn gewesen? Im Drive-Through bei Walmart auf dem Parkplatz?»

«Stopp! Aufhören! Sofort.» Jenna prustet durch geschlossene Lippen. «Bei Dr. Laredo. Sie hat Raleigh die Lippen gemacht, die dir so gefallen.»

Raleighs Name bringt uns zum Verstummen. Nur das Surren der Klimaanlage ist zu hören, während wir über den Highway preschen. Wir sind auf dem Weg zu unserer alljährlichen Einkaufstour auf einem riesigen Antiquitätenmarkt südlich von Dallas. Zum ersten Mal waren wir vor fünf Jahren gemeinsam in Roundtop, nachdem wir uns beim Samstagvormittags-Babyturnen kennengelernt hatten. L'Wren überraschte Jenna und mich mit einem Babysitter und schlug vor, den Kurs sausen zu lassen und stattdessen einen kleinen Ausflug zu unternehmen.

Jenna räuspert sich. Sie streckt ihren blonden Lockenkopf zwischen uns nach vorn. «Das mit deinen Mitbewohnern könnte wesentlich schlimmer sein. Wenigstens hast du mit Liam deinen hauseigenen Babysitter, oder? Der ist dir sicher 'ne Riesenstütze.» Liam ist L'Wrens dauerbekiffter Stiefsohn und zählt eher als freundliche Präsenz denn als Hilfe. «Und wenigstens hat dein Ehemann noch seine Haare auf dem Kopf.»

«Ach, wie niedlich! Glaubst du das wirklich?», fragt L'Wren. «Muss ich dich an letzten Sommer erinnern? Stichwort Hair Plugs?»

Ich unterdrücke ein Lachen.

«Diana, du musst dich nicht fürs Lachen schämen.» L'Wren wendet sich mir zu und lässt dabei die Straße völlig aus den Augen. «Stimmt. Er kann nichts dafür, dass er seine Haare verliert. Aber *niemand hat ihn gezwungen, deshalb nur noch mit Baskenmütze rumzulaufen.*»

«*Oooh!*», macht Jenna, die ab und zu ein bisschen auf dem Schlauch steht. «Ich dachte, er macht so was wie 'ne französische Midlife-Crisis durch.»

«Was zum Teufel ist denn bitte eine französische Midlife-Crisis?», fragt L'Wren.

Letzten Sommer trug L'Wrens Mann Kevin unablässig irgendeine Kopfbedeckung. Oliver und ich hatten mit eigenen Augen gesehen, wie Kev auf seiner Poolparty zum Memorial Day mit Jagdkappe unter der Außendusche stand.

«Aber es hat funktioniert», sagt L'Wren zärtlich. «Ach ja, der Ärmste. Ich weiß noch, wie er ständig die vielen kleinen Pflaster auf den vielen kleinen Follikeln wechseln musste.»

Ich klappe die Sonnenblende runter und betrachte mein Gesicht in der Morgensonne, mustere prüfend die Haut unterhalb der Kieferpartie, ein Bereich, dem ich noch nie besonders viel Aufmerksamkeit geschenkt habe. Unter meinen braunen Augen sind Schatten, aber meine Haare sehen phänomenal aus und umschmeicheln in langen, glänzenden Wellen mein Gesicht. Ich ziehe mit den Daumen die Wangen bis zu den Ohren straff und stelle mir vor, eine weichere Version von mir zu zeichnen, mit glatter Stirn und zwei frisch aufgeblasenen Apfelbäckchen. Ich ziehe die Nase kraus, grinse mein albernes Spiegelbild an und lasse schnell die Hände sinken. Aber nicht schnell genug. Jenna hat mich gesehen. Ich tue so, als würde ich den Lippenstift kontrollieren, und betupfe mir mit dem Zeigefinger den Mund.

«Und jetzt hoffen und beten wir, dass Liam sich endlich die Haare schneiden lässt», sagt L'Wren.

Ich klappe den Spiegel zu. «Wen interessiert denn, wie lang Liams Haare sind?»

«Ich glaube, seine Frisur ist der Grund, weshalb er gefeuert wurde.»

«Wer wurde gefeuert?», will Jenna wissen.

«Liam», sagt L'Wren. «Ehrlich, ich wusste nicht, dass man aus einem Praktikum überhaupt rausgeschmissen werden kann. Muss man nicht irgendwas verdienen, um gefeuert zu werden?»

Ich weiß zufällig, dass Liam nicht gefeuert wurde. Er ist

einfach nicht mehr hingegangen. Aber ich sage nichts. Ich rutsche auf dem Ledersitz hin und her und merke plötzlich, dass der Minirekorder immer noch in meiner Hosentasche steckt. Unauffällig ziehe ich das Gerät heraus und lasse es in meiner Handtasche verschwinden, während L'Wren weiter vor sich hin mault.

«Ich dachte: *Super, ist eine Werbeagentur, sehr gut, vielleicht macht ihm das ja Spaß.* Aber er war dort todunglücklich. Na ja, Herrgott, wir haben alle unsere Jobs irgendwann mal gehasst, oder? Haben wir sie deshalb verloren? Nein.»

Als Liam vor einem Jahr bei ihnen einzog, reagierte L'Wren für eine Frau, die die Angewohnheit hat, Streuner zu sammeln – Katzen, Kaninchen, Eidechsen –, erstaunlich irritiert. Doch dann entwickelte sie schnell eine tiefe Zuneigung zu ihm. Sie wird nicht aus ihm schlau, aber sie ist offensichtlich fest entschlossen, das Rätsel Liam zu lösen.

Sie seufzt laut. «Ich will ja, dass er Künstler wird, falls er das möchte. Aber wenn schon Künstler, dann bitte einer mit *Ambitionen*. Wisst ihr, was ich meine?»

Plötzlich werden wir von einem roten Maserati geschnitten, und L'Wren drückt auf die Hupe, ohne den Fuß vom Gas zu nehmen. «Vielleicht rasiere ich ihm einfach den Schädel, während er schläft ...»

Die Landschaft zieht an uns vorbei. Sanfte, von Lupinen durchzogene, weich wogende Sonnenblumenfelder. Das Gespräch meiner Freundinnen tritt in den Hintergrund. Ich bin in Gedanken bei den alten Leinwänden, die ich vorhin im Schrank gefunden habe. Die armseligen Lupinen, die ich versucht hatte zu malen, sahen aus, als hätte jemand darauf herumgekaut. Ich denke an die Schuhschachtel voller Kassetten und die Skizzen, die ich gefunden habe. Ich weiß nicht, ob ich diese Bilder jemals irgendwem gezeigt habe. Wahrscheinlich kennt nicht mal Alicia sie. Eine Zeitlang hatten Barry und sie mich bei jedem Telefonat gefragt, was das neue Buch mache. Aber irgendwann war es selbst bei den beiden in Vergessenheit geraten.

Wie durch Gedankenübertragung klingelt in dem Augenblick mein Telefon, und Alicia ruft an. Ich drücke sie weg und schicke ihr eine kurze Nachricht.

Ruf dich heute Abend an!

Ich frage mich, ob ich ihr dann eine der Kassetten vorspielen soll. Oder ich schicke ihr spaßeshalber einfach eine zu, als Überraschung.

«Und wie ist das bei dir, Diana?», will L'Wren wissen.

«Wie bitte?»

«Wie oft ihr Sex habt, Oliver und du. Meine Mutter hat angerufen, um mir von einem Interview mit Madonna zu erzählen, das sie gelesen hat. Madonna sagt, der Schlüssel zu einer gesunden Ehe sei drei Mal wöchentlich Sex.»

«Mit dem Ehemann?», frage ich.

«Diana!», ruft Jenna gespielt empört.

«Nein ... Ich meine, ist Madonna überhaupt so was wie verheiratet?»

«Lenk nicht ab», sagt L'Wren. «Also. Wie oft?»

«Hm.» Ich denke nach. Bei der Erinnerung an das letzte Mal, als Oliver und ich Sex hatten, läuft es mir heiß den Rücken runter. Ein Abend zu zweit. Es war ungewöhnlich warm gewesen, wir waren bei Delmonico's, hatten an einem Tisch im Freien gesessen und schnell bereut, dass wir bei der Hitze versuchten, Pasta zu essen. Wir schoben die Nudeln auf dem Teller hin und her, tranken zu viel Weißwein und hantierten ungeschickt mit den Scheinen, als es an der Zeit war, die Babysitterin zu bezahlen. Oben im Schlafzimmer schälten wir uns aus unseren Klamotten und hatten schnellen, verschwitzten

Sex. Obwohl Oliver sich in mir angefühlt hatte wie sonst auch, hatte ich das Bedürfnis, es hinter mich zu bringen. «Ich will, dass du kommst», flüsterte ich ihm ins Ohr. «Sofort?», fragte er. «Einfach so?» – «Ja, einfach so.»

«Jenna …?» L'Wren tippt meinen Oberschenkel an und nickt mit dem Kinn in Richtung Jenna. «Bitte sag Diana, wie oft ihr es macht, Charlie und du.»

Jenna zählt die Tage an einer Hand ab und lässt die fliederfarbenen Ränder ihrer French Nails aufblitzen. «Viermal die Woche, außer jemand ist krank. Montags, mittwochs und freitags Sex und samstags ein Handjob, weil ich fix und alle bin.»

«Wow!», sage ich. «Vier Mal.»

«Du weißt aber schon, dass dicke Eier kein Thema mehr sind, Jenna? Kein Mann in seinen Fünfzigern muss so oft abspritzen», sagt L'Wren.

«Also erstens ist Charlie *vierzig*. Außerdem ist es wie Sport. Da hast du auch nicht immer Bock drauf, aber du machst es trotzdem und bist hinterher froh darüber. Und Charlie ist viel erträglicher, wenn er Sex hatte. Es ist wie einen Welpen müde spielen.»

«Ha!» L'Wren lacht. «Netter Vergleich.»

«Wollen wir vor Roundtop noch eine Pinkelpause machen?», frage ich.

L'Wren schaut mich an und setzt den Blinker. «Ab jetzt machst du montags bitte frei, Jenna – wie stehen wir denn sonst da! Kev und ich tun es jeden zweiten Freitag.»

«Ist bei uns ähnlich», lüge ich.

«Aber ihr müsst es nicht einplanen. Du bist Künstlerin, da passiert so was einfach …»

«Spontaner Sex.» Jenna schüttelt den Kopf. «Könnt ihr euch das vorstellen?» Ich weiß nicht, ob sie die Vorstellung aufregend oder gruselig findet.

«Aber generell muss es sein, oder?» L'Wren kreuzt rasant zwei Spuren, um die Ausfahrt zu nehmen. «Was passiert, wenn du aufhörst, mit deinem Mann ins Bett zu gehen? Dann fängt *jemand anders* an, mit deinem Mann ins Bett zu gehen.»

«Mm-hmmm.» Jenna nickt ernst. «Siehe Raleigh. Das ist echt traurig.»

Wieder wird es still im Auto, als Raleighs Name fällt, und langsam frage ich mich, ob ich womöglich irgendwas verpasst habe. «Ich dachte, Raleigh hätte ihren Mann betrogen und nicht andersrum?», sage ich. Ich kenne Raleigh kaum, wir sehen uns vor der Schule und auf Kindergeburtstagen und machen ab und zu ein bisschen Small Talk, während unsere Kinder Fußball spielen.

Wieso redet eigentlich nie jemand über das Rätsel Ehe? Uns drei, die wir hier zusammen im Auto sitzen, verbinden vor allem die vielen intimen Details von Schwangerschaft und Mutterschaft. «Schon klar, ich weiß, dass man seine Vulva direkt nach der Geburt eigentlich nicht anschauen soll», hatte Jenna uns gestanden, «aber ich konnte nicht widerstehen. Noch im Krankenhaus schnappte ich mir einen Handspiegel und wäre fast in Ohnmacht gefallen. Nicht mal die Farbe stimmte mehr!» Aber ich weiß im Grunde nicht, wie es in ihren Ehen wirklich zugeht. Wie streiten sie? Wie ist Jenna, wenn sie wirklich wütend wird? Jetzt weiß ich zwar genau, wie oft sie Sex hat, aber eigentlich interessiert mich was anderes viel mehr. Mag sie den Sex mit Charlie? Kommt sie zum Orgasmus?

Mir ist selbst klar, wie wichtig Sex für die Ehe ist – zu dem Thema gibt es schließlich mehr als genug Artikel –, aber es ist leider so: Inzwischen bekomme ich, wenn ich an Sex mit Oliver denke, ein ungutes Gefühl. Unser Sexleben war nie Thema zwischen uns. Wir hatten einfach Sex – *haben* Sex. Vielleicht steht Oliver mehr auf Sex als ich und will es mehr, das kann schon sein. Ich versuche, nicht zu viel darüber nachzudenken, doch dann denke ich zu viel darüber nach, was es bedeutet, dass ich darüber nachdenke, bis mir unser Sexleben vorkommt wie ein Lebewesen, dem ich sämtliches Blut aussauge.

«Nach allem, was ich gehört habe, ist sie nicht nur einmal fremdgegangen», sagt Jenna. Es geht immer noch um Raleigh. «Ich weiß nicht, ob es stimmt – ihr habt es also nicht von mir –, aber offensichtlich waren da fünf verschiedene Typen im Spiel.»

L'Wren stößt einen Pfiff aus. «Mann, Mann, Mann, ich schaff's kaum auf mein Fitnessbike, und sie hat fünf Affären am Laufen?»

«Dustin bekommt bei der Scheidung die Kinder zugesprochen», sagt Jenna. «Alleiniges Sorgerecht. Und das Haus.»

Das Gelände ist matschig von tagelangem Regen. Wir müssen tiefen Pfützen ausweichen, und bei der Hälfte der SUVs auf dem Parkplatz kommt offensichtlich zum allerersten Mal der Allradantrieb zum Einsatz. Normalerweise tragen die Frauen hier auf der Antiquitätenmesse eine Art Uniform – in diesem Jahr präsentieren die modischsten, darunter L'Wren, kniehohe Stiefel mit Kreppsohle und übergroßer Schnalle. Der Rest der Uniform ist so gut wie unverändert – Sommerkleider, Jeansjacken und Cowboyhüte. Riesige Sonnenbrillen. Herzförmige Anhänger an goldenen Ketten. Ich hülle mich gegen die spätvormittägliche kühle Brise in meine Jeansjacke.

In den Zelten riecht es streng, eine Mischung aus Kuhdung und schwerem, blumigem Parfüm. Wenn sie nicht gerade für einäugige Katzenomas ein neues Zuhause findet, macht L'Wren nichts so glücklich wie Schnäppchenjagd. Ihre Begeisterung ist ansteckend. Zu dritt schlendern wir von Zelt zu Zelt, trinken Weißwein aus Plastikbechern, schauen uns wunderschöne Dinge an und werden mit jedem Stand fröhlicher und munterer, obwohl sich das meiste völlig jenseits unserer Budgets bewegt.

Bei einem Händler, der ausschließlich alte Holztische verkauft, bleibt L'Wren stehen. «Für die Küche? Was meinst du, Diana?»

«Du hast gesagt, ich soll dich davon abhalten, irgendwas zu kaufen, das größer ist als eine Brotdose.»

«Aber schau dir diesen Tisch doch mal an! Woher stammt der?», fragt sie den Händler.

«Aus Frankreich», erwidert der Typ gelangweilt.

L'Wren beäugt das Preisschild, und ich nutze die Gelegenheit, auf die andere Seite des Geländes hinüberzuschlendern, wo das Schnäppchenpotenzial größer ist. Da drüben ist sogar das Essen günstiger – Corn Dogs und Slushies statt Grünkohlsalat mit verkochtem Hühnchenfleisch. Ich gönne mir einen Donut. Versonnen lasse ich die Hand über einen, wie ich von Oliver gelernt habe, Heywood-Wakefield-Schaukelstuhl gleiten. «Was kostet der?», frage ich die gestresst wirkende junge Frau, die immer noch damit beschäftigt ist, ihren Lieferwagen auszupacken.

«Sorry, aber ich bin viel zu spät dran heute.» Mit dem Rücken ihres Arbeitshandschuhs wischt sie sich den Schweiß von der Stirn. «Dieser hier? Für den nehme ich fünfzig Dollar.»

Ich hebe das Kissen hoch und entdecke tatsächlich das Heywood-Label, was bedeutet, dass der Stuhl mindestens tausend Dollar wert ist, wahrscheinlich noch mehr. Ich setze mich rein und fange sachte an zu schaukeln, hoffe kurz, dass mir der Stuhl seine Geschichten verrät – Bücher, aus denen vorgelesen wurde, Klatsch und Tratsch bei einer Tasse süßem Tee auf einer umlaufenden Veranda.

«Der ist viel mehr wert», sage ich zu der Frau.

«Echt? Den habe ich von einem Hausflohmarkt. Sonst war da nur Schrott.»

«Verlangen Sie mindestens tausend. So viel geht bestimmt.» Sie schaut mich verblüfft an.

Irgendwo kaufe ich ein paar Messing-Onyx-Kerzenleuchter fürs Esszimmer und einen Vintage-Kantha-Überwurf für Emmys Bett. Ich will mich gerade auf den Rückweg zu L'Wren und Jenna machen, als mein Blick auf eine Fotografie fällt. Mir stockt der Atem.

Es handelt sich um die Schwarz-Weiß-Aufnahme eines kleinen Skiresorts im Sommer, einer Geisterstadt ohne Touristen und auch ohne die Einheimischen, die den Laden im Winter am Laufen halten. Im Vordergrund steht ein Pferd – ein junger Palomino-Hengst ist vor einem verlassenen Café angebunden. Die Stimmung hat etwas Verstohlenes an sich, als würde sich die geheime Schönheit des Ortes nur offenbaren, wenn niemand da ist.

«Entschuldigung?» Mein Mund ist ausgedörrt. «Hallo … Entschuldigung?»

Der Verkäufer, ein rotgesichtiger Mann mit Karohemd, dreht sich zu mir um. «Kann ich Ihnen helfen?»

«Diese Fotografie. Wissen Sie, wer der Fotograf ist?» Dabei ist diese Frage überflüssig, denn ich weiß es längst.

«Sie haben einen guten Blick. Das Bild ist von …» Er zögert kurz, versucht, sich an den Namen zu erinnern. «… einem Typen aus New Mexico, ein echter Cowboy.»

Ich lächle. Ich bin mir sicher, Jasper hätte es gefallen, als Cowboy bezeichnet zu werden. Der Verkäufer schiebt die Lesebrille vom Kopf auf die Nasenspitze, um die Signatur zu entziffern. «Jasper …» Der Nachname ist unleserlich, irgendwas mit G. «Kennen Sie seine Arbeit?»

«Ja.» Meine Stimme zittert. «Kenne ich.»

«Es ist handsigniert», sagt der Händler. «Eine einmalige Gelegenheit.»

«Wie viel?»

Er mustert mich. «Sechshundert», sagt er. «Und der Rahmen ist umsonst.»

Das ist definitiv mehr Geld, als ich heute ausgeben wollte, aber das Bild ist viel mehr wert. Ich hole den Geldbeutel aus der Tasche, und als er mir das Bild reicht, registriere ich überrascht, wie schwer der Rahmen ist. Ich hole den Bettüberwurf raus, den ich gekauft habe, schlage die Fotografie darin ein und schiebe alles zurück in die Tüte.

Ziellos lasse ich mich treiben. Ich kann mich auf nichts konzentrieren als auf das Stückchen Jasper, das ich plötzlich mit mir trage. In den Zelten wird es immer voller und heißer, und plötzlich wird mir schwindelig. Eine Frau, die Kerzenleuchter verkauft, schiebt mir einen Plastikhocker hin. «Alles in Ordnung?»

«Danke.» Ich setze mich und nehme den Kopf zwischen die Knie. «Ich habe vergessen zu frühstücken.»

Das Bild zu kaufen, war ein Fehler. Ich habe hart daran gearbeitet, Jasper aus meinem Kopf zu kriegen, und jetzt ist er wieder drin.

Nach ein paar tiefen Atemzügen bedanke ich mich bei der Frau und mache mich auf die Suche nach einem Getränkestand. Ich stelle mich in die Schlange, und als ich fast an der Reihe bin, höre ich L'Wren rufen. «Jenna! *Jenna!*», kreischt sie.

Mit der schweren Tüte auf dem Arm bahne ich mir einen Weg durch die Menge. Dann entdecke ich Jenna. Gekrümmt steht sie in einer seltsamen Pose da, lacht sich schlapp und verschüttet dabei den Wein in den beiden Plastikbechern in ihren Händen in alle Richtungen.

«Hilfe!», ruft L'Wren. Ein Bein vor sich ausgestreckt, versucht sie, mit dem Absatz Fuß zu fassen. Mit dem zweiten Bein steckt sie bis zur Stiefelschnalle im Schlamm. Jenna nimmt einen der Becher zwischen die Zähne und versucht, L'Wren mit der freien Hand aus dem Matsch zu ziehen.

«Diana!», ruft L'Wren erleichtert, als sie mich entdeckt. «Ich stecke im Schlamm!»

Ich schiebe mir die Trageriemen der Einkaufstasche auf die Schulter und lege mir L'Wrens Arm um die Taille. Jenna nimmt den anderen Arm. «Bei drei», sage ich. «Eins, zwei ...» L'Wren ächzt so schwer, dass ihr ein kleiner Furz entkommt. Jenna prustet los und verliert das Gleichgewicht. Sie landet auf dem Hintern im Schlamm, wirft die Arme in die Luft und kreischt: «Meine Filler!» Und dann können wir nicht mehr. Wir lachen los, bis uns die Tränen kommen und wir alle voller Schlamm sind.

*

Als der Tag zu Ende geht, stehen wir mit einem antiken Holztisch, einem Garderobenschrank aus Pinienholz, drei Kartons Farm-Lampen und zwei Teppichen auf dem Parkplatz. L'Wren winkt in Richtung eines weißen Kastenwagens. Wir zucken zusammen, als der Laster ein VIP-LADEZONE-Schild streift. Liam streckt den Kopf zum Seitenfenster raus. Die strähnigen Haare fallen ihm über die Augen. «Sorry!» Er nimmt noch ein paar Verkehrskegel mit, hupt zur Begrüßung zweimal ausgiebig und zieht dabei an einer imaginären Leine.

«Die Damen.» Er springt aus dem Transporter und steht in einem TOD-DEN-KAPITALISTEN-T-Shirt, Shorts, zwei unterschiedlichen Socken und blauen Adiletten vor uns. Liam bewegt sich irgendwo zwischen zu jung, um der kleine Bruder zu sein, den ich mir meine ganze Kindheit lang sehnlichst wünschte, und zu alt, um mein missratener Sohn zu sein, und fühlt sich seit dem Tag, an dem ich ihn kennenlernte, an wie Familie. Wie der Cousin, dessen Nähe man bei jeder Familienfeier unwillkürlich sucht, um gemeinsam der übrigen Verwandtschaft aus dem Weg zu gehen.

Er wirft uns schlammbespritzten Gestalten einen langen Blick zu. «Ach du Scheiße.»

«Liam!» L'Wren reicht ihm einen Armvoll Einkaufstüten. «Du hast was gut bei mir. Du hast doch nichts dagegen, Jennas Garderobenschrank zu ihr nach Hause zu fahren?»

«Nö.»

Zwei Typen von der Antiquitätenmesse helfen dabei, alles in den Kastenwagen zu hieven. Liam und ich stehen daneben und schauen zu, während L'Wren und Jenna dem Händler, der direkt am Parkplatz steht, seine letzten Weidenkörbe abkaufen und sie in den Kofferraum von L'Wrens Range Rover werfen. «Als Dankeschön für Liam!», ruft L'Wren über den Platz.

«Großartig!» Liam hebt den Daumen. «Ich brauche definitiv mehr Korbware in meinem Leben.» Er schaut mich an und beäugt meine schlammverkrusteten Knie.

«Ich hätte da ein paar Fragen.»

«Zwei hast du frei.»

Liam zögert keine Sekunde. «Hatte euer Ausflug was mit Schlammcatchen zu tun? Und: Hast du gewonnen?»

«Ja. Und definitiv ja.»

«Letzte Frage. Gehört dir auch was von dem Krempel, oder hast du nichts gefunden?»

«Versuchst du gerade, deine Weidenkörbe loszuwerden?»

Wir bedanken uns bei Liam dafür, dass er unsere Sachen fährt, und steigen bei L'Wren ein. Diesmal sitze ich hinten. Sobald wir fahren, hole ich das Telefon raus und tippe eine Nachricht an Alicia.

Du errätst nie, was ich heute gekauft habe.

Ehe ich auf Senden drücke, stelle ich mir das lange Hin und Her vor, das ich mit dieser Nachricht auslösen würde. Schnell lösche ich den Text und beschließe stattdessen, sie nachher anzurufen.

Ich lehne den Kopf an die Scheibe. Jaspers Foto halte ich während der ganzen Rückfahrt an meine Brust gedrückt.

Kapitel 3

Am nächsten Morgen ziehen in L'Wrens nierenförmigem Swimmingpool zwei Meerjungfrauen auf aufblasbaren Muscheln gemächlich ihre Kreise. Eine der beiden kenne ich: die Teenagerin, die in dem Subway neben meinem Büro arbeitet. Es ist ein wunderschöner Frühlingstag, klar und noch angenehm kühl. Emmy ist im siebten Himmel und tobt Hand in Hand mit Halston kreuz und quer durch die riesige Hüpfburg.

L'Wrens Garten ist eine Explosion aus Pink und Lila. An jedem Stuhl, Tisch und Baum hängt ein Luftballon. Jeder Ballon steckt wie eine Matrjoschka-Puppe in einem größeren Ballon, der wiederum in einem noch größeren Ballon steckt. Die hundertjährigen Magnolien, die den Rasen begrenzen, sind mit Regenbogenglitter besprüht.

Neben dem Burggraben der Hüpfburg entdecke ich Liam und verspüre einen heftigen Anfall von Mitgefühl. Er wirkt fehl am Platz und sehr gelangweilt. Gestern Abend nach unserer Rückkehr aus Roundtop hatte L'Wren mir das Video eines australischen Nachrichtenkanals weitergeleitet – unscharfe Bilder einer Hüpfburg, die über einen Rasen geweht wurde, inklusive der darin befindlichen Kinder.

Soll ich die Hüpfburg lieber absagen???, schrieb sie dazu.

Kurz dachte ich, das wäre ein Witz. Doch dann fiel mir ein, wie überängstlich L'Wren war, wenn es um ihr Töchterchen ging.

Ich tippte: *Das Wetter morgen soll gut werden. Ich würde sagen, bleib dabei?*

Okay. Okay. Okay. Hast recht. Danke!!!, schrieb sie zurück.

Und dann: *Ich spanne Liam ein. Er muss sich direkt danebenstellen und aufpassen, dass die Burg nicht wegfliegt. Als Hüpfburg-Security. Oder? Er braucht sowieso einen Job – LOL.*

Ich bringe Liam einen lila Cupcake mit frechem Einhorn obendrauf. Er verschlingt die Hälfte mit einem Biss.

«Bist du den ganzen Tag hier?», frage ich.

«Leider nein.» Er stopft den Rest nach und wischt sich die klebrigen Finger an der Jeans ab. «Ich bin zurzeit schrecklich gefragt.»

«Ach was?»

«O ja. In Rockgate gibt's starken Wind und eine Million Kardashian-Kid-Wannabe-Partys, deshalb …» Er deutet auf die Hüpfburg hinter sich. «Ich bin ausgebucht.»

«Liam?» Plötzlich steht L'Wren neben mir. «Du lässt dich aber nicht durch Diana von deiner einzigen und heiligen Pflicht ablenken, okay?»

«Mommy!» Emmy kommt kreischend aus der Burg geschossen und packt meine Hand. «Komm mit mir hüpfen! Bitte!»

Ich schlüpfe aus meinen Sneakers und folge ihr ins rosa Innere der Hüpfburg. Die stickige Luft ist erfüllt von Kinderschweiß und Jauchzen. Es ist seltsam beruhigend in dieser Blase aus Plastik. Der Partylärm dringt gedämpft zu mir durch – ich kann zwar Stimmen hören, aber nicht, was gesprochen wird. Ich muss nicht Konversation machen. Alles, was von mir verlangt wird, ist, aufzupassen, dass ich nicht jemanden anrempele, der kleiner ist als ich.

Als jemand «KUCHEN!» ruft, krabbelt Emmy raus ins Freie. Ich folge ihr verschwitzt und mit rotem Kopf und gehe zu Oliver an die Bar. Er mustert mich. «Was hast du denn gemacht? Hast du das Fitnessbike gefunden?»

«Logisch. Kevin und ich haben in der Garage kurz eine Runde Spinning eingeschoben.»

Oliver streicht mir eine feuchte Strähne aus dem Gesicht. «Klar», sagt er. «Hätte ich mir denken können.» Nachdem wir Kevin inzwischen oft genug am Pool gesehen haben, sind Oliver und ich zu dem Schluss gekommen, dass wir jetzt wissen, wie es sich anfühlt, mit Jeff Bezos auf seiner Jacht abzuhängen – egal wie oft Kevin sich das Poloshirt schon über den Kopf gezogen hat, die Bauchmuskeln darunter sind *immer* eine Überraschung. Außerdem reden wir uns ein, dass wir auch so viel trainieren würden wie Kevin, wenn wir auch halb in Pension wären, aber wir wissen beide, dass das nicht stimmt.

Oliver reicht mir ein rosa Blubbergetränk. «Kir Royal?»

«Sehr passend.» Wir stoßen an und verbringen den Rest der Party damit, uns unter die anderen Eltern zu mischen und Small Talk zu machen. Ab und zu kreuzen sich unsere Blicke, und dann grinsen wir uns verstohlen an und verdrehen heimlich die Augen angesichts der durchgeknallten Details dieses Kindergeburtstags, vor allem über die als Ritter verkleideten Kellner in ihren Kettenhemden.

«Einen Wodka Tonic für meine Holde.» Zu Hause reicht Oliver mir einen Drink, und ich setze mich im Bett auf, den Rücken an die Kissen gelehnt. Er zieht sich aus bis auf die Boxershorts und setzt sich neben mich. «Ich wollte eigentlich ein bisschen Show für dich machen und mit den Flaschen jonglieren, aber dann hab ich mich doch dagegen entschieden.»

Ich lache und trinke einen großen Schluck. «Danke sehr.»

Er trinkt ebenfalls und stellt dann sein Glas weg. Er zieht mich an sich, bis wir in unserer üblichen Löffelposition liegen. «Heute war ein guter Tag», flüstert er mir von hinten ins Ohr.

Als ich mich umdrehe, um ihn zu küssen, sehe ich den allzu vertrauten hungrigen Blick in seinen Augen und zwinge mich zu einem Lächeln. Eigentlich sollte da Erregung sein – ein Gefühl von Hitze, ein Prickeln irgendwo in meinem Körper –, doch da ist nichts. Als hätten sich meine Gliedmaßen in glatten Marmor verwandelt.

Ich hatte insgeheim auf eine Folge *Law and Order* und Kuscheln bis zum Einschlafen gehofft, das perfekte Ende für einen perfekten Tag. *Heute nicht, Liebling, ich habe Kopfschmerzen.* Ich spreche es nicht aus. Schlechte Witze sind deprimierend. Ich trinke noch einen Schluck, Oliver nimmt mir das Glas aus der Hand und stellt es neben seines.

Und dann ist es so weit. Seine Hand auf meiner Hüfte. Als er mich anfasst, schweife ich ab, so wie ich es nach einem langen Tag oft tue, wenn nur noch Raum ist für nüchterne, offensichtliche Gedanken – zum Beispiel die Frage, ob es in der Geschichte tatsächlich jemals eine Frau gegeben hatte, die Sex mit ihrem Mann haben *wollte* und dann abbrechen musste, weil sie Kopfschmerzen hatte. Ich versuche, mir diese Frau vorzustellen, wie sie daliegt und enttäuscht ihr Kissen umarmt wegen dem, was ihr entgangen ist, stelle mir vor, wie ihre Kopfschmerzen sie dazu zwingen, einzuschlafen, ohne befriedigt worden zu sein.

Olivers optimistische Erektion pikt mich in den Oberschenkel und holt mich in die Gegenwart zurück, in unser Kingsize-Bett, das sich zu klein anfühlt, in unser Schlafzimmer, das sich zu groß anfühlt.

Ich gähne übertrieben, aber entweder Oliver bemerkt es nicht, oder es ist ihm egal. Er schlingt ein Bein um mich und küsst meinen Hals. Jetzt macht die Stimme in meinem Kopf keine Witze mehr, sondern fragt nur noch: *Was stimmt nicht mit dir? Waszurhöllestimmtnichtmitdir???* Seine rechte Hand vollführt den altvertrauten Tanz von der Hüfte hoch zu meinem Bauch.

«Betrachten Sie's als Liebesgabe», habe ich mal in einem Beziehungspodcast gehört. Mit ihrer Reibeisenstimme sagte die Frau: «Seien wir ehrlich, es gibt Momente, da geht's ums Geben und nicht ums Nehmen.»

Aber ich bin weder in der Stimmung für Geben noch für Nehmen. Als Oliver sich das letzte Mal auf diese Weise an mich drängte, hab ich mich schlafend gestellt. Ich imitierte sanftes Schnarchen, bis er sich irgendwann wegdrehte und echt zu schnarchen anfing.

Seine Hand gleitet unter mein T-Shirt, über die nackte Haut und drückt sanft meine Brust. Sein Mund findet meinen, und wir küssen uns, seine altbekannte Zunge vollführt altbekannte Bewegungen. Die Erschöpfungskarte kann ich nicht schon wieder ausspielen.

Jetzt gleitet seine Hand wieder nach unten, über meinen Bauch, wo sie, wie ich weiß, einen kurzen Moment liegen bleiben wird, direkt am Saum meines Höschens. Das weiß ich, weil es immer so ist. Wir haben seit einer gefühlten Ewigkeit denselben Sex mit demselben Fünfminutenvorspiel und in denselben Stellungen. Warum fällt es mir also plötzlich so schwer mitzuspielen? *Was zur Hölle stimmt nicht mit …* Ich wölbe den Rücken und stöhne auf die Art, die ihm gefällt, die ihm die Erlaubnis gibt, seine Finger in mich reinzuschieben. Ich beobachte, wie er sich die Hand anleckt, weil er weiß, dass ich nicht feucht bin. Dann bewegt er seine Finger in langsamen Kreisen, eine Schallplatte mit Sprung, dieselbe Platte, die er seit Jahren wieder und wieder auflegt. Ich beiße mir auf die Lippe.

Er schiebt sich auf mich drauf, lässt die freie Hand unter mich gleiten und packt meinen Hintern. Ich mache die Augen zu und versuche, mir sein liebes Gesicht vorzustellen, sein entspanntes Lächeln. Oliver ist attraktiv und liebevoll. Und gepflegt. Ich lasse meine Finger durch seine Haare gleiten und atme den Duft seiner Seife ein. Ein bisschen holzig und zitronig. Ich frage mich, was die Seifenhersteller bei dieser Kreation im Sinn hatten. Wollten sie uns mit der Geruchsrichtung an die unberührte Natur erinnern, an einen Wasserfall vielleicht oder an diesen herrlich mineralischen Geruch von Staub direkt nach dem Regen? An Seifenchemiker zu denken, ist nicht sexy. Ich gebe noch ein Stöhnen von mir und versuche, mich in die Gegenwart zurückzuholen, zurück zu dem Gefühl von Olivers Haut auf meiner Haut. Er antwortet mit seinem eigenen kehligen Stöhnen und einem erregten Stoß seines Penis gegen meinen Bauch. Ich lade ihn ein, indem ich mir den Slip ausziehe, in der Hoffnung, es damit zu beschleunigen. Er nimmt die Einladung an und steckt mir mit einem unsanften Kuss auf den Mund den Penis rein.

Ich schaue hoch in sein konzentriertes Gesicht, schließe die Augen und stöhne noch ein bisschen mehr.

«Ist es gut?», fragt er.

«M-hm.» Ich stöhne wieder, aber es funktioniert nicht. Meine Langeweile wird von Wut abgelöst. Ich nehme es Oliver übel, dass er meine Show genießt. Wieso kauft er mir das ab? Braucht er mich vielleicht gar nicht dazu? Ich höre auf, mein Becken zu bewegen, um zu sehen, ob er was merkt. Sein gleichmäßiger Stoßrhythmus bleibt unverändert. Ich gehe noch einen Schritt weiter und schnurre mit der Stimme einer ausgelaugten Telefonsexarbeiterin am Ende einer Sechzehnstundenschicht absolut nicht überzeugend, wie steinhart sein Schwanz sei. So was habe ich noch nie von mir gegeben. Ich mache die Augen auf und riskiere einen Blick in sein Gesicht. Ich erwarte, dass er lacht. Oder irritiert ist. Oder angewidert.

Wir können doch nicht so voneinander abgekoppelt sein, dass ihn meine gepresste Stimme nicht überrascht, diese völlig untypische Verbalerotik. Aber er hat immer noch die Augen geschlossen. Er wirkt wie im Rausch. «Ja», stöhnt er. «Mhhhm.»

Ich verstumme, kneife die Augen zu und beschließe in diesem Augenblick, dass ich aufhöre, so zu tun, als wäre ich anwesend, damit aufhöre, ihm Lust vorzutäuschen. Ich werde es als Experiment betrachten. Wie Seifenduft erfinden. Ob er aufhört? Ob er mich irgendwann fragt, was los ist?

Tut er nicht.

Mein T-Shirt ist oben an meinem Hals zusammengeknautscht, als Oliver erst stöhnt, dann erschaudert und die Augen verdreht. «Gott, das hab ich gebraucht», sagt er und rollt sich ächzend von mir.

Ich ziehe mir das T-Shirt runter, während Oliver gähnend ins Bad tapst und die Dusche anstellt. Er hält nicht inne, um mir einen Kuss zu geben oder mir noch mal in die Augen zu schauen. Kurz ist mir danach, mich unter der Bettdecke zu verkriechen und zu weinen, in der Hoffnung, dass mich das ein bisschen erleichtert. Aber ich bin nicht traurig; fast sehne ich mich danach, traurig zu sein – weil Oliver dann vielleicht aus der Dusche kommen und mich trösten würde, und ich würde mich wegen des Dramas, das ich veranstalte, ein bisschen schämen, und dann würden wir Arm in Arm einschlafen. Und morgen früh wäre alles wieder gut. Doch ich fühle keine Traurigkeit, sondern immer noch Wut – so quälend, dass ich am liebsten ins Bad rennen und mich unter die eiskalte Dusche stellen würde. Aber ich will nicht in Olivers Nähe sein, also fällt das aus.

Ich stehe auf und ziehe mir die Jeans an, schnappe mir Schlüssel und Handtasche, schlüpfe zur Haustür raus, setze mich ins Auto und starte den Motor, ohne mich zu fragen, was

Oliver denken wird, wenn er aus dem Bad kommt und meine Bettseite leer ist.

Gar nichts. Er wird gar nichts denken, außer dass ich aufgestanden bin, um noch mal nach Emmy zu sehen, so wie immer. Er wird sich ins Bett legen und einschlafen.

Kapitel 4

Leise setze ich zurück und verlasse die Siedlung. Seit die Sonne weg ist, ist es irgendwie noch wärmer geworden. Trotz Klimaanlage klebt mir das T-Shirt an der Brust. Ich wische mir mit dem Handrücken über die Augen – jetzt laufen mir doch noch Tränen übers Gesicht, aber sie bringen weder Erleichterung noch genug Klarheit, als dass ich umdrehen und nach Hause fahren würde. Ich weiß selbst nicht, wohin ich fahre. Ich bin müde und weine und benehme mich albern. Immerhin laufe ich nicht weg. Ich würde Emmy nie verlassen. Warum fehlt Oliver in diesem Satz? Das dürfte nicht sein. Die Fernlichter eines entgegenkommenden Wagens blenden mich. Passieren so Unfälle?

Ich hab gehört, der Sex hätte sie aus dem Haus getrieben.
Der Sex mit ihrem Mann?

Ich sollte umdrehen, aber ich will nicht nach Hause, noch nicht.

Ich fahre an Shoppingzentren mit riesigen Möbelläden vorbei. Um diese Uhrzeit ist alles geschlossen. Ich passiere eine Cheesecake Factory, einen Taco Bell, einen kleinen Spirituosenladen, dann finde ich mich auf einer zweispurigen Straße zwischen abgeernteten Feldern wieder, mitten im Nirgendwo. Nach einer ganzen Weile erreiche ich eine direkt an der Straße gelegene Mall mit Nagelstudio, einem Pizza-to-go-Laden, ein paar leeren Schaufenstern und einer Kneipe, auf deren Neonschild *Live Music* steht.

Ich biege in den Parkplatz ein und stelle den Motor ab. Die Klimaanlage verstummt, und um mich ist es still. Ich überlege, ob ich einfach den Sitz zurückklappen und ein bisschen dösen soll. Doch als ich die Augen schließe, denke ich an Oliver, an die Strecke, die ich zurückgelegt habe, und daran, wie spät es ist. Ich mache erst die Augen auf und dann die Autotür, und dann höre ich Musik über den Parkplatz schallen.

Die regenbogenbunt blinkenden Lichterketten an der Decke erzeugen ein mildes Schummerlicht. Es riecht vertraut – der Gestank von schalem Bier, das in Barmatten versickert und darin hängt, egal wie oft man die Matten nach Schichtende nach draußen zerrt und abspült.

Ich setze mich an den Tresen und bestelle einen Wodka Soda. Ich leere das Glas schneller, als ich wollte. Die eiskalte Flüssigkeit geht runter wie Wasser. Ich sehe einer Frau in einem gelben Seidenkleid dabei zu, wie sie die Jukebox bedient, während der Rest ihrer Truppe Musikwünsche in den Raum ruft. Sie sieht gut aus. Die schulterlangen, hellbraunen Haare und ihre langen Gliedmaßen schimmern im Licht, als sie sich über die Jukebox beugt. Sie ist auffällig tätowiert, eine Schar Krähen zieht sich über die Innenseiten ihrer Arme. Die Musik verstummt, sie schaut auf, versetzt unvermittelt der Jukebox einen Stoß mit der Hüfte, und die warme Stimme von Rodney Crowell erfüllt den Raum – *Shame on the Moon*, raunt er.

Direkt hinter mir versuchen zwei Typen, die Barfrau auf sich aufmerksam zu machen. Der eine trommelt mit den Fingern auf den Tresen. Er bestellt sechs Margaritas und beugt sich über mich, um sie seinem Freund nach hinten zu reichen. Die Barfrau stellt mir noch einen Wodka Soda hin und reckt das Kinn in Richtung der Männer. «Der ist von denen», sagt sie. Lächelnd hebe ich das Glas in ihre Richtung, vermeide jedoch jeglichen Blickkontakt. Nicht lange danach lässt sich ein junger Typ mit wuscheligen braunen Haaren und kleinen weißen Zähnen neben mir auf den Barhocker gleiten. «Störe ich?», fragt er, und ich schüttle den Kopf. Wir machen Small Talk. Es handelt sich bei der Gruppe um den versprengten Rest einer Hochzeitsgesellschaft. «Studienkollegen», sagt er.

«Wie war's?», frage ich.

«Nett, sehr schön», sagt er lächelnd und nickt. «Aber es gab nur rosa Sekt, deshalb sind die Trinkfesten von uns hier gelandet.» Wir unterhalten uns über die Hitze und einen Schwimmteich irgendwo in der Gegend, und ich lüge ihn an und erzähle ihm, ich wäre zu Besuch aus Kalifornien. Ich bin zu erschöpft für so viel Aufmerksamkeit, bedanke mich für den Drink und gehe raus in den Innenhof, wo noch ein Tresen steht, an dem sich genauso viele Menschen drängen wie drinnen. Es gibt eine kleine Bühne, aber keine Band, nur ein einsames Mikrofon und dahinter einen Hocker, an dem eine Gitarre lehnt. Der Innenhof wird über große Lautsprecher mit der Musik aus der Jukebox beschallt. Die Frau im gelben Kleid ist nicht zu übersehen. Sie tanzt neben der Bühne mit einem Mann. Sie schauen sich tief in die Augen. Er lässt einen Finger unter den schmalen Träger ihres Kleids gleiten und zieht sie an sich. Er legt seine Wange an ihre und schließt die Augen. Die stehen bestimmt am Anfang von irgendwas, denke ich, so intensiv, wie sie einander begegnen. Ich stelle mir vor, wie es wäre, diesen Augenblick aufzunehmen, diesen Abend zu konservieren und mitzunehmen, wie eine meiner Minikassetten. Was würde ich einfangen wollen? Die Hintergrundgeräusche der Menschen in der Bar, darunter lägen die schwachen Geräusche der texanischen Nacht. Was, wenn ich den Mut hätte, die Frau im gelben Kleid anzusprechen, sie zu fragen, wie es sich anfühlt, sie zu sein, mit diesem Mann zu tanzen? Aber ich bin nicht mehr so mutig, wie ich mal war.

Müde gehe ich zurück in die Kneipe und bahne mir einen Weg durch die Menge. Ich überlege, die Barfrau zu bitten, mir eine Tasse Kaffee zu machen, aber das würde mir zu lange dauern. Der Mond ist blassorange, und die Sterne lassen sich kaum von den Lichtern der Stadt unterscheiden. Langsam gehe ich durch die Dunkelheit zurück zu meinem Auto.

Schon nach kurzer Zeit fahre ich rechts ran. Die Straße liegt verlassen und dunkel da, und ich brauche die Handytaschenlampe, um mich in meiner Handtasche zurechtzufinden. Bald habe ich ihn gefunden, den Minirekorder. Ich drücke auf Play, und Jess' Stimme erfüllt den Wagen.

Je länger er mich berührte, desto sicherer wusste ich, ja, genau das will ich von einem One-Night-Stand. Alles an seinen Händen war mir fremd. Er fasste mich an, und ich konnte weder den Druck seiner Berührung vorhersagen noch wohin seine Hände sich als Nächstes bewegen würden. Meine Bluse war hochgeschoben, und ich nestelte gerade an seinem Reißverschluss, als das Taxi stehen blieb. Ich hatte vergessen, wohin wir fuhren. Wir standen vor einem Gebäude, das ich nicht kannte. Ich war tatsächlich dabei, mit zu ihm zu gehen.

Auf dem Weg nach oben trieben wir es beinahe im Treppenhaus, und wenn es nach mir gegangen wäre, hätten wir das auch getan, aber er raunte mir ins Ohr «Komm» und zog mich in seine Wohnung.

Dort sah es so aus, wie ich es mir vorgestellt hatte. Nichtssagende Möbel und ein ungemachtes Bett mit karierter Flanellbettwäsche.

Er bot mir was zu trinken an, Wasser oder irgendwas.

Aber ich wollte nicht reden. Ich hatte Angst, aus der Rolle zu fallen und den Mut zu verlieren – ich wurde bereits unsicher, jetzt, wo wir wirklich in seiner Wohnung waren. In dieser Umgebung kam er mir irgendwie realer vor, als wäre plötzlich seine ganze Vorgeschichte präsent, aber mich interessierte nur die Gegenwart. Ich wollte nichts über den Typen wissen. Wenn ich mich zu genau umsah, würde ich ihn plötzlich kennen, nur anhand der Sachen in seiner Wohnung, und dann müsste ich vielleicht erkennen, dass er nur Durchschnitt war.

Also presste ich ihn gegen die Wand. Er war groß, verstehst du? Fast dreißig Zentimeter größer als ich, und ich musste mich auf Zehenspitzen stellen, um seinen Mund zu erreichen. Ich küsste ihn lange und gierig, und er sagte: «Bist du geil!» Seine Stimme war unsexy, ganz anders als in der Bar mit der lauten Musik, also sagte ich, er solle den Mund halten, und knöpfte ihm das Hemd auf. Das gefiel ihm.

«Nicht bewegen», sagte ich. Und er nickte.

Ich machte einen Schritt zurück, betrachtete seinen Körper und versuchte, mir nicht anmerken zu lassen, wie sehr er mich beeindruckte. Er sah zum Niederknien aus. Diese Muskelstränge, wo der Bauch in die Hüften überging. So tief, wie seine Jeans saß, musste er untendrunter nackt sein. Er wollte nach mir greifen, aber ich hielt ihm die Arme fest. «Nicht», sagte ich noch einmal. Ich zog mir die Bluse aus, öffnete meinen BH und zog mich langsam vor ihm aus.

Er machte große Augen und wollte wieder nach mir greifen, aber ich schüttelte den Kopf und sagte: «Ich ziehe dich jetzt aus. Wir lecken uns und ficken zum ersten und zum letzten Mal, und dann gehe ich wieder.»

Und er? Nickte nur stumm. Fast hätte ich gelacht. Als ich lächelte, kehrte die Verspieltheit in seine Augen zurück. Das gefiel mir. Ich befahl ihm stillzuhalten und zog ihn aus.

Das Hemd war bereits offen, ich schob es über die Schultern zurück und ließ es zu Boden fallen. Genau das hatte ich gewollt, unbekannte Arme, muskulös und stark, aber ohne die langweiligen Geschichten aus dem Fitnessstudio, die die Typen so gern erzählen.

Ich fuhr mit der Fingerspitze die Tätowierung auf der Innenseite seines Bizeps nach, irgendein Sternbild, und ihm stockte der Atem. Es gefiel ihm, wie ich ihn berührte. Ich knöpfte seine Hose auf und schob sie über die Hüften runter. Ich hatte recht. Darunter war er nackt, und sein Penis war vollständig erigiert – und größer, als ich gedacht hatte. Ich nahm ihn in die Hand und liebkoste ihn. Ich ließ mir Zeit dabei. Auf der Eichel glänzte ein Lusttropfen, und ich sagte: «Nicht so schnell. Mach langsam.» Daraufhin erzitterte er am ganzen Körper, als müsste er mit sich ringen zu gehorchen.

«Du darfst näher treten.» Ich befahl ihm, mir den Rock auszuziehen. «Aber ohne Hände.» Eine Sekunde lang wirkte er verdattert und dann sehr einverstanden. Er musterte mich konzentriert. Ich trug meinen schwarzen Servierrock, der weder Knopf noch Reißverschluss hatte; der Typ hatte nur die Möglichkeit, sich hinzuknien und die Zähne zu benutzen.

Er nahm den Bund zwischen die Zähne und zog mir den Stretchstoff nach unten auf die Knöchel. Ich schlüpfte aus den Pumps, und plötzlich hatte er die ideale Größe für mich – wie er so vor mir kniete, war sein Mund direkt auf der Höhe meines Höschensaums. Er wollte reingreifen, aber ich schlug seine Finger weg. Also machte er es wieder mit dem Mund, und als das Höschen zu Boden geglitten war, wandte er sich wiederum mit dem Mund der Stelle zwischen meinen Beinen zu.

Ich erlaubte ihm, die Innenseiten meiner Oberschenkel zu lecken, mit der Zunge meine Schamlippen zu öffnen und in mich einzudringen. Dann zog er sich wieder zurück und umkreiste meine Klit, und das fühlte sich so gut an, dass ich seinen Kopf gegen mich presste. Er verstand jedes meiner Signale, saugte erst sanft und dann fester, während ich beifällig stöhnte.

Ich krümmte vor Lust die Zehen und machte mir wieder bewusst, dass dies unsere einzige gemeinsame Nacht sein würde. Ich wollte es langsam angehen.

Ich zog sein Gesicht von mir weg, und er schaute flehend zu mir hoch, wartete, was als Nächstes kam. Er atmete schwer, und es sah aus, als würde sein pochender Schwanz sich mir entgegenstrecken, begierig, egal welches winzige Stück meines Körpers zu berühren.

Ich wollte seine Hände auf mir spüren, überall. Ich wollte, dass er mich hochhob und aufs Bett warf und mich auf seiner weichen Flanellbettwäsche fickte. Aber ich wollte auch, dass es noch dauerte. Und ich wollte die Macht haben, genau wie im Job. Ich befahl ihm aufzustehen.

Ich führte ihn zum Bett, und er reckte sich nach einem Kondom auf dem Nachttisch. Wir knieten beide oben am Kopfende und küssten uns keuchend. Er stöhnte. Wir waren beide so dermaßen geil, dass wir wahrscheinlich auch einfach so hätten kommen können. Ich schubste ihn auf den Rücken und setzte mich auf ihn. Er nahm meine Hüften, und diesmal ließ ich ihn. Ich erlaubte ihm, sich an mich *zu klammern, während ich mir seinen Schwanz nahm. Wir keuchten beide auf. Und gerade als ich glaubte, ich könnte ihn unmöglich noch tiefer in mir spüren, hob er das Becken und stieß in mich, und ich schrie auf.*

Ich schloss die Augen und dachte nur noch, wie gut er sich anfühlte, dieser Typ, den ich nicht kannte, den ich gar nicht kennen wollte. Ich krallte mich an alles, was irgendwie in Reichweite war – die Bettwäsche, seine Schultern –, und dann dachte ich, die Mädchen in der Bar werden kreischen vor Begeisterung, wenn ich ihnen das erzähle. Ich stemmte mich gegen seine Brust und zog mich um ihn zusammen und ritt ihn, während er mich an den Hüften hielt. Dann spürte ich, wie mein Orgasmus sich unaufhaltsam aufbaute.

Worte drängten aus mir heraus, und ich konnte nichts dagegen tun. «Ich ficke dich», rief ich, «und das fühlt sich gut an. Und ich weiß nicht mal mehr, wie du heißt!» Er stieß von unten immer noch fester in mich, und ich umklammerte ihn mit aller Macht. Wir erzitterten beide, als wir kamen, schwitzend und völlig verausgabt.

Auf der Aufnahme ist ein Rascheln zu hören, gefolgt von meiner eigenen Stimme, vor vielen Jahren. Ich stelle Jess eine Frage. *Und wie hat es sich danach angefühlt, das erste Mal mit jemand Neuem?*

Eine lange Pause entsteht, gefolgt von Jess' Stimme. *Genau darum ging es mir. Ich wollte nicht, dass es ein erstes Mal ist. Oder der Anfang von etwas Neuem. Ich wollte kein nächstes Mal. Ich wollte, dass es bei dieser einen Nacht bleibt.* Jess lacht. *Ich wünschte trotzdem, ich könnte mich an seinen Namen erinnern.*

Ich stoppe die Kassette. Bis auf das Konzert der Grillen und Heuschrecken draußen vor dem Auto ist es völlig still.

Ich will auch nicht am Anfang von etwas Neuem stehen. Oliver und ich sind da, wo wir hingehören. Wir haben unsere eigene Art von Intimität, rede ich mir gut zu. Was macht es schon, wenn die anders aussieht, als ich mir das erträumt habe? Jedenfalls sind wir beide ganz sicher nicht am Ende. Vielleicht eher am Anfang des Mittelteils von irgendwas. Ich habe zwar keinen Plan, aber das heißt ja nichts. Oliver ist offensichtlich glücklich damit, wie es ist, warum kann ich nicht auch glücklich sein?

Ich lasse den Motor an, fahre über den Levitt Drive zurück bis runter auf die Interstate 30 East. Daheim angekommen, gehe ich die Treppe rauf und lege mich leise zu Oliver ins Bett, und dann bleiben mir noch vier Stunden Schlaf, bis alles wieder von vorne anfängt.

Kapitel 5

Den Großteil des Samstags verbringe ich damit, im Büro Arbeit nachzuholen. Hinterher setze ich mich zu Oliver und Emmy in die Küche. Emmy isst Butternudeln, und Oliver scrollt durch sein Telefon.

«Was habe ich heute verpasst?», frage ich.

Emmy seufzt theatralisch. «Einkaufen. Oma besuchen. Wieder einkaufen.»

Oliver sagt: «Eis. Kakao und Kuchen. Wieder Eis.»

Emmy grinst und entdeckt den Farbkasten, den ich für sie mitgebracht habe. Ihre Augen fangen an zu strahlen. «Ist der für mich?»

Ich nicke, und Oliver schaut Emmy beeindruckt an. «Deine Mom findet für dich die coolsten Sachen.» Das macht er in letzter Zeit oft, richtet an Emmy ein Kompliment, das für mich bestimmt ist, aber er sieht mich dabei nicht an. Er gibt ihr einen Kuss auf den Scheitel.

Ich nehme Jaspers Bild, das an der Wand gelehnt hat, seit ich es mit nach Hause gebracht habe, und versuche, einen Platz dafür zu finden. «Ich dachte, Wohnzimmer vielleicht?»

«Nett.» Oliver hat es sich gar nicht richtig angesehen. Oder auch nur bemerkt, dass da die ganze Woche lang ein neues Bild an der Wand lehnte.

Das nervt mich, und jetzt nerve ich mich selbst, weil ich so empfinde. Warum möchte ich, dass Oliver Jaspers Fotografie bewundert?

«Ich habe mehr dafür ausgegeben, als ich hätte sollen», sage ich. Er hebt den Blick. «Aber es könnte ja mein Geburtstagsgeschenk sein», füge ich hinzu.

«Weißt du, wir haben schon eine Vorgeburtstagsüberraschung für dich», sagt er.

«Tatsächlich?» Mein Geburtstag ist erst morgen.

«Mach die Augen zu und gib mir die Hand.»

Emmy stellt sich auf ihren Stuhl und klettert von da auf meinen Rücken, hält mir mit nach Butter riechenden Händen die Augen zu. «Nicht gucken!»

Sie geleiten mich nach oben. Vor der Tür zu unserem ungenutzten Zimmer soll ich anhalten. Emmy nimmt die Hände weg, und ich mache die Augen auf.

Sie haben das Zimmer aufgeräumt. Es ist beinahe leer. Keine Babywippe mehr, keine randvollen Plastikkisten. Das Zimmer ist keine Rumpelkammer mehr. Und es ist auch kein Arbeitszimmer. Es ist ein Gästezimmer, wie es im Plan des Hauses von Anfang an vorgesehen war. Oliver hat sogar unser altes Bett aus der Garage bis hierher in den ersten Stock gezerrt und mein Bild mit den Lupinen darüber an die Wand gehängt.

«Was allerdings noch fehlt, ist Bettwäsche und so Zeug», sagt er.

«Wow!» Mir ist ein bisschen schlecht.

«Emmy war fast den ganzen Tag bei meiner Mutter, aber sie ist mit mir zu Goodwill gefahren.»

«Zweimal», sagt Emmy.

Ich versuche, die aufsteigende Panik zu unterdrücken. Die Plastikboxen. Ich hatte den Schuhkarton mit den Kassetten in eine der Boxen gestopft. Und nicht wieder rausgeholt. Meine vielen Interviews. «Ihr habt alles weggebracht?»

«Alles!», sagt Oliver stolz. Er kratzt sich am Arm und schaut sich um. «Bis auf die Luftmatratze.» Er macht den Schrank auf. «Die sieht noch gut aus.»

Meine Kehle ist wie zugeschnürt. «Oliver!» Was sage ich jetzt? «Meine Sachen ...»

Oliver sieht mich verdattert an. «Bist du sauer?»

«Du hättest mich fragen müssen ...»

«Wir versuchen seit einer Ewigkeit, den Krempel loszuwerden.»

«Nein. Ich weiß. Aber vielleicht war etwas dabei, das wir hätten aufheben wollen. Ich weiß eigentlich gar nicht, was da alles war ...» Ich will ihn anschreien, aber er kann ja nichts dafür. *Er kann nichts dafür.* Panik schnürt mir die Kehle zu. Ich kann ihn nicht ansehen. Ich kann nicht sprechen. Woher hätte Oliver wissen sollen, was diese Kassetten mir bedeuten? Ich habe ihm nie auch nur ein einziges Interview vorgespielt. Ich muss daran denken, wie nachlässig ich den Schuhkarton in eine der Kisten gestopft habe, und jetzt sind die Kassetten weg. Alle. Stunden über Stunden Interviews und Geschichten von früher unwiederbringlich verloren.

«Diana.» Oliver legt mir einen bleischweren Arm auf die Schultern. Ich habe das Gefühl, darunter in die Knie zu gehen. «Der ganze Krempel ist endlich unterwegs zu neuen Ufern.»

Er hat keine Ahnung, dass er soeben Jahre meines Lebens weggeworfen hat. Natürlich kapiert er nicht, warum ich mich nicht freue. «Diana, ich weiß wirklich nicht, was ich falsch gemacht habe.»

Ich blicke über seine Schulter und sehe Emmy hinter ihm stehen. Sie mustert uns und dreht sich den Saum ihres Schlafanzugoberteils um die Finger. Ich lächle sie an. «Na komm, Bärchen, wir gehen Zähne putzen, okay?»

«Ich hatte noch keine Nachspeise!»

«Diana», sagt Oliver leise. «Was ist los?»

Ich versuche, fröhlich zu klingen. «Du weißt doch, ich und alter Krempel. Da werde ich sentimental.»

Oliver runzelt die Stirn. Es sieht aus, als wollte er noch etwas sagen, aber er lässt mich gehen.

«Verdammt, Diana. Nimm mal ein bisschen Wumms aus deinem Aufschlag. Gib mir wenigstens 'ne Chance.» L'Wren lacht, aber ich merke, dass sie's ernst meint. Sie hasst es zu verlieren, und ich habe sie gerade in zwei Sätzen geschlagen. Wahrscheinlich hätte ich ihr den letzten lassen sollen, aber ich muss mich verausgaben. Ich überlege, ob ich sie daran erinnern soll, dass ich heute Geburtstag habe, um ihr das schlechte Gewissen zu ersparen, wenn es ihr später irgendwann einfällt, aber das wäre irgendwie noch schräger. Ich bin einundvierzig geworden. Ein Geburtstag, der ohne viel Aufhebens vorübergleiten sollte.

Wir packen die Schläger ein und machen uns auf den Weg zu unseren Autos. Hier auf dem öffentlichen Freizeitgelände in Rockgate verbringen wir unsere Wochenenden – auf dem Spielplatz, auf dem Tennisplatz oder im Freibad. Manchmal machen Emmy und ich morgens auf dem Weg zur Schule kurz hier halt, damit sie nach den Rehen Ausschau halten kann, die am Rand der Anlage die wilden Walderdbeeren und das zarte Gras fressen.

«Komm, ich lad dich auf ein Glas Limonade ein, ja? Ich hab noch eine Stunde, ehe Emmy zum Schwimmkurs muss.»

«Zur Entschädigung, dass du mir den Arsch versohlt hast, schuldest du mir was Stärkeres als Limonade. Im Ernst, Diana, wie oft nimmst du eigentlich Unterricht?»

«Nur zweimal die Woche», sage ich. Dass jede Einheit zwei Stunden dauert, verschweige ich. Ich hätte nie gedacht, dass ich Siegeswillen in mir trage, aber beim Tennis ist das definitiv der Fall.

L'Wrens Telefon klingelt. «Liam?», sagt sie. «Ich kann dich nicht abholen. Ich habe einen Termin ... ja, einen Friseurtermin.»

«Was ist los?», flüstere ich.

Sie legt die Hand aufs Telefon. «Liam ist mit dem Wagen liegen geblieben. Sein Vater steckt mitten in achtzehn Löchern Golf und geht nicht ans Telefon.» *Wieso ich?*, sagt sie lautlos.

«Ich hole ihn ab», sage ich. «Wo ist er?»

«O Gott, Diana, du bist ein Engel. Echt.»

Als ich in die Tankstelle einbiege, steht Liam vor dem Shop. Seine Haare sind dunkelblau gefärbt. «Danke», sagt er und steigt zu mir ein. «Hast was gut bei mir.»

«Betrachte es als Gegenleistung dafür, dass du letztens unseren Krempel heimgekarrt hast, als wir Antiquitäten shoppen waren. Wohin willst du?»

«Du kannst mich mit zum Park nehmen. Ich warte dort auf Pops. Er liebt es, wenn ich auf dem Green stehe und ihm nützliche Tipps zurufe.»

«Ist das dein Wagen? Der graue?»

«Jau. Das ist Rosie. Vor ein paar Monaten hab ich versehentlich einen Bagel mit Frischkäse auf dem Dach liegen lassen. Ist festgetrocknet. Jetzt lässt sich mein Auto überall mit Leichtigkeit identifizieren.»

«Liam, das ist widerlich.»

«Ich weiß. Ich lasse das Ding eigentlich nur kleben, weil ich L'Wrens Gesicht so liebe, wenn ich neben ihr parke.»

«Hast du schon mal gefragt, ob sie dir helfen würden, ein neues Auto zu finanzieren?»

«L'Wren hat's mir angeboten. Sie hasst es, wenn Rosie in ihrer Auffahrt steht. Aber noch mal ... ich liebe dieses Gesicht, das sie dann macht.» Er grinst. «Ich weiß, ich bin ein Wichser.»

Ich fädele mich in den Verkehr ein und fahre zurück zum Park. «Sie liebt dich, das weißt du.»

«Du musst das nicht sagen, Diana.»

«Ich sage es ja auch nicht einfach nur so. Sondern weil es stimmt.» Warum klingt meine Stimme dann so hohl? «Vielleicht könnt ihr irgendwann mal was gemeinsam machen? Nur ihr beide.»

«Gute Idee. Wie wär's mit einem Sie-&-Er-Termin zum Lasern?»

Ich versuche, mir das Lachen zu verbeißen. «Was, wenn du ihr hilfst, das Abendessen zu machen?»

«Dad macht das Abendessen.»

«Ich weiß, dass sie morgens gern Walken geht. Geh doch mal mit.»

«Ganz schlecht, das ist ihre *Me-Time*.»

«Okay. Aber du weißt, was ich meine. Ehrlich gesagt, was bleibt dir sonst übrig?»

«Permanent das schwarze Schaf der Familie zu sein?»

«Ach komm, Liam. Du bist nicht das schwarze Schaf.»

Unangenehm lange bleibt es still. Liam lässt die Knöchel knacken, dann sagt er: «Vor ein paar Jahren sollte ich mal übers Wochenende zu meiner Mutter, aber die fuhr lieber nach Florida, und ich musste umdrehen und zurück zu meinem Dad. Als mein Taxi in die Einfahrt einbog, standen Dad und L'Wren und Halston vor dem Haus, alle in Rot und Grün, um das Foto für die Familienweihnachtskarte zu machen. Mein Dad hat so getan, als hätte er gewusst, dass ich komme, und hat gesagt, ich soll zusehen, dass ich mit aufs Bild komme, aber es war eindeutig, dass sie den Termin mit Absicht so gelegt hatten. Es ist dämlich, auch nur darüber zu reden. Ich wollte sowieso nicht mit auf das alberne Weihnachtsbild ...»

«Aber du möchtest trotzdem, dass sie dich auf dem Schirm haben.»

«Ja, genau.» Er lächelt. «Ich will wirklich, dass sie mich auf dem Schirm haben, glaube ich. Keine Ahnung, wie gesagt, es ist dämlich. Außerdem habe ich fast genug gespart, um auszuziehen. Also ... bald.»

Wir fahren vor dem Golfplatz vor, und ich parke in derselben Lücke wie vorhin. «Willst du ein paar Bälle schlagen?»

«Sehr witzig», sagt er.

«Nur mit mir.»

«Diana! Niemals.» Liam schaut mich todernst an. «Nicht mal an deinem Geburtstag.»

Als ich elf war, wäre das hier mein Traum gewesen – in einem gut sitzenden Bikini an einem glitzernden Pool zu liegen. Stattdessen lebten meine Mutter und ich in einer schäbigen Apartmentanlage am Fuße der Hollywood Hills, in die es uns nach ihrer letzten Trennung verschlagen hatte. Ehe sie meinen Vater kennenlernte, spielte sie in örtlichen Theaterproduktionen, und als er sie verließ, damals war ich drei, beschloss sie, dass es an der Zeit war, ihren Traum als Berufsschauspielerin zu verwirklichen.

An den meisten Nachmittagen, während meine Mutter bei einem Vorsprechen war oder am Clinique-Stand in der Mall arbeitete, klopfte ich bei unserem Vermieter und fragte ihn, wann der Pool im Innenhof endlich wieder eingelassen wurde. Der Vermieter war ein kleiner Mann namens Chad mit einem dichten blonden Haarschopf und gab mir achselzuckend jedes Mal dieselbe Antwort: «Ich hab die schon angerufen wegen dem Leck.» Ich wusste, dass er log und dass der Pool wahrscheinlich niemals repariert werden würde, aber ich hörte trotzdem nicht auf zu fragen. Dann setzte ich mich im Badeanzug ans tiefe Ende, während mir die Sonne auf den Rücken brannte, und ließ die nackten Füße über dem Moderwasser baumeln, das den Boden des Pools bedeckte. Ich schaukelte mit den Beinen und schickte der Schutzpatronin von Los Angeles für Rückrufe und Rollenvergaben ein stummes Gebet für das Vorsprechen meiner Mutter.

An einem heißen Sommertag stürmte meine Mutter nach einem Vorsprechen, das nicht gut gelaufen war, an mir vorbei und blaffte mich an. «Los, beweg dich. Komm schon. *Bewegung.*» Ich stand auf, so schnell ich konnte, dabei löste sich mein Badeanzug so widerstrebend von dem heißen Beton wie ein Klettverschluss.

In der Wohnung angekommen, rief Mom Chad an und brüllte was von Flöhen ins Telefon, und er kam langsam nach oben geschlurft, sprühte den Teppich mit irgendwas ein und sagte uns, wie lange wir mit dem Staubsaugen warten sollten. Währenddessen beschwerte meine Mom sich ununterbrochen darüber, wie schwer es war, irgendetwas auf die Reihe zu kriegen – nicht mal Text lernen konnte sie, weil die Flöhe sie *zu sehr* ablenkten. Mit ausdrucksloser Miene antwortete Chad: «Versuch, den Frust für deinen Prozess zu verwenden.» Beim Rausgehen zwinkerte er mir zu. In unserem Wohngebäude wimmelte es von arbeitslosen Schauspielerinnen und Schauspielern.

Die Flöhe waren hartnäckig, aber uns ging das Geld aus, wir waren mit der Miete im Rückstand. Mom hörte auf, Chad anzurufen, und ich hörte auf, ihn nach dem Pool zu fragen. Wir blieben die meiste Zeit in der Wohnung; wenn er klopfte, taten wir so, als wären wir nicht zu Hause.

Aber heute liege ich hier, mit rosa lackierten Fingernägeln, in der Hand ein Glas Eistee von der Snackbar, die nur ein paar Schritte entfernt ist. Und auf der Nachbarliege liegt mein gut aussehender Ehemann, mit dem ich eine perfekte, gesunde, kluge Tochter habe, die in diesem Moment am Beckenrand steht, während die Schwimmlehrerin ihr zeigt, wie man einen Kopfsprung macht.

«Schau sie dir an», sagt Oliver mit Stolz im Blick. «Wie stark sie ist. Wo hat sie nur diese Muskeln her?»

«Ich hab's!», sage ich. «Vielleicht sollten wir sie zum Turnen anmelden. Viele olympische Turmspringerinnen haben als Turnerin angefangen.»

«Aber nur wenn das ihren Bemühungen, den Nobelpreis zu erringen, nicht in die Quere kommt.»

Ich lache. Jetzt ist Emmy mit dem Kopfsprung dran, und Oliver drückt zärtlich meine Hand. Ich drücke zurück, etwas fester. Emmy tritt nach vorne an den Rand, die Arme hoch über den Kopf gereckt. Dann stellt sie sich auf die Zehenspitzen und springt.

Es ist nicht vorgesehen, dass wir für einzelne Kinder klatschen – das hier ist nur ein Schwimmkurs, kein Wettkampf –, aber Oliver johlt trotzdem, als Emmy aus dem Becken steigt. Ein paar Eltern lachen, weil Oliver so nett ist und viel zu beliebt, um dafür verurteilt zu werden. Emmy strahlt uns an und tapst auf nassen Füßen zu den anderen Kindern zurück.

Den Rest der Stunde sitzen Oliver und ich schweigend da. Wenn ich mich komplett verloren fühle, versuche ich immer, mich an die wirklich schlimmen Zeiten zu erinnern. Ich bin einundvierzig Jahre alt und muss mich vor niemandem mehr verstecken. Ich bin dem Chaos davongerannt. Ich muss keine Angst mehr haben, aus einem schäbigen Apartment geworfen zu werden, und muss mich nicht vor irgendwelchen Gläubigern verstecken. Ich habe einen gut bezahlten Job, eine wunderbare Tochter und einen Ehemann, der mich zum Lachen bringt. Wenn ich im Supermarkt meine Einkäufe bezahle, muss ich keine Angst haben, dass hinterher jemand bei mir zu Hause anruft und ich die Sachen zurückbringen muss. Es gibt Tage in meinem Leben, heute zum Beispiel, da erfüllt mich das stille Gefühl, geliebt zu werden und in Sicherheit zu sein.

Der Schwimmunterricht geht zu Ende, und ich stehe auf, um Emmy ein Handtuch zu bringen. Oliver streckt die Hand aus und hält mich auf.

«Warte», sagt er und zieht sich das T-Shirt über den Kopf. Er holt eine Bluetooth-Box und sein Telefon aus der Tasche und drückt auf Play. Stevie Wonders *Happy Birthday* erschallt so laut, dass alle rund um den Pool was davon haben. Oliver springt ins Wasser und winkt Emmy zu sich, die mit einer Arschbombe neben ihm landet.

«Auf drei, Ems!», ruft er. Ein paar Bekannte scharen sich um mich, und wir sehen Emmy und Oliver dabei zu, wie sie eine unfassbar ungelenke Vater-Tochter-Geburtstags-Schwimm-Choreografie aufführen. Jede Menge gespreizte Jazz-Hands und zur Unzeit auf- und wieder untertauchende Köpfe. *Schau doch, wie das Wasser sie trägt. Schau doch, wie sie sich ansehen, wie sie versuchen, sich an die Choreografie zu erinnern, wie sie lachen, weil's nicht klappt.* Mir tut vom Grinsen das Gesicht weh, in meinen Augen brennen Tränen. Was für eine süße Geste. Ich versuche, die Frage zu ignorieren, weshalb ich mir wie eine Souffleuse Anweisungen einflüstern muss, wie ich Freude darzustellen habe.

Emmy beendet die kleine Nummer mit einem Salto von Olivers Schultern, und ich klatsche laut.

✱

Auf der Rückfahrt vom Abendessen schläft Emmy im Auto ein. Oliver trägt sie nach oben, und während er sie hinlegt, mache ich mich eilig bettfertig. Ich wasche mir das Gesicht, putze mir die Zähne und schlüpfe hektisch unter die Bettdecke. Als Oliver ins Zimmer kommt, ist das Licht aus, und ich habe die Augen zu. *Ich bin so müde,* rede ich mir ein. Von der Sonne, vom Wein, vom Essen. Es ist okay, einfach schlafen zu wollen. Oliver setzt sich auf seiner Seite auf die Bettkante. Ich kann seine Enttäuschung spüren. Dies ist der Moment, wo ich die Hand nach ihm ausstrecken und Intimität anbahnen sollte. Wenn wir erst mal dabei sind, finde ich es sicher gut. Je mehr ich mir selbst vorsage, was ich tun soll, desto weniger will ich es. Also vermeide ich den Geburtstagssex und tue stattdessen so, als würde ich schlafen, bis wir schließlich irgendwann beide tatsächlich eingeschlafen sind.

Kapitel 6

Als Oliver und ich zum ersten Mal Sex hatten, fühlte es sich nicht nach Ficken an. Es war nicht die Sorte Sex, bei der man sich währenddessen fragt, was man tun muss, damit das Gegenüber sich hinterher meldet. Weder ihm noch mir ging es darum, eine gute Figur zu machen.

Zwei Tage nachdem er mir die Wohnung gezeigt hatte, rief Oliver mich an, um mir zu sagen, dass meine Kreditwürdigkeit in der Tat praktisch nicht vorhanden wäre, doch ich hatte inzwischen ein Zimmer in der Dreizimmerwohnung des Freunds einer Freundin gefunden, der ruhig war und Zahnmedizin studierte. Eine Woche darauf rief Oliver mich wieder an, diesmal um mir zu sagen, dass die Firma seines Vaters jemanden für den Empfang suchte. «Hauptsächlich Telefondienst, aber die Arbeitszeiten sind ganz okay. Ich habe es auch überlebt», sagte er. Ich hörte ihm an, dass er ein schlechtes Gewissen hatte, weil das mit der Wohnung nicht geklappt hatte. Er sagte, er wüsste da von einem Apartment in dem Haus, wo seine Freundin lebte, das eventuell frei wäre. Ich sagte ihm noch einmal, dass ich inzwischen was gefunden hatte. Ich war mir ziemlich sicher, dass er nur deshalb seine Freundin erwähnte, um mich davon zu überzeugen, dass das Jobangebot seriös gemeint war.

«Woher weißt du, dass ich gut in dem Job wäre?»

«Meinen Anruf hast du ziemlich professionell entgegengenommen.»

«Haha.»

Am darauffolgenden Montag fing ich an. Es war ein anspruchsloser Job in der Vermögensverwaltung seines Vaters. Ich besetzte den Empfang und bediente das Telefon. «McKinnon, Wodd und Bloom, womit kann ich Ihnen helfen?» Ich verteilte die eingehende Post auf die drei genannten Partner, indem ich sie an deren Assistentinnen verteilte. Bei zweien der Geschäftsführer – die Herren McKinnon und Bloom – handelte es sich um uralt aussehende, graugesichtige Männer, die ich kaum voneinander unterscheiden konnte und die sich am Ende des Flurs hinter geschlossenen Türen in ihren Büros verschanzten. Olivers Vater, Mr Allen Wood, war der Einzige von den Dreien, den ich jemals dabei sah, wie er sich die Mühe machte, außerhalb seines Büros ein paar Worte mit den Assistentinnen zu wechseln.

Wenn das Telefon nicht klingelte, benutzte ich frisch angespitzte Bleistifte der Stärke 2 und alles andere frei verfügbare Büromaterial auf meinem Tisch, um für meine Freunde Barry und Alicia Skizzen zu zeichnen – hauptsächlich von den häufig gereizten vermögenden Menschen, die ich mir am anderen Ende der Leitung vorstellte. Diesmal signierte ich mit D$rty D$ana, um Alicia zum Lachen zu bringen. Und statt Putzschwamm bekam ich diesmal von Alicia einen gut gedrehten Joint ins Büro zugeschickt, den ich eilig ganz hinten in einer Schublade versteckte. Sie konnte nicht fassen, dass ich für Finanzdienstleister arbeitete. Als ich dann Jahre später selbst Anlageberaterin wurde, sagte sie, sie habe gewusst, dass ich das kann, und es könne nicht schaden, eine Anlageberaterin in der Familie zu haben.

Manchmal stellte ich mir, wenn ich am Empfangstresen saß und zeichnete, Olivers Freundin vor. In meiner Vorstellung hatte sie einen kastanienbraunen Bob, ein ovales Gesicht und rosige Wangen. Auf meinen Bildern sagte sie Dinge wie: *Du bist so lieb!*, und sah Oliver dabei aus großen, glänzenden Augen an. Jeden Abend kam Oliver bei Dienstschluss am Empfang vorbei und wünschte mir einen schönen Abend. Manchmal ruhten seine Finger dabei auf meinem Tresen. Und jeden Abend dieser ersten zweieinhalb Monate war ich ein bisschen mehr in ihn verknallt.

An meinem elften Freitag in der Firma riss mir der Geduldsfaden. Ohne mir selbst Gelegenheit zu geben zu kneifen, nahm ich einen leeren, mit *persönlich/vertraulich* beschrifteten Umschlag und zeichnete den Grundriss unseres Stockwerks auf. Über Olivers Tisch schrieb ich: *Du bist HIER*, und über die Hintertreppe malte ich ein Sternchen und schrieb: *Ich werde DORT sein*. Und untendrunter die Frage: *Treffen wir uns DORT?*

Alicias Joint lag noch in meiner Schublade. Ich legte ihn auf den Grundriss und faltete das Blatt. Ich schrieb eine Mail an meine Kollegin Glory, Betreff *O-oh!: Du hattest recht. Der Taco-Truck war nicht vertrauenswürdig!!! Kannst du für mich ans Telefon gehen? Könnte ein bisschen dauern …* Ich leitete meinen Apparat auf Glorys Nummer um und spazierte mit dem Joint zu Olivers Schreibtisch. Ich achtete darauf, dass er mitbekam, wie ich ihn ablegte, und ging zur Hintertreppe.

Die Metalltür fiel krachend hinter mir ins Schloss. Ich setzte mich auf die Stufen und wartete. Nachdem mehrere lange Minuten vergangen waren, überlegte ich, den Abflug zu machen. Ich hatte dem Sohn vom Chef gerade einen Joint und eine zwielichtige Einladung zukommen lassen. In dem Moment öffnete sich ein Stockwerk unter mir knarzend die Feuertür, und Oliver kam, zwei Stufen auf einmal nehmend, die Treppe hochgesprintet, ein breites Grinsen im Gesicht. «Ich musste durch drei Pausenräume, um das Treppenhaus zu finden.»

Er holte ein Feuerzeug aus der Tasche und zündete den

Joint an. Er setzte sich neben mich, und wir zogen abwechselnd.

Nach einer Weile fragte er: «Was hältst du eigentlich von meinem Dad?»

Ich lachte, weil ich es irre fand, mich nach seinem Vater zu fragen, während wir uns im Treppenhaus von dessen Firma bekifften. Doch Oliver wirkte völlig ernst. Also sagte ich, sein Vater mache einen netten Eindruck. Die Wahrheit war, dass Alan bis zu dem Moment noch nie mit mir geredet hatte. Ich hatte immer nur mit seiner Assistentin Cindy zu tun, die am Empfang anrief, wenn sie Büromaterial brauchte. Wenn ich ihr den georderten Nachschub brachte, hielt sie mir jedes Mal eine Schale mit Pfefferminzbonbons hin, und wenn ich mir eins nahm, krächzte sie: «Lass dich ja nicht erwischen!», und zwinkerte mir zu. Ich fragte Oliver, was sie damit meinte.

«Weiß ich auch nicht genau, aber zu mir sagt sie das schon seit meiner Kindheit. Kann sein, dass es sogar dieselbe Schale Bonbons ist.»

Langsam, aber sicher wurden wir albern, und das Gras verursachte uns Lachkrämpfe.

«Möchtest du ihn kennenlernen?», fragte Oliver und wischte sich die Tränen aus den Augen.

«Wen? Deinen *Dad*? Geht es immer noch um deinen Dad?»

Wir kicherten wieder, beugten uns vor, bis unsere Gesichter einander so nahe waren, dass unsere Stirnen sich fast berührten. Ich fragte: «Hast du deine Freundin noch?»

Seine Augen waren hochsommerlich blaugrün. «Nein. Ich mag jemand anderen.» Olivers Lippen berührten meine. Anfangs, kurz nur, war es ein zärtlicher Kuss. Doch dann wurden wir gleichzeitig von der Leidenschaft gepackt, als würde sich die Energie entladen, die sich in monatelangem, beiderseitigem Verknalltsein aufgestaut hatte. Es war der Kuss zwischen zwei Menschen, denen fast schwindlig war vor Erleichterung, ein Kuss, der sagte: *Ich dachte schon, es passiert nie.*

Das Verlangen durchflutete mich mit einer Heftigkeit, die mich erzittern ließ. Oliver dachte, ich würde in dem zugigen Treppenhaus frieren, also zog er mich an sich und nahm mich in die Arme. Vielleicht war es der Joint, jedenfalls war die Wärme seiner Haut in diesem Augenblick die großartigste Empfindung, die ich jemals verspürt hatte.

Ich drehte mich zu ihm um und setzte mich auf ihn. Er stöhnte vor Wonne, und ich hob den Rock und schob ihn hoch bis über die Hüften. Nur mein Slip und seine Jeans dämpften noch die Hitze zwischen uns. Das Gefühl seiner Erektion zwischen meinen Beinen weckte schmerzhaftes Sehnen.

Er sah mir ins Gesicht und flüsterte: «Okay?», und als ich nickte, ließ er seine Finger in mich hineingleiten. Wir keuchten gleichzeitig auf, was dazu führte, dass wir gleichzeitig die Augen aufrissen und anfingen zu lachen. Als ich beinahe die Beherrschung verloren und mich dem nächsten bekifften Lachanfall überlassen hätte, zog er mein Gesicht mit einer Bestimmtheit an sich, die uns wohl beide überraschte. Wir küssten uns wieder, noch inniger. Oliver schmeckte nach Marihuana und Peanut Butter Cups aus dem Automaten im Büro.

Wir waren fast vier Monate zusammen, als wir zum ersten Mal miteinander ins Bett gingen. Oliver wollte mir beweisen, wie viel ich ihm bedeutete, und ganz egal, wie sehr ich ihn reizte, wenn wir uns küssten, wie sinnlich ich mein Becken an seiner Hose rieb oder an seinem Ohrläppchen nagte, immer flüsterte er nur: «Noch nicht.» Es wurde zum Spiel zwischen uns, und ich liebte es, Oliver dabei zu beobachten, wie er versuchte, seinen Atem zu beruhigen und seine Erektion zu bezwingen.

Als Oliver der Ansicht war, dass es jetzt passieren sollte,

waren wir beide völlig drüber. Die angestaute Lust war monumental, und ich hatte große Angst, dass wir enttäuscht sein würden. Olivers Eltern waren verreist, und er nahm mich zu einem nächtlichen Bad mit in das Haus seiner Kindheit. Das Schwimmbecken hatte olympische Maße und einen beleuchteten, meeresblauen Boden. Es gab vier Deckchairs mit einem perfekt gefalteten weißen Handtuch am Fuße jeder gestreiften Auflage, als hätten seine Eltern gewusst, dass wir kommen. Ich kicherte, als ich ihm beim Ausziehen zusah und er sich die Hände vor den Penis hielt, ehe er ins Wasser sprang. Ich stand auf dem Sprungbrett und ließ ein Kleidungsstück nach dem anderen ins Wasser segeln, während Oliver still am flachen Ende stand und mir zusah. Es war eine feuchtheiße texanische Nacht, und ich weiß noch, dass ich Angst hatte, einen Kälteschock zu bekommen, wenn ich reinsprang, aber das Wasser hatte Körpertemperatur, war warm und einladend. Ich tauchte unter, schwamm auf Oliver zu und tauchte wenige Zentimeter vor seinem Gesicht wieder auf. «Du bist wunderschön», sagte er. Ich lächelte nur; in Olivers Gegenwart fühlte ich mich tatsächlich schön.

Als wir ins Haus rannten, nackt und tropfnass, schnappte sich Oliver unterwegs eine Cola aus dem bestens ausgestatteten Kühlschrank der Außenküche. Dann führte er mich über die Hintertreppe in sein altes Kinderzimmer. An der Tür hing ein Poster von Cindy Crawford in schwarzem Bikini. Auf dem breiten Bett lag eine smaragdgrüne Tagesdecke, die farblich zu den Jalousien passte, die Oliver eine nach der anderen runterzog.

«Wer ist das?» Ich nahm ein gerahmtes Foto von Oliver und einer umwerfenden Rothaarigen vom Regal. Sein Zimmer regte mich zu Hunderten Fragen an. Wie oft hast du *Der Wüstenplanet* gelesen? Wer hat deine Anziehsachen für dich ausgesucht? Hast du je ein Mädchen durchs Fenster zu dir reingeschmuggelt?

«Das ist Alex», sagte er. «Sie war meine erste feste Freundin.»

«Wo ist sie jetzt?»

«In Houston. Soweit ich weiß, glücklich verheiratet mit drei Kindern.»

«Hast du sie geliebt?»

«Irgendwie schon. Ich bin mir nicht sicher, ob ich damals wusste, wie Liebe sich anfühlt.»

«Weißt du jetzt, wie Liebe sich anfühlt?»

«Ja.» Er verschränkte seine Finger mit meinen. «So.»

So fühlt sich Liebe an, dachte ich. Die Weichheit seines Kinderzimmerteppichs unter meinen Füßen. Der süße Geschmack von Coca-Cola auf seinen Lippen. Der Chlorgeruch auf unserer immer noch feuchten Haut.

Oliver nahm mein Gesicht zwischen seine Hände. Er küsste mich heftig und saugte an meiner Unterlippe. Ich schloss die Augen. Er legte mir eine Hand auf den Rücken und dirigierte mich sanft runter auf den Fußboden. Wir lagen eng aneinandergeschmiegt auf dem dicken Teppich, mein Rücken an seiner Brust, und Oliver küsste meinen Nacken und umkreiste zärtlich mit dem Finger meine Nippel. Ich spürte seinen steifen Schwanz in meinem Rücken, hob leicht das Bein und ließ zu, dass er in mich eindrang. Während er sich in mir bewegte, hielt er mich von hinten sanft umschlungen. «Gott, Diana. Du fühlst dich so gut an.»

Ich packte seine Hand, drängte ihn, meine Brust zu drücken. Ich wollte mehr. Mehr Spannung. Mehr Druck. Mehr Ficken. Aber wir fickten nicht, wir machten Liebe. Ich wandte ihm mein Gesicht zu, und Oliver strich mit dem Finger über meine Lippen. Ich nahm seinen Finger in den Mund und fing an, daran zu saugen. Oliver stöhnte vor Lust, als wäre das das

Erotischste, das eine Frau jemals mit ihm gemacht hatte. «Das bedeutet mir alles», sagte er. «Mich in dir zu spüren.»

Ich ließ mich von ihm weggleiten und legte mich auf den Rücken, damit ich ihm dabei ins Gesicht sehen konnte. Dann spreizte ich die Beine und zog die Knie hoch bis an die Brust.

«Diana.» Seine Stimme war laut und tief, und ich wollte ihn so dringend wieder in mir haben, dass mein ganzer Körper zitterte. Als er in mich eindrang, wusste ich, dass ich ihn nie wieder gehen lassen würde.

Oliver strich mir die Haare aus dem Gesicht. Er küsste mich langsam, sein Mund ebenso weit geöffnet wie meiner, bis wir uns nicht länger küssten, sondern nur noch die Lippen aufeinanderpressten und dieselbe Luft atmeten.

«Du fühlst dich so gut an, ich kann nicht mehr.»

«Ist okay», flüsterte ich ihm ins Ohr. «Du kannst in mir kommen.»

Oliver erzitterte am ganzen Körper, sank auf mich und vergrub das Gesicht in meinen Haaren. In mir war nur Platz für einen Gedanken. *Wen interessiert's, wenn ich jetzt schwanger werde? Das ist der Mann, mit dem ich für immer zusammen sein will.* Meine Sehnsucht bezog sich auf etwas, das viel größer war als Sex. Mit Oliver konnte ich mir ein ganzes Leben vorstellen – Zeit, die sich in luftigen, sanften Kreisen vollzog, die Luft um uns herum stets weich und wohlduftend.

«Bist du gekommen?», fragte er.

«Ja», log ich. Ich rollte mich zusammen, schmiegte mich an ihn, und dann schliefen wir ein.

Kapitel 7

L'Wren steht vor unserer Haustür. «Du siehst toll aus.»

«Danke.» Ich habe mich für heute Abend schön gemacht. Das kleine Schwarze besitze ich seit vor Emmys Geburt, aber ich mag, wie die dünnen Träger meine Schultern betonen. Außerdem habe ich mir in der Mittagspause neue Pumps gekauft, die mich gefühlt sieben Zentimeter größer machen. Als ich sie anzog, fühlte ich mich sogar in der überfüllten Schuhabteilung von Macy's göttlich. Außerdem habe ich mir Mühe mit meinen Haaren gegeben, sie sehen jetzt tatsächlich ein bisschen aus wie die von L'Wren, glatt und in sanfte Wellen geföhnt.

«Warte.» L'Wren holt einen Lippenstift aus der Handtasche und tupft mir ein bisschen Rot auf die Lippen. «Ich liebe deinen vollen Mund.» Sie tritt zurück und bewundert ihr Werk. «Ja, das ist perfekt. Kannst ihn behalten. Steht dir sowieso viel besser.»

Als ich ihr erzählte, dass Oliver und ich es mit einer Nacht woanders versuchen wollten, war L'Wren sofort zur Stelle gewesen und hatte darauf bestanden, auf Emmy aufzupassen. Am Anfang war ich weniger dankbar als peinlich berührt – war tatsächlich so offensichtlich, wie dringend Oliver und ich das nötig hatten? Dass wir ziemliche Schwierigkeiten mit einer bestimmten Form von Intimität hatten, die uns doch eigentlich leichtfallen sollte? Vielleicht war es auch Scham, weil ich das Gefühl hatte, eine Frau von mehr Format würde offen dazu stehen. Ich greife nach dem Lippenstift und drücke L'Wren an mich. «Danke, dass du das tust.»

«*Sehr* gern.» Sie schlüpft aus den Stiefeln. «Wo geht's hin?»

«Ich weiß es nicht. Oliver schickt mir eine Nachricht.» Nach meinem Geburtstag hatte ich beschlossen, dass wir einen Tapetenwechsel brauchten. Als ich Oliver eines Abends, als wir zu zweit auswärts essen waren, den Vorschlag machte, hatte er die Planung übernommen und gesagt, er wollte mich überraschen.

«Hm. Na gut.» L'Wren kneift die Augen zusammen. «Oliver besitzt mein Vertrauen. Wärst du Jenna, würde ich sagen, Herzchen, geh dich bitte umziehen, er hat – Überraschung – hundertprozentig irgendwelche ganz miesen Plätze für ein Mavs-Spiel ergattert. Aber Oliver ... Oliver wird uns nicht enttäuschen. Emmy!», ruft sie und kramt in ihrer Handtasche, wo bestimmt etwas Glitzerndes für unsere Tochter ist. «Schau mal, was Tante L. dir mitgebracht hat!»

In dem Augenblick ploppt auf meinem Telefon eine Nachricht von Oliver auf. *Rosevale Hotel. Bis gleich.* Ich gebe Emmy einen Gutenachtkuss, und L'Wren scheucht mich zur Haustür raus.

Ich fahre auf den Hotelparkplatz und rufe Oliver an. «Ich bin da.»

«Schön, sehr gut. Ich bin oben.»

«Welche Zimmernummer?»

«Ach ja ...» Das Lächeln in seiner Stimme sagt mir, dass das genau die Frage ist, die er provozieren wollte. «Geh an den Empfang und sag, Hugo Drax hat einen Schlüssel für dich hinterlegt.»

«Wer?»

«Das ist mein Deckname.»

«Wozu brauchst du ... Oliver!» Ich lache.

«Dieser Drax klingt nach einem coolen Typen, oder?»

Wenn früher einer von uns beiden aufgeregt war, wurde der andere davon unweigerlich angesteckt. Doch inzwischen ist das Gegenteil der Fall. Wenn einer von uns aufgeregt ist, versucht der andere automatisch, auszugleichen, die Aufregung mit Vorsicht oder Vernunft zu dämpfen oder am besten gleich einen Eimer eiskaltes Wasser drüberzukippen, weil sonst ... ja, was eigentlich? Was passiert, wenn wir beide gleichzeitig fröhlich sind?

«Du bist Fiona Volpe. Ich habe den Schlüssel auf deinen Namen hinterlegt, Fiona.»

«Warte. Was?» Doch Oliver hat bereits aufgelegt.

Das Foyer des Rosevale hat gewölbte Decken und Marmorböden. Heute Abend herrscht Hochbetrieb. Die Bar ist voll mit Konferenzteilnehmern, die mit Namensschild am Revers herumstehen und trinken. Am Empfang steht ein älterer Herr mit gut geschnittenem grauem Anzug und lila Krawatte und blinzelt auf seinen Bildschirm.

Als ich das Foyer durchquere, ruft Alicia an. Wenn es eine gibt, die solche Spielchen lieben würde, dann sie. Sie würde gemächlich an den Empfangstresen schlendern und verkünden «Fiona Volpe, hallihallo!».

«Hey!» Aus irgendeinem Grund flüstere ich, als ich den Anruf annehme. «Ich treffe mich jetzt gleich mit Oliver in einem Hotelzimmer.»

«Bitte sag, dass du nur einen Trenchcoat trägst und nichts drunter.»

«Logisch.»

«Wie schmutzig!» Alicia lacht. «Rufst du mich morgen an?»

«Klar.»

Am Empfang setzt der gut gekleidete Mann ein routiniertes Lächeln auf und sagt: «Herzlich willkommen.» Ich sage: «Für mich ist ein Schlüssel hinterlegt. Ms Volpe.»

Vor Zimmer 1406 hole ich tief Luft. Diese gemeinsame Nacht ist genau das, was wir brauchen. Keine erzwungene Intimität, keine vorgetäuschten Orgasmen, kein Schnell-Schnell. Eine ganze Nacht, nur wir beide.

Noch ehe ich klopfen kann, macht Oliver die Tür auf. Ich weiß nicht, wen ich erwartet hatte – Oliver natürlich, wen sonst? –, jedenfalls erschrecke ich mich. Er trägt das blaue Hemd, das ich ihm zu unserem Hochzeitstag geschenkt habe.

«Du hast es gefunden», sagt er.

«Ja.»

Oliver wirkt unsicher, und ich möchte ihn berühren und sagen: *Wir schaffen das.* Wir schaffen das ja auch. Wir verwandeln uns in die beste Version unser selbst, und dann sind wir innig und uns nahe.

«Ja, dann», sagt Oliver. «Komm, komm.» Es klingt, als würde er einen Hund ins Haus rufen.

«Danke sehr.»

Oliver hat uns eine Suite spendiert. Ich folge ihm an der Sitzecke und der riesigen Fensterfront vorbei zum Schlafzimmer. So müssen die Gästezimmer von Laura Bush aussehen – seidene Volants, geschnitztes Kopfteil, alles in allem sehr südstaatlich. Das Deckenlicht ist ausgeschaltet, aber wir sind in Kerzenschein gehüllt. Es sind eine ganze Menge Kerzen.

«Wow. Blütenblätter.»

«Zwei Dutzend rote Rosen. Hab ich selbst gemacht.» Oliver lächelt stolz.

«Zwei Dutzend? Tatsächlich? Sieht nach mehr aus.» Viel mehr. Ein blutroter Ozean aus abgerissenen Rosenköpfen.

«Keine Angst. Das räum ich wieder auf.» Oliver lässt sich rücklings aufs Bett fallen. «Ist es zu viel?»

«Nein.» Ich lege mich neben ihn und sauge alles in mich auf. Wie schön es ist, zusammen woanders zu sein. Ich lege den Kopf auf seine Brust und schließe die Augen. «Nur die Kerzen, vielleicht? Sie riechen ein bisschen ... heftig.» Der Duft klebt mir förmlich auf der Zunge – es schmeckt nach in Zimt gewälzter überreifer Birne.

«Hab ich auf Amazon bestellt. Angeblich ein *Aphrodisiakum*. Viereinhalb Sterne.»

«Wie kann eine Kerze ein Aphrodisiakum sein?»

«Vielleicht ist es ja der damit verbundene Aufwand?», fragt er hoffnungsvoll.

Ich lächle, dann fällt mir ein, dass ich auch ein Geschenk mitgebracht habe. Ich hole die Schachtel aus der Tasche.

«Für mich?»

«Ja, für uns», sage ich. «Mach's auf.»

Er nimmt den Deckel ab. In der Schachtel liegt in einem schimmernden Seidenbett ein sehr großer, neonorangefarbener Vibrator und glänzt fröhlich im schummrigen Licht.

«Oh. Ich hätte nicht gedacht, dass die Farbe so grell ist», sage ich. Oliver und ich haben noch nie auch nur darüber gesprochen, es mal mit Sex Toys zu versuchen.

«Vielleicht leuchtet der im Dunkeln?», sagt er.

Ich hole den Vibrator aus der Verpackung und drücke den Knopf, woraufhin das Ding so laut zu surren anfängt, dass wir beide erschrecken. Früher hätten wir längst einen Lachkrampf bekommen, aber heute sind wir todernst und hoch konzentriert. Das Vibrieren ist das einzige Geräusch im Raum. Es klingt fast wie das Knattern eines kleinen Rasenmähers.

Ich schalte den Vibrator ab. «Im Laden war die Größe schwer zu erkennen.»

«Warst du in einem Sexshop?»
Ich nicke.
«Hat dich wer gesehen?»
Ich bemühe mich, in seinem Gesicht zu lesen. «Nur Emmys Lehrerin. Und deine Mutter ... Ich glaube, sie waren zusammen da.»
«Hahaha. Ich meine, hat dich wer beraten?»
«Ich hatte es ein bisschen eilig.» Ich muss an meinen hoffnungsfrohen Shopping-Tag denken – neue Schuhe, Vibrator. Ich sage schnell: «Ich glaube, das ist doch nichts für uns.»
Mit offensichtlicher Neugierde betrachtet er den Vibrator von allen Seiten. «Für wen ist das gedacht? Da sind Riemen dran.» Er löst einen Gummiriemen und zieht ihn wieder fest. Ich beobachte seine kräftigen Hände. «Kommt mir ein bisschen ... fortgeschritten vor. Findest du nicht? Ich wüsste nicht mal, wo ich den hinstecken soll. Ich meine, genüge ich dir nicht?»
«Natürlich genügst du mir.» Ich lächle. «Das war nur so eine Idee.» Offensichtlich keine gute. Ich war zu voreilig, hatte vergessen, wer wir sind, Oliver und ich.
«Ich glaube, das Ding macht mir ein bisschen Angst», sagt Oliver. «Was, wenn es uns angreift?»
Ich bin schon dabei, den Vibrator wieder wegzupacken. «Ich habe den falschen gekauft.»
«Wir könnten ihn ja mal ausprobieren.»
«Willst du denn überhaupt?» Ich versuche, nicht genervt zu klingen.
«Ich weiß es nicht. Vielleicht. Nein, eigentlich nicht.» Er schaut mich an. «Ich wollte nur Verbindung zu dir.»
Das Wort *Verbindung* hat sich für mich noch nie so öde angehört. Ja, genau das ist doch der Sinn und Zweck dieser Nacht – *Verbindung*. Doch in dem Moment, da Oliver es aus-

spricht, fühle ich mich, als würde ich neben einem Oktopus auf der Bettkante sitzen, der mich mit seinen Tentakeln umschlingt und unter Wasser zieht.

Ich streichle ihm die Haare aus der Stirn. «Ich doch auch.»

«Wirklich?»

Die Frage nervt mich noch mehr. Natürlich will ich Verbindung. Oder etwa nicht? Warum muss ein entspannter Abend so anstrengend werden? Je länger wir nicht miteinander geschlafen haben, desto schwerer wird es, zueinander zurückzufinden. Genauso kommt unser Sex mir tatsächlich vor, wie ein Ort, an den ich irgendwie zurückfinden muss – wie eine Insel, von der mein Boot immer noch weiter abgetrieben wird. Ich weiß nicht, wo Oliver in dieser lahmen Metapher seinen Platz hat. Am Strand? In seinem eigenen Boot? Unter meinem Boot, einen Fangarm um den Rumpf geschlungen?

Ich lege mich wieder aufs Bett und ziehe Oliver an mich. Er küsst mich zärtlich. Ich schließe die Augen.

Oliver verlagert das Gewicht und fragt: «Wie wär's mit einem Bad?» Seine Lippen liegen immer noch auf meinen.

Ich öffne die Augen, nur ein paar Zentimeter von seinen entfernt. «Gut, klar. Eine sehr schöne Idee.»

«Geh du schon mal vor. Ich bestell uns was vom Zimmerservice. Worauf hast du Lust?»

Er weicht aus, wird mir klar. Ich schlinge die Arme um meinen Oberkörper. «Such uns was aus.»

Ich probiere in dem weißen Marmorbad so lange an den Lichtschaltern rum, bis die Beleuchtung nicht mehr ganz so grell ist. Ich schlenkere die Pumps von den Füßen. Der Boden ist kalt. Im Spiegel über dem Waschtisch sehe ich, dass Oliver die Wanne bereits eingelassen hat. Der Schaum fällt schon in sich zusammen. Eilig öffne ich den Reißverschluss von meinem Kleid.

Ich stehe vor dem Spiegel und muss lächeln – nicht nur Oliver gibt sich Mühe. Ich habe meinen schönsten Slip angezogen, rote Spitze. Das Höschen ist sechs Jahre alt, aber so unbequem, dass ich es kaum je getragen habe. Mir gefällt, wie hübsch und gleichzeitig lächerlich es aussieht. Irgendwann gab es auch mal einen passenden BH dazu, aber der ist schon lange weg.

Ich höre etwas wie Lite Jazz durch die Tür dringen. Ich ziehe ein wenig den Bauch ein und beobachte, wie meine kleinen Brüste sich im Spiegel heben und senken. Ich lasse den Zeigefinger über meinen nackten Bauch nach unten gleiten bis zu der Kaiserschnittnarbe. Ich schiebe mir die Hand in den Slip und überlege, ob ich mir die Finger reinstecken soll. Ich stelle mir vor, wie ich Oliver einlade, mir beim Masturbieren zuzusehen. Ich spüre das altvertraute, warme Pulsieren. Dann ziehe ich die Hand zurück. Sie fällt schlaff nach unten.

Ich wende mich von meinem Spiegelbild ab, ziehe das Höschen aus und steige in die Wanne. Als ich nach dem Warmwasserhahn greife, entdecke ich ein einzelnes Haar, so kurz und kraus, dass es sich nur um ein Schamhaar handeln kann.

«Igitt! Oliver, hast du die Wanne vorher abgebraust?»

Es ist nicht nur ein einzelnes Haar. Schon kommt ein zweites auf mich zugeschwebt. Hektisch springe ich aus der Wanne, greife nach einem Handtuch. «Hast du die Wanne abgebraust?», rufe ich lauter. «Da schwimmt was – sind die Haare von dir?»

«Keine Ahnung», antwortet er in ein Saxofonsolo hinein. «Glaub nicht.»

«Das ist ein Hotel, Oliver. Da muss man die Wanne vorher ausspülen.»

Hastig streife ich mein Kleid wieder über und ziehe den Stöpsel.

«Willst du welche?» Oliver kommt mit einem Teller Erdbeeren ins Bad. «Bio.»

«Oliver ...»

«Ich gebe mir Mühe, Diana.» Brüsk stellt er den Teller auf den Marmorwaschtisch. «Bitte. Bitte, nimm dir jetzt einfach eine von den verdammten Erdbeeren.»

Ich beiße in eine Erdbeere, aber erst nachdem ich mir den Reißverschluss hochgezogen habe. «Und jetzt?»

«Erstens, versuch, nicht ganz so gelangweilt zu schauen.» Er senkt den Blick, mustert unsere Füße und sagt lautlos *Fuck!*. Das bringt mich zum Grinsen.

«Tut mir leid.» Ich greife nach seiner Hand. «Es ist nur – ich habe das Gefühl, so würde sich eine Sechzehnjährige auf Netflix ihr erstes Mal vorstellen. Das ist doch albern. Ich meine, Rosenblüten?» Ich muss es aussprechen. Ich kann es keine Sekunde länger für mich behalten.

«Autsch», sagt er. Aber er greift nach meiner anderen Hand.

«Vielleicht sollten wir uns nicht ganz so viel Mühe geben», sage ich.

Oliver grinst. «Weg mit den Kerzen?»

«Bitte.»

«Tut mir leid.»

«Hör auf, dich zu entschuldigen. Lass uns einfach wir selbst sein.»

«Du hast recht. Gott, du hast ja so recht.» Er klatscht in die Hände. «Das ist peinlich.»

«Ist es nicht. Es ist süß.»

Er schaut in die leere Wanne, als würde er am liebsten durch den Abfluss verschwinden. «Ich schwöre dir, ich hatte schon mal Sex.»

Ich nehme ihn bei der Hand, gehe mit ihm zurück zum Bett und rufe mir ins Gedächtnis, wie ich früher mit weit gespreizten Beinen vor meinem Ex masturbierte. Ich stelle mir vor, es jetzt zu tun. Ich ziehe das Kleid aus und schlüpfe unter die kratzige Tagesdecke.

Oliver geht durchs Zimmer und bläst die Kerzen aus, eine nach der anderen. «Besser?»

«Ja. Na ja ...» Ich muss husten. «Der Rauch ist fast noch schlimmer als der Duft, oder?»

«Ignorier den Rauch einfach. Komm her ...» Oliver kriecht zu mir unter die Decke und zieht mir das Höschen aus. An den Knien hält er inne. «Du hast dich rasiert.» Er zieht mich an sich und presst mir seinen erigierten Schwanz gegen die warme Haut.

Aber ich bin nicht bei der Sache, sondern bei dem Rauch. «Das ist wirklich viel Rauch, Oliver.»

«Kein Problem.» Er zieht die Tagesdecke über unsere Köpfe und baut uns eine Festung. Er sucht meinen Mund und küsst mich gierig.

«Ich habe nur Angst ...» Ich ziehe die Decke weg.

«Ignorier doch bitte einfach den Scheißrauch, Di...» Er wird vom schrillen Piepen des Rauchmelders unterbrochen. *Piep. Piep. Piep. Piep. Piep.*

«Ach, Scheiße!» Ich greife nach einem Kissen, stelle mich aufs Bett und wedle wie verrückt. «Wir müssen den Rauch vertreiben!»

Oliver rennt zum Fenster. «Scheiße! Die lassen sich nicht öffnen.»

Der Alarm schrillt weiter. *Piep. Piep. Piep. Piep. Piep.* «Oliver!», ich wedle immer schneller, und das Geräusch wird immer lauter.

Olivers Erektion ist verschwunden, in die Flucht geschlagen von einem Rauchmelder. «Ich rufe die Rezeption an!», brüllt er.

Zu spät. Die Sprinkleranlage schaltet sich ein und hüllt das Zimmer und uns in Regen.

Kapitel 8

«Wir wussten nicht, was wir sonst hätten machen sollen. Wir sind uns einig, dass bei uns was nicht stimmt.» Zwei Minuten Therapie, und schon wirkt Oliver geschlagen.

«Empfinden Sie das genauso, Diana?», möchte Miriam wissen.

Oliver und ich haben Miriam online gefunden: *beste Paartherapie, Dallas,* tippten wir in die Suchzeile.

«Was, wenn wir uns die Beste nicht leisten können?», hatte er mich gefragt.

«Wir nehmen einfach das vierte oder fünfte Angebot von oben.»

Das war an einem Sonntagabend gewesen, zwei Wochen nach dem Desaster im Hotel. Wir waren gemeinsam mit L'Wren und Kevin essen gewesen. Als wir hinterher wieder ins Auto stiegen, beide erschöpft von einem langen Abend so tun, als wäre zwischen uns alles okay, legte Oliver das Gesicht aufs Lenkrad. Wir blieben beide stumm, dann sagte er dumpf: «Meine Mom meint, wir sollten mit jemandem reden.»

«Deine *Mom*? Oliver!»

Er zuckte die Achseln.

Wir stritten nicht. Wir fuhren nach Hause und bezahlten die Babysitterin. Wir klappten mein Laptop auf, fingen an zu suchen und landeten auf Miriams Couch.

Oliver sitzt neben mir, schlägt die Beine übereinander, löst sie wieder. Ich weiß nicht, wen ich anschauen soll – ihn? Sie? Beide gleichzeitig geht nicht. Ich entscheide mich für Miriam. Vom Hals abwärts wirkt alles an ihr beruhigend auf mich – zum Beispiel die vielen Lagen Leinenstoff, die ihren Körper umhüllen, die Hände, die sanft auf ihrem Schoß ruhen. Der angeschrägte Bob und der dunkelrote Lippenstift dagegen deuten auf eine gewisse Strenge hin, und das irritiert mich. Ich mustere ihr Sprechzimmer auf der Suche nach irgendwelchen Anhaltspunkten, aber ich kenne kein einziges der Bücher im Regal, und sie hat die Hände so gefaltet, dass ich nicht sagen kann, ob sie einen Ehering trägt. «Diana?», wiederholt sie.

Ich räuspere mich und lasse den Blick auf ihren rot bemalten Lippen ruhen. «Ich glaube, wir sind ein bisschen aus dem Tritt geraten. Ja.»

«Gut», sagt Miriam. «Ich möchte Sie dazu beglückwünschen, gemeinsam einen so wichtigen Schritt zu tun. Vielleicht sollten wir damit anfangen, dass Sie abwechselnd erzählen, wie es Ihnen in der Gegenwart des anderen geht.»

Ich werfe Oliver einen verstohlenen Blick zu. Er sieht so verletzlich aus, wie er da sitzt und auf seine Hände starrt. Das kommt mir alles vor wie ein Theaterstück. Wir sitzen nebeneinander auf einer Couch und berühren uns nicht. Wie zwei Fremde. Das ist doch verrückt! Er ist mein Mann! Ich will ihn hochziehen und sagen, lass uns abhauen von hier. Wir gehören hier doch nicht her, oder? Ich versuche, ihn mit Blicken zu zwingen, sich mir zuzuwenden und mich anzusehen, doch er tut es nicht.

«Keine Vorwürfe, keine Verurteilungen», sagt Miriam. «Ich möchte, dass Sie mir einfach nur sagen, wie es Ihnen geht, wenn Sie zusammen sind.»

«Wer von uns beiden soll anfangen?», fragt Oliver sie.

Miriam lächelt. «Da Sie gefragt haben, Oliver, vielleicht Sie?»

Oliver atmet hörbar aus. «In Dianas Gegenwart», sagt er und sieht ihr in die Augen, «fühle ich mich unattraktiv.»

Mein Haaransatz prickelt.

«Woran liegt das?», fragt Miriam.

«Daran, dass Diana mich nicht mehr berührt.»

«Das stimmt doch gar nicht», falle ich ihm ins Wort. «Ich berühre dich jeden Tag.»

«Versuchen Sie, bei Ihren *Gefühlen* zu bleiben, Oliver», sagt Miriam. «Versuchen Sie, Vorwürfe zu vermeiden.»

«Das ist einfach nur eine Tatsache», sagt Oliver. Er sieht mich immer noch nicht an. «Wir haben nie Sex.»

In meiner Handtasche klingelt mein Telefon, und beide reißen den Kopf hoch und sehen mich an. «Entschuldigung. Ich mache das … Vielleicht ist es die Schule.» Ich werfe einen Blick auf den Bildschirm. Alicia. Vielleicht ruft sie an, um mich zu retten. Ich schalte auf lautlos und lege das Telefon auf das Tischchen links von mir. Als ich aufschaue, sind ihre Blicke immer noch auf mich gerichtet. «Nicht *nie*. Wir hatten vor ein paar Wochen Sex.» Sobald ich es ausgesprochen habe, merke ich selbst, wie schal das klingt.

«Diana», sagt Miriam, «hier werden Dinge zur Sprache kommen, die unangenehm sind. Dabei ist es wichtig, Vorwürfe zu vermeiden, aber genauso wichtig ist es, dem Gegenüber Raum für seine Gefühle zuzugestehen.»

«Okay», sage ich. «Klar.» Jetzt will ich Oliver nicht mehr hochziehen. Stattdessen stelle ich mir vor, wie ich aufstehe, die beiden hier hocken lasse und abhaue. Es liegt an mir, dass Oliver und ich so gut wie nie Sex haben. Irgendwann hatten wir statt ständig einmal die Woche Sex und dann nur noch einmal im Monat, dann manchmal monatelang gar keinen mehr.

«Sehen Sie das genauso, Diana?», will Miriam wissen. Ich bekomme Panik – ich habe nicht zugehört.

«Wie auch nicht?», sagt Oliver leise. «Ich wollte, dass wir Spaß haben in der Nacht. Ich hatte einen Ständer, sowie sie ins Hotelzimmer kam. Ich kann nichts dafür. Dazu reicht es, sie mir nackt vorzustellen. Das ist immer schon so gewesen ...»

«Oliver ...» Warum tut er das? Ich wende mich ihm zu und schaue ihn direkt an. «Wollen wir das hier wirklich alles bereden?» Wie prüde ich mich anhöre. Wie ist das passiert? Es macht mir eigentlich nichts aus, über Sex zu sprechen. Ist es unser Mangel an Sex, über den ich nicht sprechen kann?

«Wieso sind wir sonst hier?» Oliver klingt mehr als nur genervt. Er ist wütend. Diesen Ton kenne ich gar nicht an ihm.

«Na schön», sage ich schnippisch. «Ja, wir haben weniger Sex. Ich war es leid, so zu tun, als würde es mir Spaß machen.»

Die Worte hängen bleischwer in der Luft. Niemand sagt was.

«Haben Sie Oliver jemals gesagt, wie es Ihnen geht?», fragt Miriam schließlich.

«Nein. Hat sie nicht», entgegnet Oliver.

Ich rechne eigentlich damit, dass Miriam ihm sagt, er soll nicht für mich antworten. Stattdessen stellt sie ihm eine Folgefrage. «Wüssten Sie das gerne?»

So läuft das hier also. Ich hätte wissen müssen, dass Oliver mal wieder der Gute ist. Alle lieben Oliver. Sollte er nicht von sich aus wissen, was ich mag? Sollte er nicht versuchen, es rauszufinden, so wie ich immer schon versucht habe rauszufinden, was ihm gefällt?

So schnell mir diese Idee kommt, so schnell verflüchtigt sich mein Entschluss, auf alle hier im Raum wütend zu sein außer auf mich. Was bleibt, ist Scham. Es ist mein Fehler, ihm nicht zu zeigen, was ich will. Nicht mit ihm zu reden. Aber so ticken Oliver und ich nun mal nicht. Das war noch nie anders. Und unser Sex ist ja nicht schlecht, er ist einfach nur … Sex.

Oliver rutscht unbehaglich herum. «Ich wüsste gerne», der Zorn ist aus seiner Stimme gewichen, «ob Diana weiß, wie es sich anfühlt, wenn man nach einem Menschen tastet und der sich entzieht.»

Mir sinkt der Mut. Oliver *ist* der Gute in diesem Spiel.

«Ich habe Diana von Anfang an angebetet. Das weiß sie.»

Nach langem Schweigen ergreift Miriam das Wort. «Ich gebe Ihnen bis zu unserer Sitzung nächste Woche eine Hausaufgabe mit.» Ich überlege jetzt schon, wie ich es anstelle, nicht noch mal wiederzukommen. «Ich möchte, dass Sie beide sich einen ruhigen Ort suchen, einander in die Augen sehen und sich ein Geheimnis erzählen. Es wäre gut, abwechselnd zu sprechen und zuzuhören. Außerdem möchte ich, dass Sie diesem Geheimnis mit Liebe lauschen.»

Im Aufzug greife ich nach Olivers klebriger Hand. Mir ist egal, dass er schwitzt, ich muss ihn festhalten. «Was war *das* denn, bitte?», frage ich übertrieben dramatisch. «Das war doch völlig durchgeknallt, oder?»

«Welchen Teil genau meinst du?», fragt er leise. Er sieht mich nicht an. Oliver und ich stecken ernsthaft in Schwierigkeiten.

Zu Hause gehe ich die Therapiesitzung immer wieder in Gedanken durch und fange an, sie umzuschreiben. Es gibt eine überarbeitete Version, in der ich überhaupt nichts sage – nicht eine einzige Beschwerde über unser Sexleben oder darüber, dass Oliver nicht weiß, was mir gefällt. Diese Version kommt mir ekelerregend bekannt vor und wird verworfen. Ich weiß, dass es eine bessere, ehrlichere Version gibt, in der wir einander alles sagen. Aber beim Versuch, diese Version zu formulieren, gerate ich ins Stocken. Vielleicht, gestehe ich mir ein, zielt

Miriams Hausaufgabe genau darauf ab – diesen Part müssen Oliver und ich gemeinsam erarbeiten.

Als wir abends im Bett liegen und das Licht aus ist, frage ich ihn: «Sollen wir es versuchen?»

«Die Hausaufgabe?» Er hat offensichtlich ebenfalls darüber nachgedacht. Das ist gut. Vielleicht hilft die Therapie ja doch. Wir gehen da wieder hin, und diesmal bin ich unvoreingenommen. Wir legen die Karten auf den Tisch. Zerpflücken alles in seine Einzelteile und setzen es neu zusammen.

«Soll ich anfangen?», frage ich.

«Klar.» Seine Stimme klingt dünn. Ich drehe mich um, um das Licht anzumachen. In dem Moment ruft Alicia an. Ich habe sie immer noch nicht zurückgerufen. Ich nehme mir vor, mich auf dem Weg ins Büro bei ihr zu melden, und schalte die Nachttischlampe an.

«Mein Geheimnis ...» Ich hole den Kassettenrekorder raus, der inzwischen in meiner Nachttischschublade gelandet ist. «Ich möchte dir was vorspielen, okay?»

«So was wie einen Song?»

«Nein ... eine Aufnahme, die ich gemacht habe. Eine Frau, die mit mir spricht. Kannst du dich erinnern? Ich hab dir mal erzählt, dass ich Interviews geführt habe. Als Vorlagen für meine Bilder.»

Oliver sieht mich gespannt an. «In Santa Fe? Über die Zeit in deinem Leben sprichst du so gut wie nie. Ich muss zugeben, dass ich eigentlich immer neugierig war.»

Ich hatte nie damit gerechnet, dass ein schräges kleines Buch mit Bildern von mir zum Bestseller würde, aber zu dem Zeitpunkt, als ich Oliver kennenlernte, war ich ernüchtert, weil ich mit dem zweiten Band keinen Schritt vorankam und das erste Buch nur eine sehr kleine Auflage und ein äußerst kurzes Leben gehabt hatte. Also hatte ich ihm nie wirklich erzählt, woran ich arbeitete. Bald waren wir beide in der Firma seines Vaters beschäftigt, mich in sein Leben einzufügen, tat mir gut. Außerdem war mir damals aufgefallen, wie unaufmerksam er durch die Aktbilder geblättert hatte, als ich ihm einmal eine Mappe zeigte, um dann innezuhalten und eine unausgegorene Landschaftsskizze zu bewundern.

«Möchtest du ein bisschen was hören? Von einer Aufzeichnung?»

«Klar.»

Ich drücke auf Play. Jess' Stimme ertönt. Ich beobachte Oliver beim Zuhören.

«Nicht bewegen», sagte ich. Und er nickte.

Ich machte einen Schritt zurück, betrachtete seinen Körper und versuchte, mir nicht anmerken zu lassen, wie sehr er mich beeindruckte. Er sah zum Niederknien aus. Diese Muskelstränge, wo der Bauch in die Hüften überging. So tief, wie seine Jeans saß, musste er untendrunter nackt sein. Er wollte nach mir greifen, aber ich hielt ihm die Arme fest. «Nicht», sagte ich noch einmal. Ich zog mir die Bluse aus, öffnete meinen BH und entkleidete mich langsam vor ihm.

Er machte große Augen und wollte wieder nach mir greifen, aber ich schüttelte nur den Kopf und sagte: «Ich ziehe dich jetzt aus. Wir lecken uns und ficken zum ersten und zum letzten Mal, und dann gehe ich wieder.»

Das Band läuft weiter. Oliver runzelt die Stirn, seine Augen werden weit. Nach der Hälfte stoppe ich die Aufnahme. «Was denkst du?»

«Was genau soll das sein?»

«Eine Frau, die über Sex redet.»

«Willst du, dass ich ... dass wir mehr ...»

«Nein.» Das gute Gefühl von eben entgleitet mir. «Hier geht es nicht um uns. Es ist nur etwas, das ich versucht hatte rauszufinden. Eigentlich versuche ich immer noch, das rauszufinden. Vielleicht wird es ein neues Projekt.»

«Tut mir leid, Diana. Aber für mich ist Kunst etwas, das man anschauen kann. Eine Skulptur oder deine Bilder. Die liebe ich immer schon.»

«Ja.» Er meint die Landschaft und die Blumen. «Aber du weißt, dass es Bilder gibt, die ich nach solchen Aufnahmen gemalt habe, oder?»

«Du kennst mich doch, Diana. Vieles, was als Kunst bezeichnet wird, geht über meinen Horizont. Das hier ist ... Wahrscheinlich habe ich einfach nicht damit gerechnet, dass es so pornografisch ist.»

Ich werde rot. «Das ist nur eine ganz normale Frau, die von ihren Sehnsüchten erzählt.»

«Kommt wahrscheinlich drauf an, was man unter normal versteht.»

Verzweiflung überkommt mich. Ich knipse das Licht aus, damit er mein Gesicht nicht sieht.

«Diana. Du hast eben gesagt, es geht nicht um uns. Diese Frau, die du interviewt hast, hat nichts mit uns zu tun. Wie hast du sie überhaupt dazu gebracht, dir so was zu erzählen?»

«Das spielt doch keine Rolle», sage ich. «Das ist ewig her.»

«Ich bin froh, dass du mir das vorgespielt hast.» Ich spüre genau, dass er damit nur versucht, sich an die Abmachung zu halten. *Dem Geheimnis mit Liebe lauschen.* «Wenn du willst, höre ich mir noch mehr an.» Ich kann mir nicht vorstellen, ihm noch mehr vorzuspielen.

«Nein, lass nur. Erzähl mir einfach von deinem Geheimnis.»

«Okay. Meins. Klar.» Oliver seufzt. Gleich erzählt er mir

bestimmt, wie er sich mit elf heimlich ins Kino geschlichen und so getan hat, als hätte er nichts von der Altersfreigabe gewusst. Oder wie er in der Zehnten in Französisch beschissen hat. Seine Geheimnisse sind alle höchstens FSK 12, außerdem kenne ich die meisten davon. Aber ich muss zugeben, dass er nervös wirkt.

«Okay.» Er schaltet das Licht wieder an, doch statt mich anzusehen, schaut er an die Decke. «Diana?»

«Ja?»

«Ich glaube, ich glaube, ich liebe dich nicht mehr.»

«Oh.»

Was anderes fällt mir nicht ein. Mein Mund ist trocken, die Kehle ist wie zugeschnürt, das Herz pocht mir in den Ohren.

Im Dunkeln liegen wir eine gefühlte Ewigkeit starr nebeneinander, bis ich irgendwann sage: «Ich höre Emmy, glaube ich», und aufstehe. Dann sitze ich vor der Schlafzimmertür auf dem Boden, bis Oliver drinnen anfängt zu schnarchen.

Mein Herz rast immer noch, als ich aufstehe und das Telefon mit runter in die Küche nehme, um es zu laden. Dann gehe ich durch den Flur in das leer geräumte, frisch geputzte Gästezimmer. Ich mache die Tür hinter mir zu und finde mich im Gästebad unter der Dusche wieder. Ich lasse das Wasser heiß auf mich herabprasseln und fange an zu schluchzen. Ich wusste immer genau, was ich sagen und tun musste, damit Oliver mich liebt. Wie Verletzungen zu heilen und Streits beizulegen waren, was ich tun musste, damit wir uns beide wieder besser und geliebt und glücklich fühlten. Was ist nur mit uns passiert?

Ich wickle mich in ein Handtuch. Ich will nicht mehr in diesem Zimmer sein, also stelle ich mich zum Abtrocknen in den Flur und versuche, nicht zu viel Lärm zu machen. Ich bin müde, aber ich weiß nicht, wo ich hinsoll. Ich lasse mich auf den Boden sinken und bleibe eine Zeitlang dort sitzen. Gegenüber von mir steht Jaspers Fotografie an die Wand gelehnt und wartet immer noch darauf, aufgehängt zu werden. Ich wünschte, ich würde die Stadt erkennen, das Pferd, irgendein Detail, das mir verrät, dass ich schon mal dort war, aber nichts auf dem Foto ist mir vertraut.

In der Küche klingelt mein Telefon, und ich renne rüber, um es zu erwischen, ehe irgendwer aufwacht. Es ist wieder Alicia, schon ihr dritter Anruf heute.

«Hey. Alles okay?»

«Tut mir leid, dass ich ständig anrufe.» Sie klingt erschüttert.

«Nein, bitte nicht ...»

«Er ist tot.»

Mir sackt das Herz weg. «Oh nein, wie furchtbar.»

«Ja.» Sie schnieft. «So ein Arschloch!»

«Alicia!»

«Was denn? Jetzt bin ich gezwungen, ihn ständig zu vermissen.»

«Ich hätte kommen müssen.»

«Ich habe mich für uns beide von ihm verabschiedet. Er wusste es. Aber jetzt kommst du, ja?»

«Ich nehme den ersten Flug, den ich kriegen kann.»

Santa Fe, New Mexico

DAMALS

Kapitel 9

Der Wüstenhimmel vor der Windschutzscheibe leuchtet violett und pink, und ich lehne mich gegen die Kopfstütze und schaue hinaus. Ich möchte mich heute Abend derart zudröhnen, dass meine Sorgen sich in weiche Wölkchen verwandeln, mein Kopf sich mit Zuckerwatteflusen füllt und ich einfach vergesse, dass ich Geburtstag habe.

«Spürst du was? Ich merke gar nichts.» Alicia sitzt neben mir auf dem Beifahrersitz und schielt unter einem Vorhang aus dichten schwarzen Ponyfransen zu mir her. «Sorry, Diana. Ich glaub, ich hab dir gestrecktes Gras besorgt.» Ihre Augen sind so rot und glasig, dass sie in einer Serie die Kifferin spielen könnte.

«Du bist rotzebreit», sage ich zu ihr.

«Ich bin absolut scheißnüchtern.»

Ich nehme ihr den Joint aus den Fingern. Alicia hat in akribischer, winziger Kursivschrift *Happy Birthday zum 25.* auf das Paper geschrieben. Ich ziehe behutsam, sehe zu, wie der Rest der Schrift verbrennt, und drücke den Joint im Aschenbecher aus.

«Hey – warte mal!»

«Wir kommen zu spät.» Ich schaue in den Rückspiegel und zupfe an meinen Haaren herum – gestern Abend habe ich mir in einem Anfall vorgeburtstäglicher Impulsivität mit der Küchenschere die blondbraunen Wellen zu einem schiefen Bob geschnitten. Jetzt reichen mir die Haare in krisseligen Stufen noch bis kurz über die Ohren. Alicia schaut mir zu, dann fängt sie an, in ihrer schier bodenlosen Tragetasche zu wühlen. Sie holt ein Glasfläschchen heraus, verteilt ein paar Tropfen Öl zwischen den Fingern und fährt mir damit durch die Haare. Es duftet nach Magnolien und Honig. Meine krisseligen Haare fügen sich und glänzen fast so wie ihre.

«Hat mir die neueste Freundin meines Vaters geschickt. Hat sie sicher umsonst gekriegt.»

Weil die Beifahrertür meines Autos zugerostet ist, folgt Alicia mir auf meiner Seite ins Freie, indem sie graziös ihre zwei langen Beine über den Fahrersitz schwingt und nach draußen auf den Gehsteig hopst. Ich ziehe den Reißverschluss meines Hoodies bis unters Kinn hoch und springe auf der Stelle, um warm zu bleiben. In der Luft liegt der Geruch von Holzfeuer. Hinter dem Parkplatz leuchtet einladend die Kunstgalerie. Alicia führt neben mir einen Zappeltanz auf wie ein Hippiemädchen auf einem Grateful-Dead-Konzert.

«Du bist *definitiv* nüchtern», sage ich.

Sie verdreht die Augen. «Sag ich doch. Könnte ich das, wenn ich bekifft wäre?» Übermütig rammt sie die Stoßstange meines Toyota Tercel mit dem Hintern. Die verrostete Stoßstange wackelt träge, dann fällt sie ab. Wir bekommen einen Lachkrampf.

Alicia und ich lernten uns in unserem ersten Collegejahr in einem Einführungsseminar zum Drehbuchschreiben kennen. Sie verschlief den Unterricht meistens mit einem zusammengeknüllten Patagonia-Pullover unter dem Kopf, während wir anderen versuchten, einander konstruktives Feedback zu den Schreibversuchen zu geben. Eines Tages nahm sich ein Typ namens Ross, der die meisten von uns nervte, weil er immer tat, als wüsste er schon alles, die Szene vor, die ich gerade geschrieben hatte. «Das kauf ich dir nicht ab.» Er machte eine abfällige Handbewegung. «So was würde eine Frau *nie* sagen.» Ich setzte mich etwas gerader hin und versuchte, nicht rot zu werden.

Da meldete Alicia sich zu Wort, ohne den Kopf vom Tisch zu nehmen. «Wir sollten aufpassen, uns nicht in unserem eigenen Neid zu verstricken, wenn wir andere kritisieren», sagte sie.

«Entschuldige?», entgegnete Ross barsch. «Hab ich dich geweckt?»

Das Kinn in die Hände gestützt, sah Alicia ihn an. «Dianas Szene ist eindeutig das Beste, was wir bis jetzt gelesen haben. Und ob eine Frau so was *je* sagen würde oder nicht …» Sie seufzte. «Natürlich würde eine Frau so was sagen. Ich will nicht kleinlich sein, aber vielleicht hast du einfach noch nicht besonders vielen Frauen zugehört.»

Von dem Moment an und bis zum Ende des Semesters hörte niemand mehr zu, wenn Ross irgendwas sagte.

«Ernsthaft?» Alicia richtet sich auf und späht angestrengt quer über den Parkplatz. Auf der anderen Seite schließt Barry gerade die Schiebetür seines Catering-Transporters. Alicia und ich hatten erst vor Kurzem angemerkt, der weiße Transporter sehe aus wie das Fahrzeug eines Kidnappers, und jetzt hat Barry den Wagen, wie wir sehen, violett lackiert inklusive des gelben Schriftzugs in fröhlichen Blubberblasenbuchstaben: *Barry's Eats*. Alicia stößt einen Pfiff aus. «Heilige Scheiße, Barry. Du bist mir ja einer.»

Barry lacht. Er ist einer der nettesten Menschen, die wir kennen, und mit Abstand der beste Chef, den wir je haben werden. Er weiß, dass wir dauerpleite sind, und bemüht sich, uns für jeden seiner Aufträge zu engagieren und außerdem die lukrativeren Wochenenden für uns zu reservieren. Nicht mal Klamotten für den Job mussten wir uns kaufen – eines Tages kam er an und tat so, als hätte er rein zufällig bei sich noch zwei Kellnerinnen-Outfits in passender Größe gefunden. Er behauptete, frühere Angestellte hätten sie zurückgegeben.

Sein einziger Makel besteht darin, dass er sich ständig in sein Personal verliebt. Er hat noch nie entsprechend agiert, aber wer ihn kennt, merkt es sofort. Wenn er versucht, Anweisungen zu geben, wird er rot, bekommt kugelrunde Augen, und seine Stimme überschlägt sich fast. Er hat sich in Megan verliebt, die nur am Dienstagabend arbeitet, in Alexander aus Taos, garantiert in Alicia und eben erst in Rod, der so gut wie nie ein Wort sagt. «Er hat mir erzählt, dass er *Botanik* studiert», erzählte Barry mir neulich, als wäre es das Fantastischste und Überraschendste, was er je gehört hat.

Jetzt kommt er mit seinen Plateau-Sneakers und knielangen Shorts im Laufschritt zu uns her, die braunen Locken vom dramatischen Abendhimmel beleuchtet. Barry ist uns nur ein paar Jahre voraus, aber sein Stresslevel lässt ihn definitiv älter wirken. Er verschränkt die Arme vor der Brust. «Ist es zu viel verlangt, ausnahmsweise mal eine Schicht lang nüchtern zu bleiben?»

«Ach scheiße, Barry.» Alicia sieht ihn übertrieben vorwurfsvoll an. «Hast du's etwa vergessen?»

Barry macht große Augen.

«Barry, Barry, Barry!» Sie schüttelt den Kopf. «Diana hat heute Geburtstag. Vergessen?»

Der reuevolle Blick, den er mir zuwirft, ist äußerst niedlich. Alicia setzt noch einen drauf. «Diana *arbeitet* an ihrem fünfundzwanzigsten Geburtstag! Ist so was überhaupt erlaubt?»

«Alles Gute zum Geburtstag, Diana.» Barry umarmt mich, und ich würde am liebsten an seiner Schulter ein Nickerchen machen. Er ist ein paar Zentimeter kleiner als ich, sodass mein Kopf perfekt in seine Halsbeuge passt.

«Wenn wir uns *nicht* bekifft hätten», sagt Alicia mit Nachdruck, «wäre ich die mieseste Freundin auf Erden und du der mieseste Chef. So richtig brutal, meine ich.»

«Deine Freundin ist irrsinnig witzig.» Zu Alicia sagt er: «Du trinkst jetzt einen großen Kaffee. Und steck dir *bitte* die Bluse rein!»

Alicia nickt und gehorcht. Sie öffnet an Ort und Stelle den Reißverschluss und zieht die Hose weit genug runter, um den Spitzensaum ihres pinkfarbenen Slips zu enthüllen. Barry schaut auf seine Schuhspitzen.

Er entdeckt meinen Stoßdämpfer auf dem Asphalt, hebt ihn auf und lehnt ihn an den Kofferraum. «Ich habe Tape im Transporter.»

«Keine Sorge, Barry», sage ich. «Wir haben das im Griff.» Es ist meine Stimme, aber ich höre mich wie in einem Tunnel. Das Gras knallt voll rein.

Alicia nimmt Barrys Hand, hebt sie hoch und klatscht ab. «Wir sind so aufgeregt!»

«Das ist ein großer Abend», sagt Barry, und ich will ihn noch mal umarmen. Er sagt das vor jedem Einsatz, weil er immer noch jedes Mal Schiss hat, dass er's verkackt, egal wie viele Partys er schon beliefert hat.

Zusammen gehen wir zu seinem Transporter rüber. Barry drückt mir eine Tüte mit Schürzen und eine Schachtel Brennpaste in den Arm, schlingt sich eine große Tasche mit Tischdecken über die Schulter und geht zur Hintertür der Galerie. «Und futtert mir bitte nicht die ganzen Cocktailwürstchen weg. Die sind bei den Leuten sehr begehrt.»

«Du weißt doch, dass mir so kleine Dinger nicht in den Mund kommen, Barry!», ruft Alicia ihm hinterher.

Er tut so, als hätte er sie nicht gehört. Mein Kopf hat sich in eine Wolke aus rosaroter Zuckerwatte verwandelt.

In der Küche der Galerie zähle ich zum zweiten Mal die Tabletts durch und bedecke jedes mit einer weißen Serviette, während Alicia in einem Büroraum gegenüber vom Hauptausstellungsraum die Garderobenständer aufbaut. Barry rennt zwischen Küche und Transporter hin und her, lädt Equipment aus und schimpft über den Zustand der Küche. Der stumme Rod ist ebenfalls da. Er ist groß und schlaksig, hat einen gepflegten, rostroten Bart und so lange Arme, dass ihm die Ärmel seines Flanellhemds nicht bis zu den Handgelenken reichen. Er schleppt Alkoholika in den Ausstellungsraum und baut in einer Ecke die Bar auf. Ich sehe nach den Miniquiches im Ofen und gehe dann zu Rod, um ihm beim Limettenschneiden zu helfen. Mir gefällt die Vorstellung, sein entrückter Blick hätte zu bedeuten, dass er in Gedanken tief in seinem Botanik-Lehrbuch vergraben ist.

Sylvia Cross, die eindrucksvolle Galeristin, bewegt sich methodisch durch den Ausstellungsraum und vergewissert sich immer wieder bei ihren Assistentinnen, ob die Fotografien richtig hängen. Sie drehen mehrere Runden und landen dann vor uns an der Bar. «Das passt hier nicht.» Sylvia wedelt mit den Händen vor Rod herum, der unbeeindruckt und höflich nickt und sich dann daranmacht, die Bar wieder abzubauen und auf der anderen Seite des Raums aufzustellen.

Die Ausstellung heute Abend zeigt Jasper Green, einen lokalen Fotografen, von dem ich schon viel gehört habe, allerdings eher, weil er so attraktiv ist, als seiner Bilder wegen. Sylvia hat Exemplare der neuesten Ausgabe des *Aperture*-Magazins mit einem Porträt von Jasper in der ganzen Galerie verteilt – *Santa Fes neuester Prinz Charming der Kunstszene*. Das aufgeschlagene Foto zeigt ihn auf der Ladefläche eines alten weiß-blauen Ford 250. Er sitzt da wie jemand, der die Kunst der lässigen Pose beherrscht: hellbeiger Fischerpullover, ausgeblichene Levi's, abgelatschte Arbeitsschuhe, breites Grinsen und Grübchen in den Wangen. Die Beine baumeln von der Ladefläche, die Hände liegen lässig auf den Oberschenkeln. Ich hätte gedacht, jemand, der so aussieht, würde andere attraktive Menschen fotografieren, zum Beispiel nackte Supermodels in der Wüste, doch die ausgestellten Bilder zeigen beinahe ausschließlich Landschaften. Die Stimmung ist gespenstisch und leicht unterkühlt. Zwei Bilder sind in der Mitte der Galerie genau gegenüber gehängt: Das eine zeigt einen riesiges, mit Schnee gesprenkeltes Felsentor, das andere einen zugefrorenen See, umgeben von Wüstensand, dessen Textur an ein vom Wind zerzaustes Toupet erinnert. Die Bilder sind riesig, überlebensgroß, und wenn man davorsteht, überfällt einen etwas wie faszinierendes Grauen, die Furcht, man könnte in diese Ödnis hineinfallen.

Mein Rausch weicht Müdigkeit, ich gehe in die Küche, stöbere ein Glas Nescafé auf und mache für Alicia und mich Kaffee. Hinter Barrys Rücken packe ich ein paar Cocktailwürstchen in eine Serviette und schiebe sie mir in die Schürzentasche.

Die Bürotür ist zu. Ich klopfe. «Alicia?»

Sie hat sich aus Barrys Dufflecoat ein Lager gemacht und schläft. Ich stupse sie sanft an. «Wach auf. Die Gäste kommen. Und es gibt Würstchen.»

Alicia lächelt mit geschlossenen Augen.

Eine halbe Stunde später drängen sich die Menschen in der Galerie, und die Luft surrt vor lebhaften Stimmen. «Was ist das?», fragt eine junge Frau und mustert unentschlossen mein Tablett. Sie ist ungefähr in meinem Alter, trägt die Haare zu langen Zöpfen geflochten, und ihr mit silbernen Perlen besticktes Kleid umfließt ihre Kurven wie Wasser.

«Blumenkohl-Samosas mit einem Dip aus Tamarinden-Chutney.»

Ich kenne sie von einer Vernissage, auf der ich im Frühling gearbeitet habe. Eine Gruppenausstellung der Absolventinnen und Absolventen des Santa Fe Art Institute. Ihre Arbeiten waren fantastisch: elegante, komplexe Papierkameen. «Ich liebe deine Kunst», sage ich und reiche ihr eine Serviette mit einem der Blumenkohlteile.

«Danke.» Sie nimmt einen zierlichen Bissen. «Ich bin echt froh, dass hier heute Abend nichts von mir hängt. Ich kann mich einfach entspannen und die Party genießen, verstehst du? Ohne Druck.»

«Absolut.» Meine Stimme kommt zu kumpelhaft rüber, merke ich, als könnte ich verstehen, wovon sie spricht – ich, immer noch extrabreit, mit meiner angeranzten Kakihose und meiner Gigakarriere als Kellnerin, ständig am finanziellen Abgrund balancierend. Ich werfe ein fröhliches «Viel Spaß noch» hinterher und mache mich auf die Suche nach Alicia.

Sie ist in der Küche und füllt sowohl ihr Tablett als auch ein großes Rotweinglas nach.

«Iss was», ermahne ich sie. Von Rotwein wird Alicia weinerlich.

Sie schiebt sich eine Frühlingsrolle in den Mund und reicht mir auch eine. «Tolle Party, was? Zehn Punkte, wenn du's mit jemandem in der Garderobe treibst.» In unserem zweiten Jahr auf dem College war Alicia mal auf einer Verbindungsfeier gewesen, wo sie einer Horde Typen beim Angeben zuhörte. Sie prahlten mit den ausgefallenen Orten, an denen sie schon Sex hatten, und vergaben untereinander Punkte dafür. Alicia hatte es ekelhaft, wenn auch nicht verwunderlich gefunden, und wir hatten das Punktesystem zum Spaß übernommen. Ich erzählte ihr, dass ich einem Typen mal auf einem Riesenrad einen runtergeholt hätte, und sie meinte seufzend, ein Riesenrad sei der banalste Ort, an den man sich für einen Handjob begeben könnte. Eine ganze Weile wurden keine Punkte vergeben, bis sie irgendwann kurz vor Weihnachten bei Dillard's einen Weihnachtself flachlegte, der dort als Begleiter von Santa Claus fungierte. Sie waren kurz ein Paar, aber er wurde ihr schnell langweilig, und seitdem ist es keiner von uns gelungen, diese Nummer punktemäßig zu toppen.

«Fünfzehn Punkte», sage ich, «wenn du mir Jaspers Telefonnummer besorgst.» Es rutscht mir ganz spontan heraus und ich bereue es sofort.

«Ist gebongt!»

«Quatsch. War ein Witz. Mach das nicht.» Ich streiche ihr die Ponyfransen aus dem Gesicht. Ihre Augen funkeln unheilvoll. «Im Ernst. Tu das nicht.»

Barry kommt in die Küche gerauscht und klatscht in die Hände. «Leute, Leute! Weniger plaudern, mehr servieren!» Alicia trinkt einen großen Schluck Wein, schnappt sich ihr Tablett und verschwindet in Richtung Galerie.

Ich wühle in unserem Kram nach den Miniplastiklöffeln für die winzigen Tiramisus, da zischt Barry plötzlich: «Diana!»

Er ist gespenstisch blass. Eine Kakerlake läuft ihm über den Turnschuh. «Ich hab sie *durch den Schuh* gespürt!»

«Atmen! Das ist nur ein Käfer.» Aber es ist eben nicht nur ein Käfer, außerdem ist das Ding riesig. Die Kakerlake spreizt die Flügel und tastet mit zwei langen, dünnen Antennen die Luft ab. «Tritt drauf!»

«Wir können sie doch nicht umbringen!» Er reicht mir einen Plastikbecher. «Hier, fang sie ein und bring sie raus.»

«Echt jetzt?»

Er nickt.

«Barry, Barry.»

Langsam schleiche ich auf die Küchenschabe zu, den Becher in der einen Hand, ein Blatt Küchenrolle in der anderen. Barry packt mich am Ärmel. «Ja nicht daneben!», zischt er.

Ich schüttle ihn ab, knie mich hin, stülpe den Becher über die Küchenschabe und schiebe das Papier darunter. Dabei klemme ich einen Fühler ein, und Barry und ich kreischen auf. Barry rennt zur Hintertür, reißt sie auf und scheucht mich nach draußen.

Auf dem Parkplatz gehe ich in die Hocke und schüttle den Becher, bis die Kakerlake auf den Asphalt rutscht. Kalter Wind fährt mir durch die Bluse.

«Das ist sehr großherzig von dir», sagt eine Männerstimme, und ich zucke zusammen.

Er tritt in den Lichtkreis einer Laterne, und ich erkenne ihn. Der neueste Prinz Charming der Kunstszene persönlich. Er ist groß und schmal und wirkt ein bisschen verlegen, vielleicht weil ich ihn beim Schwänzen der Party erwischt habe. Er trägt ein weißes T-Shirt zum grauen Anzug und sieht definitiv umwerfend aus mit seinen dunkelbraunen Augen und den dichten, schwarzen Wimpern.

Ich stehe auf und wische mir die Hand an der Schürze ab.

«Rauchst du?» Er streckt mir eine zerdellte blaue Blechdose hin, in der was Selbstgedrehtes liegt. «Irgendwelche Kräuterdinger, die beim Aufhören helfen sollen. Schmecken schrecklich.»

Ich lächle. «Nein danke. Ich muss wieder rein. Mein Chef ist ein bisschen pingelig.»

«Der nette Typ, der dich vor der Arbeit kiffen lässt?»

«Das hast du gesehen?»

«Natürlich nicht.» Er lächelt – die Grübchen sind in natura noch viel sexyer – und streckt die Hand aus. «Ich bin Jasper.»

«Deine Arbeiten sind toll. Gratuliere.» Sagt man das auf einer Vernissage? Es klingt hölzern.

«Danke, ...?»

«Diana.»

«Bist du sicher, dass du keine willst?» Er hält mir noch mal die Blechdose hin, und ich schüttle den Kopf.

«Die Ausstellung ist gut, sie haben sich Mühe gegeben.»

«Bist du Künstlerin?»

«Ich arbeite dran», sage ich. «Und ich assistiere einer Künstlerin. Justine Loka.»

Er zieht die Augenbrauen hoch. «Ach was. Ich kenne Justine.» Er lacht. «Harter Job. Also bist du Textilkünstlerin?»

«Nein. Ich studiere Malerei.»

Er schaut mir forschend in die Augen, als würden ihn meine Antworten tatsächlich interessieren, dabei sind wir nur zwei Wildfremde auf einem zugigen Parkplatz.

«Ich arbeite an einem Projekt. Ich mache Interviews mit verschiedenen Menschen und benutze das, was sie mir erzählen, für meine Bilder, notiere es manchmal direkt auf der Zeichnung.»

«Ist das dann so was wie ein Comic?»

«Ja, ein bisschen wie ein Comicstrip. Aber grafisch ganz anders. Die Porträts sollen gefühlvoll wirken und intim, aber die Worte daneben sind schlicht und direkt. Mehr ist es manchmal gar nicht. Mir gefällt der Kontrast.»

«Wonach fragst du die Leute?»

«Alles Mögliche.» Die Laterne in seinem Rücken fängt an zu flackern. «Mich interessiert vor allem das, worüber die Leute nur schwer sprechen können. Geld ... Tod, Sex. Unbehagliche Dinge.»

«Unbehaglich.» Er tritt mit dem Stiefel die Zigarette aus. «Klingt echt interessant.»

Interessant. Bäh. Ich hab's offensichtlich nicht geschafft rüberzubringen, was ich meine. Ich habe in letzter Zeit eine Aversion dagegen entwickelt, wie einige meiner Mitstudierenden an der Kunstakademie bereitwillig jedem, der sie fragt, ihr Thema auf die Nase binden. Aus dem Grund habe ich angefangen, Menschen zu interviewen, ehe ich sie male – damit ich ihre Worte in die Bilder integrieren kann. Das heißt, jemand anderes erzählt, und ich male nur.

«Den Anfang mache ich mit Kohlestift. Manchmal sogar mit dem Kugelschreiber», sage ich. Er nickt, und ich lasse mich davon ablenken, wie er ständig von einem Bein aufs andere schaukelt. Auch die Art, wie er gegen die Kälte die Schultern krümmt, fesselt mich. «Aber die meisten Porträts male ich hinterher mit Ölfarben ...»

Die Tür geht auf. Ich war noch nie in meinem Leben so glücklich, den stummen Rod zu sehen. Mehr hätte ich nämlich nicht zu sagen gewusst.

«Äh, Diana, kommst du bitte? Ich fürchte, wir müssen Alicia ausbremsen.»

«Scheiße!» Ich wende mich an Jasper. «War schön, dich kennenzulernen.»

Er hebt die Hand und winkt. Sein Lächeln ist umwerfend.

Ich entdecke Alicia hinter dem provisorischen Tresen. Sie schenkt Kaffee aus, während ihr fette Tränen über die von zu viel Wein geröteten Wangen strömen. Ich stelle mich zu ihr. «Was ist denn passiert?»

«Ich weiß nicht, Diana. Ich denke die ganze Zeit, was, wenn unsere Zeit niemals kommt?» Sie zeigt auf die Leute in der Galerie. «Wir werden alt! Was, wenn wir bis in alle Ewigkeit Cocktailwürstchen servieren? Ich meine, was, wenn ich Barry heiraten muss?»

Ich remple sie freundschaftlich an. «Sei kein Arsch.»

«Du weißt, was ich meine.» Sie holt schluchzend Luft. «Wir wissen, dass er auf mich steht. Außerdem wäre ich durchaus bereit, Rod oder wen auch immer in unsere Ehe mit reinzulassen ...»

«Red keinen Quatsch, Süße.»

Eine Frau mit funkelnden Ohrgehängen kommt an unseren Tisch. Die grauen Haare trägt sie zu einem aufgebauschten Knoten hochgebunden. Sie sieht, dass Alicia weint, und schaut mich an. «Ist alles okay mit ihr?»

«Ich bin okay.» Alicia schnieft. «Nur alt.»

Ich schaue die sehr viel ältere Frau an und lächle gezwungen. Sie nimmt ihren Kaffee und geht, und ich sehe Barry direkt auf uns zukommen. Alicia schenkt schniefend dem nächsten Gast Kaffee ein.

«Hallo, Barry!», sage ich. «Läuft alles super.» Er beachtet mich nicht und mustert stattdessen Alicias Gesicht mit der verlaufenen Wimperntusche. «Ja, unsere Freundin hier befindet sich augenblicklich in einer winzig kleinen, existenziellen Krise, aber auf irgendwie lustige Art. Willst du Kaffee?»

«Hilf ihr, das wegzumachen.»

Alicia setzt sich im Bad auf den Waschtisch, hält einen Zipfel ihrer Schürze unter den Wasserhahn und reibt sich damit über die Augen. «Tut mir leid.»

«Alles gut.»

«Geburtstage deprimieren mich.»

«Es ist *mein* Geburtstag. Du bist immer noch ein vierundzwanzigjähriges Küken.»

«Okay, Diana, aber du und ich, wir sind nun mal Zwillingsseelen.» Sie blinzelt mich durch nasse Wimpern an. «Fünfundzwanzig. Wir sind keine Babys mehr.»

Ich nehme ein Papierhandtuch und tupfe ihr die Wangen

ab. «Van Gogh war schon siebenundzwanzig, als er beschloss, Maler zu werden ...»

«Genau. Siebenundzwanzig, das ist quasi morgen. Was, wenn ich nie einen Film drehen werde?»

«Judy Chicago war *neununddreißig*, als sie anfing, ihre Bilder zu zeigen.»

Alicia putzt sich die Nase und zuckt die Achseln. Offensichtlich tröstet dieser Vergleich sie ein bisschen.

«Grandma Moses war *achtzig*, als sie ...»

Alicia lacht. «Okay, halt die Klappe, ich hab's kapiert.»

Als wir aus dem Waschraum kommen, bin ich so damit beschäftigt, Alicia hinterherzusehen, damit sie auch wirklich in die Küche zurückgeht, dass ich fast mit Jasper zusammengestoßen wäre, der sich angeregt mit einer Gruppe Männer in dunklen Anzügen unterhält. Er hält inne und schaut mir in die Augen, fast als wollte er fragen: *Alles okay?*, und ich lächle ihn an. Mein Herz donnert gegen meine Rippen. Was war das denn eben? Ich gehe weiter, aber ich fühle mich wie damals, als mir nachts plötzlich ein Reh vors Auto lief und ich gerade noch das Lenkrad rumriss.

Den restlichen Abend spüre ich ständig Jaspers Blicke auf mir, egal wo im Raum ich mich gerade befinde. Ich versuche, nicht darauf zu achten. Ich rede mir ein, dass seine Aufmerksamkeit sich in Luft auflöst, sobald ich sie anerkenne. Ich achte darauf, mich weiträumig um ihn herumzubewegen.

Inzwischen habe ich mein Lieblingsbild gefunden und bleibe ein bisschen davor stehen. Es ist die einzige der ausgestellten Fotografien, auf der ein Mensch zu sehen ist. Ein junges Mädchen läuft eine asphaltierte Straße entlang und blickt direkt in die Kamera. Sie ist von einer eigenartigen, kargen Wüstenlandschaft umgeben, fast wie auf einem fremden Planeten. Es wirkt, als wäre die Straße das einzige menschengemachte Element. Ihre Beine sind dünn und lang, mit knubbeligen Knien.

«Gefällt es dir?» Jasper steht neben mir. So nah, dass sich beinahe unsere Schultern berühren. «Ich glaube, das ist mein Lieblingsbild. Darf man das über seine eigenen Sachen überhaupt sagen?»

«Ich liebe es», sage ich.

Er bleibt sehr dicht neben mir stehen, dann rückt er noch näher an mich ran. Ich kann seine ganze linke Körperseite spüren und registriere, dass ich die Luft anhalte. Er ist genauso furchterregend schön wie seine Bilder, und alle hier im Raum scheinen ein bisschen in ihn verliebt zu sein.

«Faszinierend, dass sie die einzige Person in deiner ganzen Ausstellung ist.»

Er sieht sich um und zeigt auf die Fotografie einer Kuh, die auf der Veranda vor einem Haus steht. «Könnten wir Junior vielleicht auch gelten lassen?»

«Oh, stimmt», sage ich. «Dieses attraktive Gesicht können wir nicht ignorieren.»

Jasper dreht sich zu mir. «Möchtest du an die frische Luft?»

«Ich?»

Jasper lächelt amüsiert, greift nach meiner Hand und lässt die Finger sanft in der Handfläche ruhen. Ich verschränke meine Finger ganz leicht mit seinen, es fühlt sich an, wie unter Strom zu stehen. Wir halten uns verstohlen an den Händen und verschwinden von der Vernissage nach draußen. In dem Moment hebt Alicia den Blick vom provisorischen Tresen und macht große Augen. Ich senke den Blick auf meine Schachbrett-Vans und verkneife mir das Lachen.

Wir sind fünf Meter von der Hintertür entfernt, als Sylvia dazwischenplatzt. Es ist das erste Mal heute Abend, dass ich sie ohne ihren Assistentenpulk sehe. Jasper lässt meine Hand los, sie nimmt ihn am Arm. «Nur kurz den Wheelers Hallo sagen und noch eine letzte Runde. Wir haben's fast geschafft.» Ihr Blick huscht über meinen Körper. «Ich nehme was Trockenes, Süße. Den trockensten Weißen, den ihr habt.»

«Natürlich», sage ich, und Jasper wird ins Gedränge zurückgezogen.

Den restlichen Abend fühlt es sich an, als würden wir versuchen, uns immer wieder zu finden. Ich drehe mit den Häppchen meine Runden und streife seinen Arm. Als er mit einem Pärchen ins Gespräch vertieft an mir vorbeikommt, streckt er die Hand aus und streift meine Hüfte. Es ist aufregend. Wir machen beide mit weit ausgefahrenen Antennen unseren Job. Als ich mit einem Tablett voller Tellerchen mit Blaubeer-Crumble herumgehe, sehe ich Jasper neben der Tür zum Gang stehen. Er unterhält sich mit Sylvia, beobachtet mich dabei aber. Als sie wieder in der Menge verschwindet, geht er durch die Tür, und ich folge ihm.

«Hallo», sage ich.

«Wieso bist du hier der einzige Mensch, mit dem ich wirklich reden will?»

Ich lehne mich neben ihm an die Wand, so nah, dass mein Bein sein Bein streift. Unsere Knie berühren sich. Dann auch unsere Finger, als ich mich zu ihm drehe. Ich sage: «Darf ich?», und berühre mit dem Zeigefinger sanft seine Lippen. Ich lasse die Hand sinken, und wir küssen uns. Es ist ein langsamer, ausgedehnter Kuss. Da ist nichts Tastendes, um rauszufinden, was der andere mag, weder Zögern noch Unsicherheit. Er stellt sich direkt vor mich und stemmt die Hände neben mir gegen die Wand. Ich komme mir vor wie in einem Tunnel. Hier sind wir beschützt, abgeschirmt von der Vernissage, nur wir beide und der Widerhall dieses guten Gefühls.

Jasper ist größer als ich. Er beugt sich beim Küssen zu mir

runter und hebt mein Kinn an. Dann löst er sich von mir, und seine Mundwinkel kräuseln sich zu einem leisen Lächeln. Er lässt die Hände über meine Arme gleiten, beugt sich noch weiter zu mir runter und küsst meine Wange.

Meine Sinne sind überwältigt von dem Duft seines teuren Shampoos, dem scharfen Wodkageschmack, den er auf meinen Lippen hinterlassen hat, dem Kratzen seiner Bartstoppeln auf meiner Haut, dem Druck seiner Erektion an meinem Oberschenkel. Es ist nicht das erste Mal, dass ich mit einem Typen rummache, dem ich auf einer Party begegnet bin, heimliches Knutschen, wenn man erwischt werden könnte, ist mir nicht neu. Auch Sex beim ersten Date hatte ich schon mal. Ich kann beim *Ich-hab-noch-nie*-Spiel durchaus mithalten. Doch das hier fühlt sich anders an. Ich warte nicht darauf, geküsst zu werden, ich frage mich nicht, was ich hier eigentlich tue. Nichts wird zuerst von meinem Verstand gefiltert. Ich verschränke die Finger in seinem Nacken, ziehe ihn an mich und drehe mich mit um. Jetzt steht er mit dem Rücken zur Wand. Ich dränge mich an seinen muskulösen Körper, presse ihn gegen eine geschlossene Bürotür und greife an seiner Hüfte vorbei nach dem Türknauf.

Ich öffne die Tür einen Spaltbreit, und einen Augenblick lang bewegt sich keiner von uns. Ich nehme sein Gesicht zwischen meine Hände. Seine Augen funkeln, aber sie sind schwer zu lesen. «Kannst du von deiner Party verschwinden?»

Er küsst mich wieder und zieht mit den Zähnen an meiner Unterlippe. «Ja.»

In dem Büro ist es dunkel und kühl. In der Mitte des Raums bleibe ich stehen, lasse die Hände unter sein Jackett gleiten und streife es ab. Es landet hinter ihm auf dem Tisch. Sein T-Shirt ist dünn, und die nackte Haut an seinen Armen ist warm. Er umgreift mit einer Hand meine Handgelenke und zieht mir die

Arme über den Kopf. Er lässt los, meine Hände bleiben, wo sie sind, und er öffnet den obersten Knopf meiner Bluse. Er schaut mir in die Augen, und ich will mit ihm verschmelzen.

«Diana?» Sein Atem geht schnell.

«Ja?»

«Es ist echt schön, dich kennenzulernen.»

Wir grinsen.

«Ziemlich tolle Party», sage ich.

«Ziemlich.» Er lacht. «Vielleicht die beste.»

Behutsam knöpft er mir die Bluse auf und streift sie mir über die Arme. Sie landet auf dem Boden. Er beißt sich auf die Unterlippe, mustert mich, und mir wird heiß. Ich beobachte, wie seine Brustmuskeln sich unter dem T-Shirt bewegen. Ich schiebe meine Hände unter den Stoff, lasse sie seinen muskulösen Rücken entlang nach oben gleiten und ziehe ihm das Shirt über den Kopf. Ich berühre seine nackte Haut, und sein Atem wird schneller. Ich presse meinen Mund auf seine Lippen. Seine vollen Lippen.

Ich nehme seine Hand und lege sie auf meine Brust. «So schnell», sage ich.

Er lässt seine Hand dort liegen, schaut mir in die Augen und spürt meinen rasenden Herzschlag. Dann nimmt er meine Hand und legt sie sich aufs Herz. «Noch schneller», erwidert er.

Ich lasse die Finger durch seine Haare gleiten, und er lehnt sich gegen den Schreibtisch und zieht mich an sich. Ich schaue ihm in die Augen, und wir lächeln beide, fragen uns, wie wir hier gelandet sind.

«Jasper!» Es klopft laut an der Tür. Eine schneidende Stimme. «Jasper! Ich brauch dich!»

Er seufzt.

«Jasper!» Sylvia klopft wieder.

«Okay!», ruft er über meine Schulter und schaut mir dabei weiter in die Augen. Er seufzt wieder. «Sorry.»

Er küsst mich eilig und lächelt sein Grübchenlächeln, zieht erst das T-Shirt und dann sein Jackett an, und dann ist er verschwunden.

Ich bleibe allein zurück, ziehe mich sehr langsam wieder an. Ich muss dringend an die Arbeit, aber zuerst schlüpfe ich ins Bad und spritze mir Wasser ins Gesicht. Ich grinse mein Spiegelbild an.

Draußen höre ich einen Champagnerkorken knallen, dazu lautes Jubeln. Als ich in den Ausstellungsraum zurückkomme, steht Jasper neben Sylvia. Sie lächelt von einem Ohr zum anderen. Der stumme Rod stellt sich neben mich und flüstert: «Die haben alles verkauft. Die großen sind für sieben Riesen weggegangen.» So viel hat der stumme Rod, seit ich ihn kenne, noch nie gesprochen.

Jasper erhebt das Glas und sieht sich in der Runde der Menschen um, die um ihn versammelt stehen. «Ich danke Ihnen allen dafür, dass Sie gekommen sind. Vorhin war ich noch ein nervliches Wrack. Zuerst wollte ich nicht, dass der Abend anfängt, und jetzt will ich nicht, dass er endet.» Er senkt leicht den Kopf. «In dieser Ausstellung steckt die Arbeit von Jahren, von mir und meiner sensationellen Vorkämpferin Ms Cross.» Sylvia strahlt wie ein stolzes Schulmädchen, legt sich die Hände aufs Herz und formt für alle sichtbar mit den Lippen ein stummes *Dankeschön*.

Dann schweift Jaspers Blick über sein Publikum und landet schließlich auf mir. Unwillkürlich drehe ich mich um, doch hinter mir steht niemand. Da ist nur ein leerer Durchgang. Unsere Blicke treffen sich, und das ist so erschreckend für mich, dass ich zu Boden schauen und hörbar ausatmen muss – als würde mein Körper versuchen, das Feuer zu löschen, das Jasper in mir entfacht. Die Menge wird unruhig. Die Leute warten offensichtlich darauf, dass Jasper weiterspricht, aber als das Schweigen immer noch andauert, hebe ich den Kopf und begegne wieder seinem Blick. Er lächelt mich an, dann spricht er weiter. «Der Abend hat viele unerwartete Wendungen genommen.» Wie lässig und selbstbewusst er redet, turnt mich an. «Vor allem eine bestimmte. Von der habe ich mich noch nicht ganz erholt.»

«Vielleicht die, dass wir *The Desert Ten* verkauft haben, noch ehe der erste Drink serviert wurde?» Sylvia lacht. Falls Jasper sie gehört hat, lässt er sich das nicht anmerken. Stattdessen schaut er direkt zu mir rüber und sagt: «Ziemlich tolle Party.» Ich werde knallrot. Ich lächle und sage lautlos: *«Die beste.»* Jasper räuspert sich, löst den Blick von mir und lässt ihn durch den Raum schweifen. Er schenkt der versammelten Menge sein umwerfendes Lächeln. Er gehört nicht mehr nur mir allein. Trotzdem macht es Spaß, ihm zuzusehen. Er hebt das Glas. «Cheers!»

Sylvia erhebt ebenfalls ihr Glas und schaut ebenfalls zu uns Caterern nach hinten. «Das liegt auch an euch, Leute!», sagt sie mit aufgesetzter Herzlichkeit. «Das war ein perfekter Abend!»

«Cheers», sage ich leise und merke, dass ich kein Glas zum Zuprosten habe. Ich wische mir die schweißnassen Hände an der Schürze ab und versuche, nicht allzu breit zu grinsen.

Dann sehe ich zu, wie Jasper eingewoben wird in ein Netz aus Bewunderern, eine klebrige Mischung aus aufrichtigen Gratulationen, Wangenküssen und Neid ergießt sich über ihm. Wir haben keinen Augenkontakt mehr, und während die Vernissage weitergeht, fühlt sich das, was vorhin in dem Büro passiert ist, langsam, aber sicher an, als wäre es Tage her statt Minuten. Ich muss mir klarmachen, dass es wirklich passiert ist und nicht nur in meiner Fantasie.

Damit es mir nicht zu schnell durch die Finger gleitet, nehme ich das Gefühl, mit ihm allein in dem Büro gewesen zu sein – dieser überraschende Schwall aus Verlangen und Zuneigung –, und stelle mir vor, wie ich es ordentlich zusammenfalte und einstecke wie eine Serviette. Damit ich es nicht wieder verliere. Oder damit es, ordentlich zusammengefaltet und weggesteckt, nicht irgendwann anfängt, schmerzhaft zu piksen, falls es zwischen uns nie wieder eine Begegnung geben wird.

Eine Stunde später hat die Galerie sich geleert, und Alicia zieht eine Münze aus der Tasche. «Kopf, du bringst den Müll raus, Zahl, du heizt das Auto auf.» Um wiedergutzumachen, dass wir beide heute Abend solche Luschen waren, haben wir Barry gesagt, dass wir uns ums Aufräumen kümmern. Wir haben bereits die Böden gefegt und gewischt, den Backofen geschrubbt und sämtliche Küchenflächen geputzt. Alicia wirft die Münze, und sie fällt scheppernd auf den Holzboden des Ausstellungsraums. Kopf. Ich murre und drücke ihr den Autoschlüssel in die Hand, damit sie schon mal den Wagen warm laufen lässt.

Ich versage erbärmlich dabei, nicht enttäuscht zu sein, weil Jasper nicht noch mal in die Küche gekommen ist, um mir Gute Nacht zu sagen, aber die Beschäftigung hilft. Ich wuchte zwei schwere Müllsäcke in den Container. Die kalte Nachtluft im Gesicht tut mir gut. *Das war nur was Spontanes*, rede ich mir ein. Was mich allerdings wirklich nervt, ist das Gefühl, ihn zu vermissen. Wie ist das überhaupt möglich? Vor vierundzwanzig Stunden kannten wir uns noch gar nicht, und ich wusste kaum, dass er existiert.

Als ich zu meinem Auto komme, stelle ich fest, dass Barry mir die hintere Stoßstange wieder angeklebt hat. Natürlich. Alicia liegt zusammengerollt auf dem Rücksitz und schläft.

Im Auto ist es trotz aufgedrehter Heizung immer noch eiskalt. Ich setze mich hinters Lenkrad und sehe, dass mir jemand ein rechteckiges Päckchen unter den Scheibenwischer geklemmt hat. Ich steige noch mal aus, um mir das Paket zu schnappen. Ich schalte die Deckenbeleuchtung ein. Auf dem Packpapier steht mit Filzstift was geschrieben.

Diana, ich glaube, das ist dein Auto. Das hier gehört definitiv dir.
Jasper

PS: Solltest du nicht Diana sein, gib das hier gefälligst bei Sylvia Cross ab, Galerie Cross. Finderlohn.

Ich weiß, dass Jasper längst weg ist, trotzdem kann ich das Gefühl nicht abschütteln, das mich schon den ganzen Abend begleitet – das Gefühl, dass er mich beobachtet. Behutsam löse ich das Packpapier. Mein Herz fängt an zu pochen. Und dann liegt sie in ihrem Rahmen vor mir, die Fotografie, in die ich mich verliebt habe. So ein Geschenk hat mir noch nie jemand gemacht. Ich starre das Bild eine volle Minute lang an, dann grinse ich im Rückspiegel mein Spiegelbild an und lege das Geschenk auf den Beifahrersitz. Ich bringe Alicia nach Hause und fasse bei jeder Bremsung neben mich, damit das Bild nicht vom Sitz rutscht.

Kapitel 10

Seit zwei Wochen denke ich ununterbrochen an Jasper, pausenlos, und dann eines Morgens gehe ich in Justines Atelier, um zu arbeiten, und sehe ihn vor dem Gebäude auf und ab laufen. Mein Herz und mein Magen tauschen die Plätze. In der Nacht hat es geschneit, ein letztes Aufbäumen des Winters, und alles ist mit einer Schicht Pulverschnee überzogen. Er sieht mich nicht gleich, und ich kann ihn in Ruhe beobachten. Er ist trotz der Kälte kurzärmlig und streicht sich mit den Fingern durch die dunklen Haare. Sie sind ein bisschen länger geworden.

Wenn er ausatmet, bleiben kleine weiße Wölkchen in der Luft hängen, und als er mich sieht, schiebt er die Hände in die Hosentaschen. Er sieht aus wie ein nervöser Teenager.

«Hey!», sage ich. «Wie lange stehst du schon hier draußen? Es ist eiskalt.»

Ich weiß nicht, ob er wegen mir oder wegen Justine hier ist.

«Diana. Ich hoffe, du findest es nicht blöd, dass ich einfach so bei dir in der Arbeit aufkreuze.» Er bläst sich in die Hände und reibt sie aneinander. «Aber ich bin völlig am Arsch und weiß nicht, wen ich sonst fragen soll.» Er wirkt irgendwie panisch. Das verunsichert mich. Für mich ist er der gelassene Typ von der Vernissage, aber jetzt wirkt er regelrecht gestresst. Er hat dunkle Ringe unter den Augen.

«Geht es dir gut?»

«Mein Assistent hat mich sitzen lassen, und jetzt hab ich ein Megashooting und niemanden, der mir hilft.»

«Oh.» Ganz kurz dachte ich, er wäre meinetwegen so drauf, und wollte sagen: *Ich bin völlig am Arsch, weil ich ständig an dich denken muss, deshalb bin ich hier.* «Wann ist das Shooting?»

«Ich soll morgen in Marfa sein. Fotoreportage plus Cover für ein Magazin. Ich hatte es mir mit denen letztes Jahr eigentlich verkackt, weil ich zu einem Termin nicht aufgekreuzt bin, und jetzt machen sie ein Riesentamtam daraus, dass sie mir eine zweite Chance geben und so weiter.» Hinter ihm entdecke ich den blau-weißen Vintage-Ford von dem *Aperture*-Foto. Dabei war ich mir sicher gewesen, dass der Wagen nur Kulisse war. «Ich muss spätestens in einer Stunde los, um vor Sonnenuntergang anzukommen und für morgen alles aufzubauen. Es ist ein kurzer Job, aber trotzdem groß. Ich kann da unmöglich ohne Assi auftauchen.» Jasper schaut mich so flehend an, dass ich lachen muss. «Diana? Bitte!»

«Bist du verrückt? Ich habe keine Ahnung von Fotografie. Außerdem muss ich arbeiten. Marfa, das liegt doch in Texas?» Er schaut auf seine Stiefel und zieht einen Bogen in den Schnee. Wir kennen uns kaum. Wieso ich? Weil er nicht reagiert, wiederhole ich: «Ich habe wirklich keine Ahnung von Fotografie.»

Er sieht auf und lächelt. «Aber du bist Künstlerin, und ich brauche im Grunde nur jemanden mit einem guten Blick. Außerdem arbeitest du für Justine, die knallhart ist als Chefin, weshalb dieser Job dir wie ein Spaziergang im Park vorkommen wird. Oder in der Wüste.» Er lächelt wieder, und in mir hat nur ein Gedanke Platz: *Prinz Charming, wie passend.* «Ich sag dir, wo du die Lampe hinhalten sollst. Du reichst mir die Objektive. Im Ernst, Diana, das könnte lustig werden. Außerdem bezahle ich dir das Doppelte von dem, was du sonst während der Zeit verdient hättest.»

Ich trete einen Schritt zurück. Ich kann nicht denken, wenn er so nah vor mir steht. Was er sagt, klingt vernünftig. Es scheint tatsächlich nur um Arbeit zu gehen. Ist auch besser so. Die Extrakohle könnte ich gut gebrauchen, und nach Marfa wollte ich immer schon mal. Justine fährt morgen für zwei Tage zu ihrer Familie, und wenn Melodie heute für mich einspringt, könnte ich die Zeit nächste Woche wieder reinholen.

«Bist du sicher, dass das eine gute Idee ist?»

«Vielleicht?» Er lacht. «Du würdest mir das Leben retten. Und falls du Angst hast, dass da irgendwelche schrägen Hintergedanken im Spiel sind, keine Sorge. Du bekommst dein eigenes Hotelzimmer. Ich habe ein üppiges Budget – wir werden hart arbeiten, gut essen, und dir bleibt ein bisschen Zeit, dir Marfa anzusehen, falls du nicht längst dort warst.»

Ärgerlicherweise hat mein Körper in der Sekunde Ja gesagt, als ich ihn auf dem Parkplatz stehen sah, noch ehe er gefragt hatte, aber mein Hirn ist noch mit Aufholen beschäftigt.

«Ich muss telefonieren.»

Jasper grinst. «Heißt das ja?»

«Ja. Verrückt. Aber ich mach's.»

Seine Augen weiten sich überrascht – und in dem Moment frage ich mich, ob ich einen Fehler gemacht habe.

*

Auf der Siebenstundenfahrt von New Mexico nach Texas schlägt das Wetter ein paar Mal um, genau wie die Energie im Wagen. Am Anfang fahren wir friedlich dahin, eingelullt von den gedämpften Farben der vorüberziehenden Wüste. Jasper raucht seine Kräuterzigaretten und trommelt mit den Fingern im Takt der Musik aufs Lenkrad. Ich strenge mich an, nicht zu stumm rüberzukommen, während meine Gedanken rasen, und versuche zu ergründen, was wir eigentlich füreinander sind. Freunde? Auftraggeber und Angestellte? Freunde, die auch Sex haben könnten? Während der Fahrt sendet Jasper ständig widersprüchliche Signale. Als wir einen Tankstopp einlegen, bringt er mir einen Lolli mit und präsentiert ihn wie einen Rosenstrauß. Im nächsten Moment bittet er mich, den Fotokoffer in meinem Fußraum zu überprüfen und mich mit den Objektiven vertraut zu machen, womit er mich schmerzhaft daran erinnert, dass er mich dafür bezahlt, auf dieser Reise dabei zu sein. «Und kannst du bitte das Hotel anrufen», sagt er, «und unsere Reservierung bestätigen?»

Nach der Hälfte der Strecke verlassen wir den Highway, um etwas zu essen. Jasper sagt, vor einem großen Job hat er nie Hunger, also sitzen wir auf der Ladefläche, und er schaut mir beim Essen zu. Die Sonne steht hoch am Himmel, und der Harzgeruch in der Luft vermischt sich mit dem salzigen Geschmack in meinem Mund. Es ist so windig, dass ich mir den Saum meines Kleids zwischen die Beine klemmen muss. Als ich mit Essen fertig bin, hat sich das Wetter schon wieder geändert. Über uns hängen dicke Regenwolken, und ich wünschte, ich hätte meinen Pullover nicht vorne im Auto gelassen. Ich trinke einen Schluck, und mich fröstelt.

«Hier.» Jasper legt mir seine Jacke um die Schultern.

«Danke.»

«Kein Problem.» Er stellt den Jackenkragen auf und fängt an, die Jacke von oben nach unten zuzuknöpfen. Als er den letzten Knopf schließt, treffen sich unsere Blicke. Er lässt die Hände sinken und schaut zum grauen Himmel hoch. «Wir sollten zusehen, dass wir weiterkommen.»

Die nächsten hundert Meilen vergehen mit The Police. Wir summen beide mit, und langsam schmilzt die seltsame Anspannung zwischen uns. Wir können zusammen arbeiten und trotzdem Spaß haben, sage ich mir. Außerdem frage ich mich, ob ich mir nur eingebildet habe, dass er zittrig war, als er mir vorhin die Jacke zuknöpfte. Irgendwann läuft *Willin'* von den Little Feat, draußen scheint wieder die Sonne, und wir singen laut und schief mit.

Jasper stellt die Musik lauter. Anstatt wieder zum Lenkrad zu greifen, lässt er die Hand auf der Mittelkonsole ruhen, nur ein paar Zentimeter von meiner entfernt. Wir halten beide den Blick geradeaus auf die Straße gerichtet. Ich schiele zu ihm rüber und sehe, wie er auf der Unterlippe kaut und sich durch die Haare fährt. Dann legt er die Hand wieder zurück, direkt neben meine. Unsere Finger sind sich so nah, dass ich die Wärme seiner Haut spüren kann.

Lange Minuten verstreichen, in denen keiner von uns sich bewegt. Jasper räuspert sich, dann legt er seinen Ringfinger auf meinen. Mein Herz rast. Er fährt sanft über meinen Ringfinger, dann den Handrücken hoch und schaut zu mir rüber. «Kein Schmuck?»

«Nein», sage ich leise. «Noch nie.»

Jaspers Hand ruht auf meiner, er verlagert das Gewicht auf dem Sitz. Die Spätnachmittagssonne knallt durch die Windschutzscheibe. Als es zu warm wird, lässt er das Fenster runter. Ich lasse zu, dass der Fahrtwind mir den Kleidersaum bis zu den Schenkeln hochweht. Ich höre, wie Jasper scharf Luft holt, und drehe mich weg, damit er mein Lächeln nicht sieht.

Kurz vor Marfa erzählt er mir von seinem Lieblingsrestaurant und macht den Vorschlag, heute dort zu Abend zu essen. «Du wirst es lieben», sagt er, und ich weiß nicht, was aufregender ist – die Vorstellung von einem Date mit Jasper oder der Gedanke, dass er jetzt schon zu wissen glaubt, was mir gefällt. Die letzten paar Kilometer der Fahrt verbringe ich damit, mir vorzustellen, Japser wäre mein Verlobter und wir würden ständig übers Wochenende wegfahren so wie jetzt. Ich merke erst, dass ich lächle, als Jasper vor der Location anhält, wo das Shooting stattfinden wird.

Das Haus, das wir fotografieren sollen, ist ein massiver Lehmziegelbau mit großen, runden Fenstern, die auf einen Wüstengarten mit stacheligen Feigenkakteen und rot blühenden Salbeibüschen hinausgehen. Der Fußweg zur Haustür ist mit großen Agaven und hohen Texas-Silberblatt-Büschen gesäumt, die winzige lavendelfarbene Blüten haben. Die Frau, um die es geht – eine Countrysängerin namens Annie James –, öffnet uns barfuß die Haustür. Sie ist zierlich und strahlend, mit klaren Gesichtszügen und warmen Augen. Sie trägt eine weite Baumwolltunika und schwere Perlenketten, die klackernd aneinanderstoßen, als sie uns beide gleichzeitig umarmt. «Ich freue mich sehr, dass ihr hier seid.»

Nichts an der schlichten Außenfassade bereitet einen auf den Prunk vor, der im Inneren des Hauses herrscht. Wir betreten einen riesigen Lichthof mit einer Decke aus Glas und Stahl. Das Sonnenlicht ergießt sich über strahlend weiße Wände und cremefarbene Böden und wird von jeder einzelnen Kristallblüte der beiden riesengroßen Kronleuchter reflektiert. An einer Wand hängt ein Ölgemälde von Annie, die eine Gitarre schwingt, und auf einem weißen Fellteppich steht ein weißer Flügel. In mehreren nebeneinander angeordneten hüfthohen Bodenvasen aus Keramik stecken fedrige Pampasgräser.

An einem langen Holztisch ist eine Frau mit raspelkurzen Haaren damit beschäftigt, Kamelienblüten in mit Wasser gefüllten Schalen zu arrangieren. Ihre langen, goldenen Ohrringe streifen ihre Schultern. Ein kleiner Mann mit einem schwarzen Filzhut auf dem Kopf gönnt sich Erdbeeren mit Sahne. «Mein Presseteam», sagt Annie zu uns. «Wir haben hier gerade eine kleine Krise.» Sie lacht kehlig auf.

Ich habe noch nie drei Menschen erlebt, die weniger nach Krisenmodus aussehen als die hier, aber wir nicken.

«Nichts, das Jeremy nicht in den Griff bekommen würde», sagt Annie abschließend und wirft dem Mann mit dem Hut einen vielsagenden Blick zu. «Kommt, ich zeige euch das Haus.»

Vielleicht liegt es an der langen Fahrt oder der sanften Vollkommenheit des Lichts, aber als wir im Obergeschoss ankommen, frage ich mich unwillkürlich, warum man ein Haus wie dieses überhaupt fotografieren sollte. Wenn das mein Haus wäre, würde ich nicht wollen, dass es in einer Zeitschrift auftaucht. Ich würde es für mich behalten, allein durch diese Räume wandeln und mich beglückwünschen – für was auch immer ich getan habe, um es zu bekommen.

«Ich habe so lange in Europa gelebt, dass ich mich wohl in die georgianischen Proportionen verliebt habe», erzählt Annie. «Ich wollte ein Haus, das herrschaftlich wirkt, aber trotzdem behaglich ist.» Sie deutet auf einen riesigen offenen Kamin in einem der Schlafzimmer, der von einem der örtlichen Künstler mit Mosaiken verziert wurde. Im nächsten Raum ist es dann ein handgemachter Bettüberwurf, das Geschenk, sagt sie, eines mongolischen Schamanen, den sie in Russland kennenlernte.

Das Haus ist voll mit Kunst. In einem riesigen Bad bleibe ich zurück und werfe einen Blick in eine Kupferbadewanne, die aussieht, als wäre sie noch nie benutzt worden. Am Klopapierhalter hängt eine Rolle Klopapier, aber es gibt weder Seife noch Shampoo noch irgendwas in dem Spiegelschrank. Ich höre Jasper aufgeregt rufen. «Diana, das musst du dir ansehen!» Die beiden sind inzwischen am anderen Ende des langen Flurs angelangt. An der Wand hängt eine Arbeit von Justine – ein wunderschöner Wandteppich in Blau und Gold. «Verrückt, oder?» Jasper grinst mich an, in seinem Blick schwingt so etwas wie Stolz mit, und er erzählt Annie, dass ich für Justine arbeite.

Annie sieht mich beeindruckt an, fast ehrfürchtig, dabei bin ich nur Assistentin. «Das Stück hat mich sofort an Marfa erinnert. Ich musste es einfach haben.» Ich kenne diesen Wandteppich – er hing früher in Justines Atelier und war erst, kurz bevor ich bei ihr anfing, vollendet worden. Ich will gerade erzählen, dass ein Talking-Heads-Song die Inspiration dazu lieferte, aber Jasper und Annie sind schon im nächsten Zimmer.

Annie und Jasper haben eine Million gemeinsamer Themen. Sie haben zwei gemeinsame Freunde und lieben beide die Panorama Bar im Berghain in Berlin. Sie waren letztes Jahr im Sommer beide in New York City auf derselben Kunstperformance – ach was, sie müssen sich knapp verpasst haben! Ich habe das Gefühl, als wäre ich Zeuge bei einem ersten Date.

Als wir wieder nach unten kommen, sind die beiden Pressemenschen dabei zusammenzupacken, und ich würde am liebsten auch abhauen. Während alle sich mit Küsschen voneinander verabschieden, stehe ich hölzern daneben. Jasper bemerkt es und drückt mir den Autoschlüssel in die Hand. «Geh doch schon mal vor. Ich bin gleich da.»

Ich bin dankbar, einen Augenblick für mich zu haben, und schiebe mich auf den Beifahrersitz. Die Sonne geht gerade unter, und die intensive Schönheit des Lichts raubt mir den Atem. Der Horizont sieht aus wie von einem Kind gemalt, ein Streifen goldenes Licht unter einem breiten Streifen knallblauem Himmel, darüber Türme düsterer grauschwarzer Wolken. Annie hat nicht unrecht, das Blau und Gold in Justines Wandteppich trifft den Himmel über Marfa haargenau.

Jasper klopft an die Scheibe, und ich lasse sie runter. «Gibst du mir den schwarzen Koffer hinter dem Sitz da?», bittet er. Ich reiche ihm das Ding durchs Fenster. «Hör zu, ich muss noch ein bisschen was vorbereiten, ehe das Licht weg ist, und Annie hat mich gerade zum Abendessen eingeladen. Wäre es für dich okay, schon mal ins Hotel zu fahren?» Er beugt sich über mich und wühlt im Handschuhfach. «Hier ist die Adresse. Ich rufe schnell an und sage, dass du ohne mich eincheckst.»

«Klar.» Mir wird flau bei der Vorstellung, mit seinem Wagen ins Hotel zu fahren. «Soll ich dir noch was mit reintragen?» Aber er ist schon wieder auf dem Weg zurück ins Haus.

Ich checke ein und werfe mich aufs Bett. Ich habe das Gefühl, von dem Riesenzimmer verschluckt zu werden. Es gibt große, bunte Teppiche, einen pink gestreiften Riesensessel und eine Fensterfront, die von der Decke bis zum Boden und von einer Wand zur anderen reicht. Wie konnte ich diese Sache derart missverstehen? Es gab keine widersprüchlichen Signale. Das Shooting war für Jasper keine Ausrede, um mit mir Zeit zu verbringen oder mich aus der Stadt zu entführen. Er brauchte eine Assistentin. So einfach ist das. Er wusste, dass ich knapp bei Kasse bin, also lag es nahe, mich zu fragen. Wahrscheinlich war ich nicht mal die Erste. Ich drehe mich auf den Bauch und stöhne in eins der vielen Riesenkissen.

Ich mache einen Deal mit mir. Ich darf mich eine heiße Dusche lang in meiner Enttäuschung suhlen, und dann werde ich arbeiten.

Ich habe meinen Rekorder und das Interview mitgenommen, das ich vor Kurzem mit einer Studienkollegin namens Brynn geführt habe. Ich habe sie explizit nach ihrem Sexleben gefragt, weil ich sie als schamhaft in Erinnerung hatte. Sie überraschte mich mit enormer Freizügigkeit und vielen Eskapaden. Ich beschloss, die heißesten Abschnitte des Interviews als Grundlage für eine neue Bilderserie zu benutzen, die ich Alicia widmen wollte. Sie würde *Punkte* heißen.

Auch das Bad ist für mehr als einen Menschen konzipiert, mit einer übergroßen Badewanne auf Klauenfüßen und separater Dusche mit diversen Duschköpfen. Ich stelle mich darunter, lasse mir das warme Wasser übers Gesicht laufen und schimpfe, wie dämlich es war herzukommen. Mir wird bewusst, dass ich selbst dann Ja gesagt hätte, wenn ich gewusst hätte, dass dies ein reiner Arbeitstrip ist, nur um Zeit mit Jasper zu verbringen. In meinem Kopf geistern Bilder von ihm rum, die ich nicht vergessen kann. Wie wir am Abend seiner Vernissage allein auf dem Flur gestanden haben, er vor mir, ich an die Wand gepresst. Oder seine Hand auf meinem Herzen, als wir nicht aufhören konnten, uns zu küssen.

Ich öffne die Duschtür und trete, eingehüllt in eine dramatische Wolke aus Wasserdampf, hinaus. Ich bin wieder wach und weiß jetzt, wie ich Brynn malen will. Ich schlüpfe in eine Jogginghose, mache es mir auf dem Bett bequem und fange an, sie mit Kohlestift zu skizzieren. Währenddessen höre ich Brynn dabei zu, wie sie von der Nacht erzählt, als sie sich mit einem Typen in ein geschlossenes Kino geschlichen hatte.

Spätestens als er die Kreditkarte rausholte, um das Schloss zu knacken, hätte mir klar sein müssen, dass er gar nicht dort arbeitete.

Mit schnellen Strichen zeichne ich ein Rechteck und platziere Brynn, gekleidet wie ein Starlet aus den Vierzigern, in die Mitte des Blatts. Ihren Monolog schreibe ich wie Untertitel an den unteren Bildrand.

Aber ich war so geil, dass mir das egal war. Vielleicht wollte ich den Thrill, erwischt zu werden.

Ich unterbreche, um mein Telefon zu checken, aber Jasper hat sich nicht gemeldet. Ich könnte ihm eine Textnachricht schreiben. Was Nettes, Fröhliches. Was Zwangloses.

Wie ist das Essen? Nein! Ich habe Jasper noch nie geschrieben, wieso sollte ich auf einmal seinen Abend mit Annie stören? Ich könnte ihm sagen, dass ich gut angekommen bin. *Habe eingecheckt. Tolles Zimmer.* Das klingt weniger aufdringlich, dafür umso verzweifelter.

Um mich aufzumuntern, tippe ich: *Zimmer 112. Fickst du mich bewusstlos?* Aber das ist nicht lustig. Ich schleudere das Telefon ans andere Bettende, wo es von einem Kissen abprallt und scheppernd auf dem Boden landet.

Vielleicht sollte ich mich einfach nur wie eine richtige Assistentin benehmen und fragen, wann wir morgen anfangen. Ich beuge mich übers Bett und hebe das Telefon auf.

Und dann: Flattert ein kleiner Briefumschlag über den Bildschirm. *Nachricht gesendet.*

Nein! Nein, nein, nein! Bitte nicht. Ich scrolle hektisch runter. Da steht: *Zimmer 112. Fickst du mich bewusstlos?* Mein Schrei ist laut genug, um das ganze Hotel aufzuwecken. Ich muss doch was tun können. Die Textnachricht muss sich doch irgendwie löschen lassen. Doch das ist unmöglich. Was soll ich denn jetzt tun? Zu Annie fahren und Jaspers Telefon an mich reißen, bevor er die Nachricht liest? Mein Gesicht glüht, während ich mir vorstelle, wie er und Annie beim Essen wohlwollend lachen und über meine niedliche kleine Groupie-Schwärmerei den Kopf schütteln. «Pass bloß auf. Die Kleine klingt ein bisschen gestört», sagt Annie wahrscheinlich.

Fast hätte ich Alicia angerufen, aber ich tue es nicht. Wenn ich keiner Menschenseele was davon erzähle, lässt es sich vielleicht verdrängen. Ängstlich schaue ich nach, ob eine Antwort gekommen ist, dann schalte ich das Telefon aus und schleudere es weg. Ich habe nicht vor, es je wieder anzufassen.

Die Frau an der Rezeption schickt mich auf meine Frage hin zu einem kleinen Spirituosenladen schräg gegenüber, und ich kaufe mir eine kleine Flasche Wodka. Mein neuer sensationeller Plan lautet, mich in den Schlaf zu trinken und morgen alles dem Alkohol in die Schuhe zu schieben.

Ein junges Pärchen geht an mir vorbei, Händchen haltend, auf dem Weg zum Feiern, und ich schiebe mir die Papiertüte unter den Pullover. Ich überlege, ob ich mir was vom Zimmerservice bestellen soll, aber das ist alles teuer, und ich habe keine Ahnung, was angesichts der Tatsache, dass jemand anders die Rechnung zahlt, angemessen wäre. Schließlich entscheide ich mich für eine Pizza mit Oliven, schalte *Dateline* ein und mache mich über den Wodka her. Dann schalte ich in der mehr als unwahrscheinlichen Hoffnung, dass Jasper meine Nachricht für einen Witz gehalten und mit etwas ähnlich Lustigem geantwortet hat, das Telefon wieder ein. Doch da ist nichts. Die Minuten ziehen sich wie Stunden, und ich versuche, mich mit Stone Phillips und einem ungelösten Mordfall abzulenken.

Es klopft leise. Während ich in der Handtasche nach meinem Geldbeutel krame, öffne ich dem Zimmerservice, und als ich hochsehe, steht Jasper vor mir. Zu perplex, um auch nur Hallo zu sagen, starre ich ihn an.

Er hält sein Telefon hoch und hebt die Augenbrauen, und ich will nur noch im Erdboden versinken.

«Ich habe getrunken» ist alles, was mir einfällt.

Er schiebt die Hände in die Hosentaschen. «Kann ich reinkommen?»

«Klar.» Sein Gesicht ist unmöglich zu deuten, die Haare sind zerzaust, auf seinen Wangen liegt ein Bartschatten.

«Wie war das Abendessen?»

«Gut. Aber nicht lang.»

«Oh.» Mein Herz fängt an zu pochen. «Wieso?»

«Ich hab ihr gesagt, ich bin erschöpft.»

«Klar. Ja, ich auch.»

Er stellt sich hinter den pink gestreiften Sessel und hält sich an der Lehne fest, lässt den Blick durchs Zimmer schweifen. Ich bin mir schmerzhaft bewusst, wie es hier aussieht. Das feuchte Handtuch auf dem Bett, mein Koffer, dessen Inhalt auf dem Fußboden verstreut ist.

«Die haben dir mein Zimmer gegeben.»

«Wie bitte?»

«Das ist mein Zimmer. Ich hab den Superior Room.»

«Oh.» Ist er deshalb hier? «Ich kann umziehen. Das wusste ich nicht.»

Er wird rot. «Nein, nein. Bleib hier.»

Es klopft wieder. Ich gebe dem Pizza-Typen ein Trinkgeld, während Jasper langsam durchs Zimmer geht. Er entdeckt die Skizze von Brynn auf dem Bett und nimmt sie zur Hand. «Hast du das heute Abend gemacht? Das gefällt mir.» Sein gründlicher Blick und die Umsicht, mit der er das Blatt an den Ecken hält, fühlen sich gut an.

Er schaut mich an. «Hast du eine Wanne? Ich habe gesagt, ich will eine Badewanne.»

«Ja.» Ich schaue an mir runter; Jogginghose, nackte Füße, abgeblätterter Nagellack. Ich wollte noch nie so dringend, dass jemand gleichzeitig geht und bleibt.

Er nimmt mir den Pizzakarton aus der Hand und stellt ihn auf den Tisch. «Komm, wir gehen in die Wanne.»

«Jetzt?»

«Ja, jetzt.» Er lächelt. «Willst du?» Es gibt nichts, was ich mehr will. «Du bestimmst die Temperatur. Für mich ist alles okay.»

Im Bad wende ich mich von ihm ab und stelle das Wasser an. Ich höre sein Jeanshemd mit den Perlmuttknöpfen auf den gefliesten Boden fallen. Ich tue, als würde ich die Temperatur justieren, und beobachte ihn heimlich im Spiegel.

Jasper zieht sich aus, und ich betrachte die muskulösen

Arme, sehe, wie der Bizeps sich anspannt, als er den Gürtel aus der Hose zieht und beides zu Boden fallen lässt. Allmählich füllen Dampfschwaden den Raum. Jasper zieht sich das gerippte Unterhemd über den Kopf und entblößt den straffen Bauch. Eine schmale, dunkle Spur Haare zieht sich bis runter zum Rand seiner Boxershorts. Lust durchströmt mich, während ich gespannt darauf warte, dass er sie auszieht. Ich kann nicht anders. Ich drehe mich zu ihm um, und er grinst verschlagen. Er weiß genau, dass ich ihn beobachtet habe. Er streift die Boxershorts runter, und zum Vorschein kommt sein unbeschnittener Penis. Er ist eindeutig erregt.

Jasper steigt in die Wanne, lässt sich ins Wasser gleiten und legt den Kopf zurück. «Kommst du?», fragt er und schließt die Augen, als wüsste er, dass ich nicht so gut darin bin wie er, mich lässig nackt auszuziehen.

Ich ziehe mir das T-Shirt über den Kopf, schlüpfe aus der Jogginghose und steige ins heiße Wasser. Jasper hat die Augen wieder aufgemacht und beobachtet mich. Er macht mir Platz, und ich setze mich ihm gegenüber, die Knie an die Brust hochgezogen. Ich lehne mich zurück, tauche ganz unter und bleibe ein paar Herzschläge lang unter Wasser. Dann tauche ich wieder auf. Keiner von uns macht den nächsten Schritt. Ich kann seine Blicke auf meiner Haut spüren, sie gleiten vom Gesicht zu meinen Schultern und ruhen dann auf meinen Brüsten.

«Also», sagt er schließlich in die Stille hinein. «Wegen deiner Nachricht. Mir war nicht klar, dass du auch noch Dichterin bist.» Er grinst, und ich spüre, dass ich rot werde. Um von mir abzulenken, spritze ich ihm Wasser ins Gesicht, und er tut, als würde er in Deckung gehen.

«Sorry!» Er hält abwehrend beide Hände hoch. «Tut mir leid. Ich finde, das war eine sehr schöne Nachricht. Vielleicht eine meiner Lieblingsnachrichten.»

«Bist du deshalb hier?», frage ich.

«Nein. Ich hätte auf alle Fälle bei dir angeklopft. Deine Nachricht hat es lediglich etwas dringlicher gemacht.»

Ich lächle. Die Sache ist geklärt. Und dann sind da nur noch wir beide. Ich und der selbstsichere, gut aussehende Jasper, nackt und nass und nur wenige Zentimeter von mir entfernt. Es kommt mir vor wie ein Traum, aus dem ich nie wieder aufwachen will.

Er greift nach meinem Fuß und fängt an, ihn mit kräftigem Druck zu massieren. Langsam arbeitet er sich über die Wade nach oben. Ich erschauere am ganzen Körper. «Und jetzt bist du hier, um darauf zu antworten?», frage ich.

Jasper setzt sich auf und legt die Arme um meine Taille. «Um ehrlich zu sein, hatte ich gehofft, wir könnten *uns gegenseitig* bewusstlos vögeln.»

Seit unserer Begegnung in der Galerie blieb ich jeden Morgen nach dem Aufwachen im Bett liegen und stellte mir vor, wie es wäre, mit Jasper zu schlafen. Was würde er sagen? Wie würde er mich ausziehen? Würde er beim Sex reden? Wie würde er sich anhören? Wie würde er sich in mir anfühlen?

Und jetzt ist er direkt vor mir, so nah, dass ich die Hitze spüre, die sein Körper abstrahlt. Er zieht mich an sich, um mich gierig zu küssen. Ich schlinge die Beine um seine Hüften, um ihm noch näher zu sein.

«Ich habe dich den ganzen Tag vermisst», sagt er. «Sogar im Auto, als du direkt neben mir warst.»

Ich lege die Stirn an seine. «Was hast du vermisst?»

«Das hier.» Er packt mich an den Hüften, hebt mein Becken aus dem Wasser und nimmt mich mit der Zunge, teilt meine Schamlippen und schiebt seine Zunge in mich rein und raus, rein und raus – es fühlt sich unglaublich an. Ich will, dass er langsamer macht, und gleichzeitig will ich nicht, dass sich an dieser Empfindung irgendetwas ändert. Ich klemme seinen Kopf zwischen meine Schenkel. Das warme Wasser schwappt mir gegen Rücken und Bauch, seine Bartstoppeln kratzen mir die Haut auf.

Mir wird schwindlig vor Lust, und als hätte er das gespürt, lässt er die Hände an meinem Rücken nach oben gleiten und sagt: «Ich hab dich.»

Ich öffne die Beine, und Jasper leckt genüsslich die Innenseiten meiner Schenkel, lässt sich mehr Zeit als eben noch, um mich mit seiner Zunge zu liebkosen, variiert Druck und Bewegung, und meine Nervenenden sind kurz vorm Durchbrennen.

«Mach weiter», sage ich. Meine Stimme klingt fremd. Ich habe keine Ahnung, wo das hergekommen ist, von einem Ort irgendwo ganz tief in mir, den ich noch nicht kenne. Jasper lehnt sich leicht zurück und zieht mich sanft mit sich. Inzwischen dreht sich alles, aber ich muss ihn spüren. Ich lasse die Hand ins Wasser gleiten und greife nach seinem steifen Schwanz. Während er mich leckt, massiere ich ihn mit einer Hand und spüre, wie er noch härter wird.

Unsere Berührungen werden wild, fast panisch, als dürfte uns diese Lust auf keinen Fall entgleiten. Er stöhnt, seine Lippen vibrieren zwischen meinen Beinen, und ich bin so geil, das Gefühl ist so intensiv, dass ich auf der Stelle in seinem Mund kommen will. Und dann spüre ich, plötzlich und ohne Vorwarnung, wie er in meiner Hand zu pulsieren beginnt, und verliere fast den Verstand. Wir hören gleichzeitig auf, wissen, dass wir beide nur noch Sekunden vom Orgasmus entfernt sind.

Er lässt mich runter, ich tauche unter, und als ich wieder hochkomme, um Luft zu holen, nimmt Jasper meine Hände und zieht mich aus der Wanne. Ich wickle die Handtücher um uns und führe ihn rüber zum Bett.

Er bleibt regungslos auf dem Rücken liegen. Langsam trockne ich ihn ab und lasse das Handtuch über seinen Körper gleiten. Sein steifer Penis bekommt besondere Aufmerksamkeit. Er ist herrlich glatt und groß genug, um mich vollständig auszufüllen. Ich stelle mir vor, ihn in mir zu haben, und mir wird heiß vor Erregung.

Er zieht mich aufs Bett. Ich strecke mich ganz nah neben ihm aus, den Kopf auf seiner Brust. Er hebt mein Kinn an, seine Lippen streifen meine. Mir läuft ein Schauer den Rücken hinunter. Kurz mache ich die Augen zu, und als ich sie wieder öffne, sieht er mich an. Seine Augen sind dicht vor mir, während er die Finger über meinen Körper nach unten gleiten lässt, zurück zu den Innenseiten meiner Schenkel. Ich steige auf ihn, ziehe ihm die Arme über den Kopf, küsse seine Kehle, seine Nippel – ziehe eine Kussspur vom Hals über die Schultern nach unten. Er keucht, und am liebsten würde ich ihn im Ganzen verschlingen, so erregend hört sich das an. Ich richte mich auf, mein Becken thront auf seinen Hüften. Meine Vulva kann spüren, wie steif er ist. Jasper schiebt mir einen Finger in den Mund.

«Diana», sagt er mit rauer Stimme. «Du fühlst dich so gut an.»

«Du dich auch.»

«Sag mir, was du willst.»

Ich lege ihm den Mund ans Ohr. «Ich will dich in mir haben. Ich will einschlafen, während du in mir bist.»

«Fuck!», stöhnt er. Ich lasse mich von ihm runtergleiten. Er versucht, mich festzuhalten. «Wo willst du hin?»

Nackt stehe ich vor ihm am Fußende. «Ich will's dir zeigen.»

«Gott, bist du schön!» Er krallt sich mit beiden Händen in das Kissen unter seinem Kopf.

Ich setze mich in den pink gestreiften Riesensessel und

schaue ihm direkt in die Augen. Dann mache ich langsam die Beine breit, öffne mich für ihn. Ich schiebe einen Finger in mich rein, und Jasper sieht ihn verschwinden und wieder zum Vorschein kommen, rein und raus. Seine Lippen sind leicht geöffnet. Ich schließe vor Lust, beobachtet zu werden, die Augen, und als ich sie wieder öffne, sehe ich, wie auch er sich langsam streichelt. Wir tauchen in einen gemeinsamen Rhythmus ein. Während seine Hand bis ganz nach unten an die Wurzel seines Schafts gleitet, schiebe ich den Finger tief in mich rein, als wäre er in mir.

«Fuck», stöhnt er wieder. «Diana. Ich muss dich haben.»

Wir haben es hinausgezögert, so lange es irgendwie ging. Wir atmen beide schnell und flach. Ich stehe auf, gehe zum Bett zurück, setze mich auf ihn, presse mich gegen seinen heißen Bauch. Er öffnet flehend die Augen. «Bitte.»

Ich beuge mich zu ihm runter, küsse ihn, atme ihn ein. Ich nehme seinen Schwanz in die Hand, hocke mich hin und streife mit seiner Eichel spielerisch an meiner Öffnung entlang. Wir stöhnen beide, wollen es beide.

Ich lasse los und spreize weit die Beine, um ihm zu zeigen, dass ich bereit bin. Er küsst mich gierig, dann lasse ich mich auf ihn sinken. Er gleitet in mich hinein, wieder und wieder, und ich bin überzeugt, dass nichts auf der Welt sich so gut anfühlt wie das hier. Er streckt die Beine aus und hebt den Hintern an, ein kleines Stück nur, um mir noch näher zu sein. Ich gebe ihm, was wir beide wollen, presse mein Becken gegen seins. Dieses Gefühl von Ausgefülltsein, er vollständig in mir, entlockt mir einen Lustschrei.

Jasper setzt sich auf und schlingt die Arme um mein Becken. Er küsst mich auf die Stirn, küsst weiter bis zum Ohr, beißt zärtlich in mein Ohrläppchen und flüstert: «Ich bin verdammt froh, dass du zugesagt hast.»

Ich sehe mich selbst auf dem verschneiten Parkplatz, unsicher, wie ich mich entscheiden soll. «Ich auch.»

In dem Moment stößt er zu, dringt noch tiefer in mich ein, ich wölbe den Rücken, halte mich an seinen Beinen fest, und wir bewegen uns gemeinsam, schneller und immer schneller, bis wir von tosender Lust überrollt werden – wir kommen gleichzeitig, dann sinken wir ineinander.

Hinterher ist es ganz still. Wir zittern beide immer noch. Sex dürfte nicht so gut sein. Er gibt mir das Wasser vom Nachttisch, und wir trinken beide einen großen Schluck.

«Ich will dich für immer in diesem Zimmer behalten», sagt er. «Ich lass dich nie wieder hier raus.» Ich lächle, als er mir den Arm über den Bauch legt und ein Bein über meines schiebt. Minuten später ist er eingeschlafen.

Er schläft unruhig, wälzt sich neben mir herum; als ich gerade wegdämmere, dreht er sich wieder um. Ich öffne die Augen, und er grinst mich hungrig an. Sofort bin ich wieder hellwach. Er zieht mich an sich und stützt sich auf den Ellbogen. «Danke, dass du mir gezeigt hast, wie du angefasst werden willst.» Er lässt eine Hand über meinen Bauch nach unten gleiten. «Darf ich?»

«Ja.» Ich spreize die Beine. Langsam lässt er die Finger in mich rein- und wieder rausgleiten, exakt so, wie ich es ihm vorhin gezeigt habe. Ich schließe die Augen und stelle mir meinen Körper vor, wie er sich um seinen windet. «Ich kriege nicht genug von dir, Diana.» Und dann ist er wieder in mir, stößt zu, fest und tief, und wir ficken, eiliger diesmal, drängender. Ich kralle mich in seinen Rücken und dränge mich ihm entgegen. Als ich spüre, wie er kommt, wird in mir wieder alles eng vor Lust, am Rande meines Sichtfelds taucht blendend helles Gleißen auf, als würde ich ohnmächtig werden. Danach liegen wir beide auf dem Bett, keuchend und lachend.

Am nächsten Tag bei Annie fühle ich mich wie betrunken. Ich kann Jasper immer noch auf meiner Haut riechen. Nachdem er in sein Zimmer zurückgegangen war, hatte ich geduscht, aber ohne Seife, in der Hoffnung, dass sein Geruch haften bleiben würde. Auf der Fahrt erzählte er mir, was wir fotografieren würden, welche Zimmer in welcher Reihenfolge und mit welchem Equipment. Schließlich war ich beruflich mit ihm unterwegs, oder? Jetzt wird mir klar, wie wenig ich mitbekam von dem, was er sagte.

«Diana», sagt Jasper. «Wo ist das Fünfundzwanziger?»

Ich schaue mich hilflos in dem Meer aus Equipment um, das in Annies Küche ausgebreitet ist. Wir fotografieren sie da, wo sie sich vermutlich am wenigsten aufhält. Ich hatte einen Blick in ihren Kühlschrank geworfen: eine Packung Milch, eine Schachtel Bio-Heidelbeeren und ein Tiegel Gesichtscreme mit Manuka-Honig. Ich frage mich, ob sie noch eine Küche hat, in der sie das Essen aufbewahrt.

«Diana? Das Fünfundzwanziger?»

Als Jasper meine Unfähigkeit bemerkt, kommt er selbst, um sich zu holen, was er braucht.

Es gelingt mir, den Tag hinter mich zu bringen, indem ich mir alles, worum er mich bittet, als Tablett mit Horsd'œuvres vorstelle, die ich herumreichen muss. Das kann ich. Es ist eine Art Meditation. Die Kameralinse ist eine von Barrys Minikreationen. Die Bounce Boards sind Servierplatten. Der Mann, der mich um das Objektiv bittet, ist der Gastgeber. Mit dem Gastgeber spricht man nicht. Man lächelt ihn nur freundlich an. Die umwerfende Frau, die da in lässigen Posen fotografiert wird, ist nur Gast auf einer Party und wird nicht essen, was ich ihr anbiete.

«Du warst still heute», sagt Jasper, als wir spätabends zurück ins Hotel fahren.

«Wirklich?» Offensichtlich fällt ihm die Abgrenzung von Arbeit und Spiel sehr viel leichter als mir. Sobald er in meine Nähe kommt, will ich ihm die Hände unter die Klamotten schieben und seine nackte Haut auf meiner spüren.

Jasper nickt. «Sehr still. Du hast das Talent, dich unsichtbar zu machen. Das ist mir aufgefallen. Als würdest du vor meinen Augen immer durchscheinender werden.»

Vielleicht um verrucht rüberzukommen, lege ich ihm eine Hand aufs Bein und lasse die Finger auf der Innenseite seines Oberschenkels ruhen.

Den Blick geradeaus gerichtet, wird er langsamer und hält dann am Straßenrand. Wir sind noch ein paar Meilen von unserem Hotel entfernt. Um uns herum ist nichts als Wüste und tiefschwarzer Himmel. Ich klettere rüber auf seinen Schoß. «Darauf habe ich den ganzen Tag gewartet», sage ich.

«Ich auch.»

Ich schiebe die Hände unter sein T-Shirt, spüre die warme Haut. Ich knöpfe seine Jeans auf und schiebe seinen steifen Schwanz in mich hinein. Wir atmen beide erleichtert auf – erleichtert, weil es sich noch genauso gut anfühlt, erleichtert, dass er endlich wieder in mir ist, dort, wo er hingehört. Ich fange an, mein Becken zu bewegen, aber er stoppt mich. Seine heisere Stimme raunt in mein Ohr: «Ich komme gleich ... beweg dich nicht. Bitte. Nicht bewegen.» Wir bleiben beide ganz still sitzen und schauen uns in die Augen, lösen den Blickkontakt nicht, der tief wird, so tief. Jasper schwankt am Rande des Orgasmus – er beißt sich auf die Unterlippe, während die Lust ihn durchwogt, und ich umschließe ihn fest. Das ist der Moment, in dem meine Lust mich durchflutet, der seinen begegnet und die Wellen uns beide überrollen. Schweiß tropft ihm von der Stirn.

Nach einer Minute Schweigen fragt Jasper: «Was bist du? Eine Hexe?»

«Nein!», antworte ich lachend.

«Hast du so was schon mal erlebt?»

«Ob jemand mich schon mal nur mit Blicken zum Orgasmus gebracht hat?», frage ich zurück. «Nein. Das habe ich noch nie erlebt. Nicht mal annähernd.»

«Gut.»

Das drängende Begehren von jenem ersten Abend in der Galerie ist mir geblieben, doch heute Abend ist Intimität dazugekommen – und das hat uns beide überrascht. Mir treten Tränen in die Augen, eilig wende ich mich ab und schaue zum Fenster hinaus zu dem von Sternen übersäten Nachthimmel. Ich will nicht, dass Jasper mich weinen sieht und meine Gefühle – stille Freude über diese überwältigende Intimität zwischen uns – für Traurigkeit hält.

Er nimmt meine Hand und hält sie fest. Als ich ihn wieder anschaue, hat er den Blick abgewandt. Seine Stimme ist leise und heiser. «Ich überlege, noch ein paar Tage zu bleiben. Vielleicht in El Cosmico einen Airstream-Trailer mieten, vielleicht sogar campen und das Licht von Marfa genießen. Hättest du Lust, mit mir hierzubleiben?»

Ich denke weder an verpasste Schichten noch daran, wie sauer Justine sein wird, wenn ich mit meiner Arbeit in Verzug komme. Ich warte nicht, bis meine Bedenken die Oberhand gewinnen. Ich sage einfach Ja.

Wir checken noch am nächsten Abend in unserem Wohnwagen ein. Er ist türkis und rosa und sogar mit einer kleinen Dusche ausgestattet. Wir quetschen uns gemeinsam in die Kabine, und Jasper schäumt mich von unten bis oben mit Seife ein, fängt an den Füßen an und arbeitet sich hoch bis zu den Schultern. Dann wäscht er mir behutsam die Haare und wickelt mich in ein Handtuch. Wir liegen nebeneinander auf dem breiten Bett, und den Kopf auf seiner Brust, schlafe ich wie ein Baby.

In Marfa ist der frühe Morgen meine Lieblingstageszeit. Die Luft ist noch kalt, und die Sonne brennt noch nicht. Der Himmel ist eine einzige Lichtershow, zuerst blass und sanft, ehe er am frühen Nachmittag damit beginnt, das große Make-up aufzulegen. Wir sitzen in Decken gehüllt vor dem Wohnwagen am Feuer und trinken Kaffee. Ich ziehe die Knie an mich und fühle mich schwindlig vor Glück. Ich brauche nichts mehr als das. Ich habe das Gefühl, monatelang hierbleiben zu können und nur von Sex und Süßigkeiten zu leben.

Wir gehen jeden Mittag in denselben Laden, um was zu essen, kaufen dann in dem winzigen Supermarkt nebenan alles, was wir brauchen. Das Sortiment deckt eine riesige Bandbreite von Ernährungskonzepten ab – Hackfleisch gibt es im selben Regal wie Bio-Tofu, und neben den pappsüßen Fruity-Pebbles-Frühstücksflocken finden sich handbeschriftete Papiertüten mit alten Getreidesorten.

Tagsüber durchstreifen Rudel wilder Hunde die Wüste. Einer der Streuner verirrt sich auf die Veranda unseres Wohnwagens, ein Chihuahua-Mischlingsweibchen mit milchigen Augen und einem räudigen kahlen Fleck auf der Stirn. Ihre Zitzen sind dunkel und ledrig von unzähligen Welpen, und sie hat einen Unterbiss, mit dem sie aussieht, als hätte sie permanent schlechte Laune. Ich setze mich vorsichtig auf die Stufen, und sie springt mir schwanzwedelnd auf den Schoß. «Schau dir das an!», sage ich. Als Jasper sie sieht, erschrickt er.

«Soll das ein Hund sein?»

«Ich glaube, sie friert. Sie ist offensichtlich nicht in bester Verfassung.»

«Ich dachte, das wäre ein Gürteltier.» Jasper macht einen Schritt auf uns zu, und der Hund fängt an zu knurren. «He, Kumpel, ich tu dir nichts.»

«Ich glaube, sie steht nicht auf Männer.»

«Hunde lieben mich.» Er streckt die Hand nach ihr aus, und sie schnappt zu. Auf seinem Handrücken erscheint ein leuchtend roter Blutstropfen.

Jasper bleibt in sicherer Entfernung sitzen und macht ein Foto von ihr, macht sich durch die Linse seiner Kamera mit ihr vertraut. Hoheitsvoll hebt sie den Kopf und wendet die schlimmste räudige Stelle ab.

Er gibt nicht auf. Er läuft zurück zum Laden und kauft eine Packung Würstchen, bricht kleine Stücke ab und füttert sie so lange damit, bis er sie streicheln darf, ohne dass sie zusammenzuckt. An dem Nachmittag breiten wir unsere Decke am Lagerfeuer aus, und sie springt zwischen uns.

«Ist das jetzt unser Hund?», fragt Jasper. Ich spüre, dass wir beide die Vorstellung von diesem Hund mutterseelenallein in der Wüste schrecklich finden. «Denn eins ist klar: Niemand außer uns wird diesen Hund je lieben. Niemals.»

Ich kann nichts dagegen tun – bei der Vorstellung von etwas, das mir und Jasper gemeinsam gehört, macht mein Herz einen Sprung. Ich nehme sie hoch und strecke sie zum Himmel wie eine stolze Mutter. «Sie ist ziemlich niedlich. Auf grässliche Weise.»

Jasper lächelt. «Sie hat Charme.»

Später baden wir sie in dem winzigen Waschbecken und bemühen uns nach Kräften, ihr die Kletten aus dem Fell zu ziehen. Jasper drückt sich ein bisschen von seiner kostbaren Hautcreme in die Hand und reibt damit ihre Haut ein. Wir geben ihr den Namen Pippa. Gegen Ende der Nacht schläft sie auf Jaspers Wange.

«Ich kann mich nicht bewegen. Ich muss für immer hierbleiben», witzelt er.

Wir setzen sie behutsam auf die Bank. Dann küsst er mich leidenschaftlich, und ich steige auf ihn. Ich bin fasziniert davon, wie gut sich unsere beiden Körper ineinanderfügen, zwei Verschlusshälften einer kostbaren Halskette. Seine Zunge erforscht meinen Mund, und ich beiße ihm zart in die Lippe. Er schmeckt nach Salzwasser und riecht nach Lagerfeuer, und ich will für immer hierbleiben und ihn einatmen.

Als er meine Brüste liebkost, reagiert mein Körper augenblicklich, meine Nippel werden hart und wollen mehr. Ich ziehe mir mein Shirt über den Kopf, dann helfe ich ihm, seins auszuziehen. Ich streife mit meinen nackten Brüsten seinen Oberkörper, und er zieht mich an sich. Pippa fängt an zu knurren. Lachend halten wir inne. Pippa beruhigt sich wieder und macht die milchigen Augen zu, aber in dem Moment, als Jasper in mich eindringt, setzt sie sich höchst alarmiert wieder auf.

«Woher weiß sie, was wir tun? Sie sieht aus, als wäre sie stockblind.»

«Pippa weiß alles», sage ich lachend.

«Können wir beim Liebemachen bitte nicht über Pippa sprechen?»

Liebe. «Klar.» Ich lächle, und eine berauschende Mischung aus Glück und Lust durchströmt meinen Körper. «Pippa, schau weg! Mach die Augen zu!»

Kapitel 11

Ich steche mir versehentlich mit der Sticknadel in den Finger und sauge den winzigen Blutstropfen weg. Einige der anderen Assistentinnen arbeiten mit Fingerhut, aber mir nimmt das die Geschicklichkeit. Die Stiche tun nicht wirklich weh, das gehört dazu, wenn man für eine Stoffkünstlerin arbeitet.

Wir sind seit über einer Woche aus Marfa zurück. Jasper und ich haben fast jeden Abend zusammen verbracht. Er kommt zu mir, wenn ich von meinen Catering-Jobs zurückkomme, und dann bleiben wir manchmal auf bis zum frühen Morgen. Ich bin froh, dass es bei Justine heute ruhig zugeht. Freitagnachmittags bin ich mit Henri, dem leuchtend blauen Kampffisch, der geräuschlos in seinem blubbernden Becken seine Kreise zieht, allein im Atelier.

Es war damals vor drei Jahren Alicias Idee gewesen, sich gemeinsam auf diesen Job zu bewerben.

Wir waren neben dem Campus-Gym auf Justines Aushang gestoßen. Die Ausschreibung lautete: *Zwingend erforderlich: flinke Finger. Starke Hände. Dickes Fell. Klug genug, den eigenen Scheiß zu Hause zu lassen und nicht in mein Atelier zu schleppen. Ausschließlich gute Vibes erwünscht.*

«Wir haben *sehr* gute Vibes.» Alicia zog einen Abriss von dem Aushang. «Und wenn sie uns mag, bringt sie uns mit Leuten zusammen.»

Das ist die hoffnungsvolle Abwägung aller Leute hier in der

Stadt, die Künstlerinnen assistieren: miese Bezahlung ohne Chancen auf Gehaltserhöhung, kein bezahlter Urlaub, keine Krankenversicherung. Dafür die Chance, eine Mentorin zu bekommen und von ihr in den Orbit der Kunstwelt-Connections geschleudert zu werden.

Justines weitläufiges Atelier belegt den ersten Stock eines zweistöckigen Gebäudes. Im Erdgeschoss befindet sich eine Mikrobrauerei, weswegen es im Treppenhaus grundsätzlich nach Hopfen riecht, aber der Betonboden ist so dick, dass von unten zumindest kein Lärm nach oben dringt. Die kleine Küche ist mit einem Kühlschrank, einer Kaffeemaschine und einem Riesenvorrat an grünem Tee und Mandeln zur freien Verfügung ausgestattet, das Einzige, was ich Justine jemals essen sah.

Justines Arbeiten sind von ungezähmter Schönheit, sehr begehrt und außerdem höchst zeitaufwendig in der Herstellung. Sie lässt sich die komplexen Muster einfallen, und sobald der Entwurf zu Papier gebracht ist, helfen ihre Assistentinnen ihr bei der Umsetzung. Manche bleiben nur ein paar Wochen bei ihr, andere wie ich bleiben Jahre. Seit ein paar Monaten sitzen wir zu dritt an einem riesigen, zwanzig Quadratmeter großen Wandteppich, der von Elizabeth Bishops Gedicht *Die Karte* inspiriert ist: «Zarter als die Farben des Historikers sind die des Kartografen.» Obwohl der Termin für die Vernissage bereits steht, ist dieses Stück noch nicht mal annähernd fertig.

Justine verwendet zu Büscheln getuftetes raues Garn verschiedener Texturen in Olivgrün und Goldgelb zur Darstellung von Landmassen, umgeben von Lapislazuli- und Meerestönen. Ich bin für die Stickerei der winzigen schwarzen Buchstaben zuständig, die Ortsnamen auf einer Landkarte repräsentieren sollen. Die Worte sollen aussehen, als wären sie auf eine Karte gedruckt und nass geworden, und nun würde die Tinte ins Meer verlaufen.

Wenn sie da ist, kontrolliert Justine sorgfältig unsere Arbeit, aber wenn sie uns allein lässt, was meistens der Fall ist, geht es im Atelier zu wie im Bienenstock. Wir plaudern, vertrauen einander unsere Geheimnisse an und beschweren uns darüber, wie wenig Zeit uns für unsere eigene Kunst bleibt.

Ungefähr einmal wöchentlich taucht Justines Mann Mark bei ihr im Atelier auf. Wenn er seinen riesigen Bernhardiner Jeffrey dabeihat, schnappt sich diejenige von uns, die am schnellsten reagiert, Jeffreys Leine und macht einen sehr langen Spaziergang. Die anderen müssen Marks Gesellschaft erdulden.

Mark sieht ständig aus, als wäre er im Begriff, mit einer Luxusjacht auszulaufen. Er trägt bei jedem Wetter Shorts, blaue Oxford-Hemden, die sich über seinem Bauch spannen, und eine klobige silberne Uhr an seinem haarigen Handgelenk. Am liebsten zerrt er sich einen Stuhl in die Mitte des Raums, überkreuzt die Beine an den nackten Knöcheln und erfreut uns mit zum Gähnen langweiligen Geschichten über seine Abenteuer, die freizügig gewürzt sind mit unbekümmertem Chauvinismus und Eigenlob. Es gibt kein Entrinnen. Eines Morgens verbrachte er gefühlt eine Stunde mit dem Vortrag, was einen New York Bagel von den Bagels unterscheidet, «die sie einem hier vorsetzen». Das war der Tag, an dem Alicia kündigte. Sie sagte, sich ständig mit einer Sticknadel zu stechen, könne sie ertragen, aber von Marks toxischer Langeweile wolle sie bitte nicht mehr durchlöchert werden. Das sagte sie zu mir. Zu Justine sagte sie: «Karpaltunnelsyndrom. Sorry.»

Ich denke auch immer mal wieder darüber nach, mir was zu suchen, wo ich besser bezahlt werde, aber dazu mag ich Justine zu sehr. Wenn sie in der richtigen Stimmung ist, erzählt sie unwiderstehlich romantische Geschichten darüber, wie es war, eine hungernde Künstlerin in New York City zu sein. Wen interessiert es schon, ob sie tatsächlich zu dessen schmuddeliger Blütezeit eine Nacht im Chelsea Hotel verbrachte oder ob es stimmt, dass sie mal zusammen mit Björk von einer Feuertreppe im East Village aus Passanten mit Wasserbomben beworfen hat?

Ich richte mich auf und atme aus. Jasper geht mir nicht aus dem Kopf. Ich will ihn heute Abend sehen, will seine Hände spüren. Ich stehe auf und strecke mich und drehe eine Runde um den Teppich.

Als Alicia rausbekam, wie viel für ein einziges von Justines Stücken bezahlt wurde, fing sie schallend an zu lachen. «Ach du Scheiße! Fünftausend Dollar? Darf man so was überhaupt betreten?»

«Das ist doch kein Teppich, Alicia. Das ist Kunst.»

Sie grinste. «Fünfzig Punkte, wenn du's mit Justine auf ihrem neuen Teppich machst. Und hundert, wenn du es schaffst, dabei weiterzusticken.»

Ich höre Justine die Treppe raufkommen, das vertraute Klackern goldener Armreifen an ihren zarten Handgelenken.

Ich dehne die Finger und mache mich wieder an die Arbeit. Obwohl ich nichts falsch gemacht habe, werde ich rot.

Wir rufen uns ein Hallo zu, während Justine aus den Schuhen schlüpft und durchs Atelier läuft. Ich spüre ihre Hände auf meinen Schultern und weiß, dass sie meinen Fingern über mich gebeugt beim Arbeiten zusieht.

Sie seufzt. «Ich wünschte, ich könnte dich klonen.»

Ich lächle in mich rein, sage aber nichts.

Sie reibt meine Schultern. «Ist dir nicht kalt? Hier drin ist es eisig.»

Sie nimmt ihren Paschmina ab und legt ihn mir um. Er ist

noch weicher, als ich dachte, und duftet nach ihrem Rosenparfüm. «Danke.» Ich ziehe mir den Kaschmirschal fester um den Hals.

«Du siehst erschöpft aus.» Sie setzt sich mir gegenüber und befühlt die Wolle, dreht und wendet das Stück Teppich zwischen den Fingern, um meine Arbeit zu begutachten. «Schläfst du zwischendurch auch mal?»

Justine wirkt gesund und ausgeruht. Sie muss mindestens zwanzig Jahre älter sein als ich, aber ihre Haut ist glatt und frisch. Ich habe Alicia irgendwann mal gefragt, wie Justine es hinbekommt, so auszusehen. «Schnecken und Beschneidungsreste», sagte sie. Als ich kicherte, fügte sie hinzu: «Im Ernst. Sie benutzt diese lachhaft teure Lotion mit Extrakten aus Vorhaut und Schneckenschleim. Eine der Ex-Freundinnen meines Vaters nimmt das Zeug auch.»

Aber es ist nicht nur Justines Haut – es sind auch ihre Haare, ihr Geruch, ihre Haltung. Die Art, wie sie sich barfuß und ohne BH durch ihr Atelier bewegt, das schwarze T-Shirt wie auf ihren Leib gegossen.

«Komm, wir machen eine Pause», sagt sie zu mir. «Trink eine Tasse Tee.»

Verstohlen werfe ich einen Blick auf die Uhr. Nur noch dreiunddreißig Minuten, bis ich gehen kann, und ich will dieses Quadrat dringend noch fertig kriegen.

Sie geht rüber in die Küchenecke und setzt sich auf einen Hocker, schlägt die Beine übereinander und sieht mich erwartungsvoll an. Ich schalte den Wasserkocher an und hole die Teekanne und zwei Becher aus dem Regal, die eine mit Justine befreundete Keramikerin getöpfert hat. Ich stelle mir vor, dass Justines Zuhause voll ist mit schönen Dingen wie diesen.

Ich löffle ein wenig japanischen Sencha in die Kanne, fülle ein Schälchen mit Mandeln und stelle es ihr hin. «Lieb von dir», sagt sie. «Also. Was ist los? Weshalb siehst du so müde aus? Das ist ja nicht nur heute so. Ich weiß nicht, ob ich dich in letzter Zeit irgendwann mal ohne violette Schatten unter den Augen gesehen habe.»

So wie Justine klingt, weiß sie was. Ich frage mich, ob Jasper jemandem von uns erzählt hat. Die Kunstszene in Santa Fe ist ein kleiner Kreis.

Ich verbrenne mir die Zunge am heißen Tee. «Barry hat momentan jede Menge Vernissagen. Ich bin froh um die Schichten.»

«Was Gutes dabei?»

Justine hat ein gesundes Konkurrenzdenken.

«Nicht wirklich.»

«Gar nichts?»

Und dann, weil ich mich frage, ob sie was über uns gehört hat, und weil Jasper mir frustrierend wenig darüber gesagt hat, was er von Justine hält, außer dass er ihre Arbeitsethik bewundert, erwähne ich ihn.

«Da war ein Fotograf, dessen Bilder mir gefallen haben. Jasper …»

«… Green. Zum Niederknien, oder?»

Ich bin mir nicht sicher, ob sie ihn oder seine Arbeit meint. Ich werde rot, und mir wird bewusst, wie klar und deutlich es mir ins Gesicht geschrieben steht.

«Pass lieber auf. Der Typ bedeutet Ärger, hab ich gehört.»

Ich zucke zusammen, als hätte sie mir die rosarote Brille vom Gesicht gerissen.

«Diana, du musst dich wirklich an erste Stelle setzen.» Sie legt mir die Hand aufs Knie. «Wie willst du deine Kunst hegen, wenn du dich nicht selbst hegst?»

Puh. Das könnte auch bei meinem Zahnarzt gerahmt überm Klo hängen, hätte Alicia dazu gesagt.

«Du hast recht.» Ich buche oft ihre Termine für sie und weiß, was Justines Vorstellung von «Hegen» beinhaltet – ihre Reiki-Heilerin akzeptiert nur (Unsummen) Cash, genau wie die Frau, die zu ihr nach Hause kommt, um ihr Lymphdrainagen und Einläufe zu verpassen.

Ich rutsche auf meinem Hocker herum. «Ich bin zu oft zu lange wach. Im Augenblick ist das Geld knapp. Ich brauche beide Jobs ...»

Justine hat die Stirn gerunzelt. «Du hast großes Talent, Diana. Du bist die beste Assistentin, die ich habe. Und Geld ist nicht alles. Was bedeutet schon Geld? In deinem Alter habe ich auf dem Fußboden geschlafen. Ich habe das Billigste gegessen. Ich habe nur meine Kunst gemacht, und jetzt? Schau mich an.»

Sie macht eine ausladende Geste durch den Raum – und einen Augenblick lang gerät ihr Lächeln ins Wanken. Sie schaut auf ihre Hände runter und spielt mit dem Ring an ihrem Finger. «Das ist nicht Marks Verdienst.»

Es klingt wie die Antwort auf eine Frage, die ich ihr nicht gestellt habe. «Natürlich nicht», sage ich. Glaubt sie, *ich* denke so von ihr? *Alle* denken so von ihr?

«Nein, schon gut, ich seh doch deine Blicke.» Sie lächelt scheu. Sie hebt die linke Hand und zeigt mir den riesigen Ring mit den Diamanten und Rubinen.

«Als ich Mark kennenlernte, dachte ich, das ist nichts für mich, Ehe, Kompromisse und so, nein danke. Aber mit Mark kam eine neue Art von Freiheit in mein Leben.» Sie zieht den Ring vom Finger. «Probier mal an. Schau mal, wie er sich an deinem Finger anfühlt.»

«Oh, nein, schon gut.» Ich komme mir vor, als würde sie wollen, dass ich eine zerbrechliche Vase halte.

«Diana, sei nicht schüchtern.» Justine lässt den Ring in meine Hand fallen.

Ich lasse ihn auf meinen Ringfinger gleiten.

«Du musst praktisch denken, Diana. Stürz dich in deine Jobs, aber mach dich nicht krank damit.» Ihr Blick verweilt auf, wie ich vermute, den Ringen unter meinen Augen.

«Okay», sage ich.

Ich spüre, wie ich wieder rot werde. Manchmal bin ich mir nicht sicher, was Justine versucht, in mir anzufachen. Sie mustert mich wohlwollend, steht auf und zieht meine Mappe aus dem Regal, wo sie seit letztem Monat liegt, als Justine versprach, sich meine Arbeiten anzusehen.

Sie legt die Mappe auf den Tresen und schlägt sie auf. «Ich hätte mir nicht so viel Zeit damit lassen dürfen.»

«Diese Sachen sind schon älter ...», sage ich, als sie die Fotos durchblättert, die ich von meinen Arbeiten gemacht habe. Ich wünschte, ich hätte mehr auf die Beleuchtung geachtet, weil sie dann vielleicht besser ins Auge springen würden. Vielleicht liegt es auch an den Farben, die ich benutzt habe. Vielleicht sind sie zu matt.

Nach ein paar sehr stummen Minuten hält sie bei dem Gemälde einer Frau namens Clea inne. Sie sitzt neben einem gesichtslosen Mann auf einer Bank. Sie befinden sich in einem Irrgarten, zwei in Farbe gemalte Figuren vor schwarz-weißem Hintergrund und umgeben von Wortgirlanden, die sich um sie schlängeln – Cleas Beschreibung des Streits, den sie eben im Park hatten. Die Schrift ist so klein, dass ich mir nicht sicher bin, ob Justine sie entziffern kann. «Das hier finde ich am interessantesten», sagt sie. Ich mustere das Bild. Es ist eines der ersten einer Serie, die ich letzten Sommer gemalt hatte, und die Pinselstriche sind zu dick. Justine tippt mit dem Zeigefinger darauf. «Darin ist die Energie aller anderen Bilder auf den Punkt gebracht. Als wären die anderen nur Proben gewesen, um hierhin zu kommen.»

Nachdenklich nickend blättert sie den Rest durch, während ich sie genau beobachte, um rauszufinden, auf welche Bilder sie besonders reagiert. Dann schließt sie mit einer gewissen Endgültigkeit die Mappe. «Ich bin froh, dass wir uns unterhalten haben», sagt sie. «Es ist mir wichtig, den Mädchen, die für mich arbeiten, eine gute Mentorin zu sein. Mich um euch zu kümmern.»

«Danke.» Ich spüle meine Teetasse ab. «Wir alle wissen das sehr zu schätzen.» Dabei bin ich mir ziemlich sicher, dass ich mit «wir» in diesem Moment nur für mich und Henri spreche, der in seinem Becken vor sich hin schwimmt.

«Gut.» Sie nickt. «Okay. Du solltest zusehen, dass du zur Reinigung kommst.»

Eine Sekunde lang bin ich verwirrt. Denkt sie, ich arbeite zusätzlich auch noch in der Reinigung? «Sorry?»

«Hast du meine Nachricht nicht gelesen? Du musst in die Reinigung und meine Sachen abholen. Ich fliege heute Abend nach L. A. Ich brauche das alberne Kleid für eine Vernissage.» Sie ist bereits aufgestanden. Als sie an mir vorbeigeht, streckt sie den Arm nach mir aus, und eine Sekunde lang denke ich, sie wolle mich umarmen.

«Moment», sagt sie. Dann nimmt sie mir sanft den Ring ab und den Paschminaschal, den sie mir um die Schultern gelegt hatte. «Mein Schal. Den brauche ich fürs Flugzeug.»

Kapitel 12

An dem Abend übernachte ich bei Jasper. Ich höre, wie er mitten in der Nacht aufsteht, und als er nicht wiederkommt, gehe ich rüber ins Wohnzimmer. Er steht nur in Jeans, die Hände in den Hosentaschen, an der Schiebetür und schaut nach draußen in den stockdunklen Garten.

«Hast du Lust auf einen Spaziergang?» Ich hatte befürchtet, ihn vielleicht zu erschrecken, aber er dreht sich um und lächelt mir entgegen, als würde ich ihm den Käfigschlüssel reichen.

«Gern.» Ohne sich ein T-Shirt überzuziehen, schlüpft er in Jacke und Stiefel. Ich ziehe mich schnell an und rufe nach Pippa, die auf Jaspers Bett liegt und schläft, um zu sehen, ob sie mitmöchte. Sie hebt kaum den Kopf.

Die Nacht ist so dunkel, dass es ein wenig dauert, ehe ich auch nur den Boden unter meinen Füßen sehen kann. Der Neumond ist nur ein zarter Lichtstreifen über den Bergen, und die Sterne sind hinter dicken Wolken verborgen. Ich halte mich an Jaspers Ellbogen fest, bis er meine Hand nimmt und sie fest gegen seinen warmen Arm drückt.

Jasper hat ein kleines graues Haus, das sich in die Gebirgsausläufer schmiegt. Kurz hinter dem Ende seiner Straße beginnt ein Wanderweg, aber wir wenden uns in die andere Richtung. Obwohl schon April ist, kommen wir hin und wieder an einem Baum mit Weihnachtsbeleuchtung vorbei. Es riecht nach Kaminfeuer. Lange sagt keiner von uns ein Wort. Ich beobachte unsere Atemwolken und lausche dem Klang unserer Stiefel auf dem Asphalt, dem leisen Rascheln unserer Nylonjacken. In der Ferne sind die Schreie und das Jaulen der Kojoten zu hören. Ich überlege, ob ich Jasper von dem Kunststipendium erzählen soll, auf das ich mich beworben habe. Es ist klein, nur ein paar Tausend Dollar, aber es würde mir für einige Monate die Miete sichern. Doch jetzt mit meinen Geldproblemen anzufangen, würde nur den Moment zerstören. Es ist so friedlich hier draußen. Die anderen Menschen liegen alle in ihren Betten und schlafen. Ich verschränke meine Finger mit seinen. Er drückt leicht meine Hand, und ich weiß, dass er ganz da ist, bei mir. Ich bin hellwach.

Wir halten uns von der Innenstadt und den Galerien fern und durchstreifen stattdessen gemächlich Jaspers Nachbarschaft. Wir kommen an eine Grundschule und bleiben vor dem Maschendrahtzaun stehen. Direkt dahinter steht eine verrostete Schaukel, die aussieht wie von einem Filmset, die Kulisse für zwei unfassbar attraktive Protagonisten, die in einer Nacht wie dieser hierherkommen, um einander ihre Liebe zu gestehen. Jasper lässt meine Hand los und lehnt sich gegen den Zaun. «Danke für den Spaziergang», sagt er mit sanfter Stimme.

Ich schaue ihn an und versuche, mir vorzustellen, wie sich die quälenden Gedankengespinste, die ihn nachts wach halten, in der kalten Nachtluft auflösen. Ich versuche, meine Sorgen wegen Geld, meiner Arbeit und Jasper dazu zu bringen, dasselbe zu tun. Ich übergebe alles der Nacht und frage mich doch, ob das mit uns Bestand haben kann.

«Es ist schön hier draußen», sage ich und blicke in den Himmel. Es sieht nach Regen aus. Er lächelt, hebt mein Kinn an und küsst mich zärtlich.

«Das ist meine neue Lieblingsnacht», verkündet er, und jetzt lächle ich auch. Was für eine gute Idee, ihn auf einen Spaziergang mitzunehmen, denke ich. Bin ich am Ende so was wie eine Heilerin? Kann schon sein.

«Kopf oder Zahl?»

«Wie meinst du?»

Jasper hält mir eine Münze hin. Sie ist etwas dicker als ein Quarter. Ich nehme sie und lache. «Ist ja klar.»

«Was ist klar?»

«Klar, dass du keinen gewöhnlichen Quarter in der Tasche hast.»

Er wirkt verletzt. «Das ist ein Eisenhower-Dollar», sagt er ernst. «Den hat mein Großvater mir kurz vor seinem Tod geschenkt.»

«Oh, das tut mir leid ...»

«Das war Spaß.» Er stupst mit der Schulter gegen meine. «Den hat die Frau im 7-Eleven mir mit dem Wechselgeld gegeben. Ich glaube, es ist eine Münze für den Spielautomaten.»

Er nimmt mir die Münze wieder ab und schnippt sie hoch. «Kopf», rufe ich. Er schaut mich an und schüttelt in geheucheltem Bedauern den Kopf. «Du kletterst als Erste.» Lachend setze ich den Fuß in seine verschränkten Hände. Er hievt mich über den Zaun und springt dann elegant hinterher.

Jasper setzt sich auf eine der drei Schaukeln und winkt mich zu sich. Ich nehme die neben ihm, und wir fangen an zu schaukeln. Die Nacht ist still. Nur die Schaukeln quietschen. Ab und zu jault in der Ferne ein Kojote, und das verzagte Gefühl taucht wieder in mir auf. Das Gefühl, dass das zwischen Jasper und mir nicht halten wird. Denn so aufregend es auch ist, wenn wir zusammen sind, irgendwas zupft dabei ständig am Rand meines Bewusstseins und verschwindet nie wirklich, als würde mir eine Souffleuse eine Textzeile zuflüstern, nämlich dass alle wirklich guten Dinge vergänglich sind.

Ich brauche die Gewissheit, dass wir nicht zum Scheitern verurteilt sind. Ich stehe auf, stelle mich vor seine Schaukel, und er lässt mich auf seinen Schoß steigen. Ich lasse mich gegen ihn sinken, und unsere Wangen berühren sich. Wir atmen dieselbe Luft. Ich löse mich ein Stückchen, um sein Profil zu erkennen, die dunklen Wimpern, die Konturen seiner vollen Lippen. Es ist unmöglich, sich mit anderen Sorgen zu quälen als mit der Frage, wann wir endlich Sex haben können.

Außer uns ist niemand unterwegs. Der Spielplatz liegt verlassen. Wir haben die Stiefel weggeschlenkert. Der Sand an unseren Füßen ist kalt.

«Ich vermisse dich», sage ich zu ihm.

«Ich vermisse dich auch.»

«Weißt du, welcher mein Lieblingsfilm ist?»

«Mhm. Irgendwas ... Italienisches?»

Ich lächle. «Das schon mal nicht.»

«Japanisch?»

Ich gebe uns Schwung.

«*Stirb langsam 3*», sagt er grinsend.

«Nein.» Ich schüttle den Kopf. «Das war eine Fangfrage. Ich habe keinen Lieblingsfilm.»

«Warum stellst du mir Fangfragen?»

«Warum kennst du meinen Lieblingsfilm nicht?»

«Weil du keinen hast.» Jasper küsst mich. Die Wärme von seinem Mund auf meinem Mund reißt mich aus meiner Gedankenspirale. Er kennt mich wirklich. Besser, als irgendjemand mich jemals kannte. Ich schaue nach oben in den Himmel, will dieses Gefühl von Weite in mich aufsaugen. Jasper bedeckt meine Kehle mit kleinen, süßen Küssen, zieht mir das T-Shirt runter, damit er an meiner Brust saugen kann. Ich finde es furchtbar, dass Sex alles zwischen uns wiedergutmachen kann. Der Sex hat zu viel Macht. Sex ist in der Lage, jeden

Moment besonders zu machen. *Genieß es einfach*, rede ich mir gut zu, aber ein Teil von mir glaubt immer noch, dass ich lediglich das Unvermeidliche hinauszögere.

Jasper nimmt meinen Nippel zwischen die Zähne und beißt mich mit haargenau dem richtigen Druck. Ich schließe die Augen. Sein Mund bewegt sich zurück zu meinem Hals, die Küsse werden heftiger. Die ersten Regentropfen fallen vom Himmel, Scheinwerferlicht streift uns und verschwindet wieder, und Jasper saugt sich an meinem Hals fest. Ich muss an den Knutschfleck denken, den er auf meiner Haut hinterlassen wird. Wir haben den Punkt längst überschritten, wo keine Male bleiben. Scheiß drauf. Wenn's sein muss, lauf ich den ganzen Sommer mit Rollkragen rum. Er löst die Lippen von meinem Hals und flüstert mir ins Ohr: «Ich will dich ficken. Jetzt. Ist das okay für dich?» Der Regen nimmt zu, dicke, gleichmäßige Tropfen fallen auf uns herab. In meinem Unterleib breitet sich Wärme aus, und ich spüre Jaspers Erektion an meiner Pussy. Ich hebe das Becken und streife mir die Hose über die Beine. Er schiebt meinen Slip zur Seite, und ich nehme seinen steifen Schwanz in die Hand, streichle mit seiner Eichel meine nassen Schamlippen. Ich reize ihn, führe ihn an meine Vagina und reibe ihn an meiner Klit.

«Ist das okay?», fragt er noch einmal, atemlos. Ich antworte nicht. Ich gebe ihm, wonach er sich sehnt, und presse mich mit der ganzen Kraft meiner Hüften gegen ihn, lasse mein Becken auf ihm kreisen, damit er so tief wie nur möglich in mich eindringen kann. Ich spüre ihn in mir erschaudern. «Gott, Diana. Du fühlst dich viel zu gut an.»

Ich bewege mich hoch und runter, und die Schaukel fängt an zu schwingen. Ein vollkommen neues Gefühl. Der Regen durchnässt uns, unsere Haut wird glitschig. Jasper vergräbt die Finger in meinen nassen Haaren, krallt sich an mich. Er zuckt in mir, versucht, die Lust zu bekämpfen, damit er länger durchhalten kann.

Ich schlinge die Beine um ihn und drücke zu, und er bleibt in mir, tief und warm, während ich wieder anfange, mein Becken kreisen zu lassen – wahnsinnig langsam diesmal, wie die Zeiger einer riesigen Uhr. Wir haben die ganze Nacht. Bei jeder vollen Stunde stöhnt Jasper mir ins Ohr, und ich werde von dem Verlangen überwältigt, ihn überall zu spüren. Tiefer. Näher. Mehr.

Jasper zieht meinen Kopf nach hinten und schiebt mir für einen gierigen Kuss die Zunge in den Mund. Ich hebe wieder die Hüften, die Kälte trifft uns mit voller Wucht, als sein Schwanz aus mir rausgleitet, glänzend nass und so hart wie noch nie. Wir sind durchnässt und geschwollen und pochend.

Quälend langsam schiebt er sich wieder in mich. Der Druck ist noch stärker, so stark, dass ich das Gefühl habe zu zerplatzen. «Diana», flüstert er durch den strömenden Regen hindurch. «Beweg dich nicht», fleht er. Ich habe nicht gemerkt, dass mein Becken wieder angefangen hat zu kreisen. Ich versuche stillzuhalten, während er in mir pulsiert, kurz davor zu explodieren. «Ich will mehr», sage ich. Er dringt Millimeter für Millimeter tiefer in mich ein, zieht sich fast vollständig zurück, dringt langsam wieder ein. Der Augenblick, als er wieder in mich kommt, fühlt sich besser an als alles, und ich neige mich zurück und halte mich an seinen Knien fest, um weit offen bleiben zu können. Er macht weiter. «Genau so», stöhne ich immer wieder, laut genug, um die ganze Nachbarschaft zu wecken, aber das ist mir egal. Wir sind so innig verbunden. So verliebt. So warm. Ich spüre, wie sich meine Vagina um seinen Schaft zusammenzieht, während er sich weiter sanft in mir bewegt. «Fass mich an», sage ich und nehme seine Hand. Er spreizt meine Beine noch weiter und berührt mich mal tief in mir drin mit den Fingern, mal außen kreisend, verstärkt dabei zunehmend den Druck. «Ich komme», keuche ich, und mein Orgasmus überrollt uns beide, rieselt durch meinen ganzen Körper. Wir pressen uns aneinander, um nicht das Gleichgewicht zu verlieren, und der Regen fällt noch heftiger.

Zitternd vor Ekstase lösen wir uns voneinander, Jasper nimmt meine Hand, und wir rennen durch den Regen zum Vordach der Schule. Er zieht mich auf den Boden, und dann liegen wir nebeneinander im Schutz des Vordachs da und versuchen, wieder zu Atem zu kommen.

Jasper schlingt die Arme um mich, und ich berge das Gesicht an seiner Brust. Sein Herz schlägt laut, und sein Atem beruhigt sich – so sehr, dass ich nach ein paar Minuten glaube, er wäre eingeschlafen. Doch dann gibt er mir einen Kuss auf den Kopf und sagt noch einmal: «Danke für den Spaziergang.»

In den nächsten paar Wochen stehen wir jede Nacht ungefähr zur selben Zeit auf und unternehmen lange, stille Spaziergänge durch die Nachbarschaft. Wenn wir nach Hause zurückkommen, haben wir Sex auf der Couch oder unter der Dusche oder auf dem Küchentresen, und niemals muss Pippa vom Bett weichen. Unser gegenseitiges Verlangen ist konstant und bodenlos. Manchmal macht Jasper für uns Abendessen, Pfannkuchen mit Honig, Omelett mit dick gebuttertem Toast, starken Kaffee. Wir bleiben auf und reden und essen und wenden uns dann beide der Arbeit zu. Jasper in der Dunkelkammer und ich am Küchentisch. Zum Teil, weil Justine es mochte, und zum Teil, weil mein Antrag auf das Stipendium abgelehnt wurde, habe ich mich wieder dem Bild von Clea zugewandt, um es zu verbessern.

Eines Abends, als ich an der Arbeit sitze, kommt Jasper zu mir, setzt sich neben mich und reiht meine neuesten Skizzen nebeneinander auf. Er berührt den Rand von jedem einzelnen Blatt und sagt, die Bilder würden ihn in der Kombination von Text und Bild irgendwie an erotische Kochrezepte erinnern. Von da an spukt mir der Gedanke im Kopf herum, ein Buch daraus zu machen, anstatt sie an die Wand zu hängen. Mit Jasper zusammen zu sein, hat meine Arbeit freier und leichter gemacht. Die Skizzen wollen ans Licht, manchmal komme ich kaum mit dem Zeichnen hinterher. Vielleicht liegt es daran, dass ich derart unbefangen mit einem anderen Menschen bin. Aber da ist noch was – der andere Mensch ist Jasper, ihm bin ich nahe, ihn beobachte ich bei seiner Arbeit. Seine Energie ist ansteckend. Ich frage ihn, ob er meine Skizzen für mich fotografieren würde, schärfer und besser beleuchtet. Er lächelt und sagt: «Mit Vergnügen.» Die nächsten Wochen verbringe ich damit, meine Bilder zu einem Buch zusammenzustellen und den Entwurf zur Begutachtung an diverse Verlage zu schicken.

«Ist das Ockerorange? Scheiße! Das ist kein Ockerorange. Das ist Ocker*gelb*!» Justine schaut Melodie über die Schulter. «Stopp! Hör sofort auf damit!»

Melodie lässt die Nadel fallen, als hätte sie sich verbrannt. Sie arbeitet seit drei geschlagenen Stunden an dem Abschnitt. Justine ist seit mindestens zwei dieser Stunden anwesend, und die falsche Farbe fällt ihr erst jetzt auf. «Ich ... Du hast gesagt ...»

«Nein, nein, nein! Das ist völlig verkehrt. Diana – sag du es ihr.» Sie reißt Melodie das gerahmte Stoffstück aus der Hand. Immer öfter beschließt Justine, dass ich die Einzige bin, die es wieder reparieren darf, wenn irgendwo was schiefläuft. Ich hasse das. Irgendwann wird Melodie richtig sauer auf mich sein, falls sie es nicht schon längst ist.

«Diana.» Justine hält das Rechteck gegen das Fenster. Melodies Arbeit ist präzise, und das Werk, an dem wir sitzen, besteht aus abstrakten Feldern fließender Farben, und falls dieses Stück tatsächlich Ockerorange statt Ockergelb hätte sein sollen, na ja, dann … «Schau!», sagt Justine und pikt mit dem Zeigefinger darauf. «Schau dir das an!»

Im Gegenlicht erkenne ich, wie gelb es ist, aber ich sehe auch die vertraute Anspannung in Justines Gesicht. Es geht nicht nur um Farbe. Ihre Mitarbeiter anzuschnauzen ist Justines Art, mit dem Stress vor einer Deadline umzugehen.

«Ich verstehe, was du meinst», sage ich möglichst diplomatisch. «Aber ich finde es trotzdem wunderschön. Das Gelb vibriert regelrecht vor dem schwarzen Hintergrund.»

Justine seufzt, als hätte ich sie ebenfalls enttäuscht. «Mach's noch mal», sagt sie, drückt mir das Stoffstück gegen die Brust, nimmt ihre Handtasche und geht.

Wenn Hände weinen könnten, würden unsere Hände weinen, Melodies und meine. Ich massiere mir die Handflächen. Ich könnte mit Justine diskutieren. Ich könnte ihr nachlaufen und sagen, dass wir keine Zeit mehr haben, dass wir so nie fertig werden. Aber das ist sinnlos. Justine weiß, dass wir fertig werden. Werden wir immer. Ich stelle das Rechteck aufs Fensterbrett und kneife die Augen zusammen. Ich drehe den Stoff in alle möglichen Richtungen, um was anderes zu erkennen als die Wahrheit: Justine hat recht. Die Farbe ist tatsächlich völlig verkehrt.

Frühmorgens kommt Alicia vorbei, um mir beim Meckern zuzuhören, darüber, dass ich das Stipendium nicht bekommen habe, dass mir noch kein einziger Verlag geantwortet hat, und schließlich über Justine. «Sie sirrt. Sie sirrt vor Stress, und zwar auf einem sehr hohen Level, sogar für ihre Verhältnisse», erkläre ich.

Ich habe heute frei und liege noch im Bett. Alicia hat zwei Becher Kaffee und meine Lieblingsdonuts mitgebracht. Und weil es in meinem Zimmer immer zieht, frühstücken wir unter der Bettdecke. Alicia rutscht an mich ran, und ich darf meine eiskalten Füße unter ihren Beinen wärmen.

«Vielleicht versucht sie nur, euch alle in ihrem Atelier festzuhalten, damit sie nicht ständig mit Mark, dem Langweiler, alleine sein muss. Was meinst du? Wie der wohl im Bett ist? Ich wette, er ist ein vorzeitiger Abspritzer.»

Normalerweise hat Alicias Rumhacken auf Mark mehr Biss, aber diesmal fehlt es ihrem Witz entschieden an Enthusiasmus. Außerdem ist sie eine erklärte Langschläferin. So früh vorbeizukommen, sieht ihr nicht ähnlich.

«Was ist los?», frage ich sie.

Sie zieht sich die Decke über den Kopf.

«Alicia!» Ich versuche, ihr die Decke wegzureißen, aber sie hält fest. «Jetzt machst du mir Angst. Was ist los?»

«Ich wurde an der Hochschule angenommen.»

Mir zieht sich der Magen zusammen. «Du hast dich beworben?»

Sie nickt.

«Wo? Ziehst du weg?»

Sie nickt wieder.

«Du hast gesagt, die Hochschule wäre reinste Geldverschwendung. Dass alle, die von der Filmschule kommen, dieselben Filme machen.»

«Ich weiß. Aber ich brauche Struktur. Deadlines. Ich glaube, dort ist es leichter für mich.»

Als sie die Decke wegwirft, glänzt Schweiß auf ihrem Gesicht. «Ich bin am Ende, Diana. Als ich herzog, dachte ich, hier würden große Dinge passieren. Ich will ja nicht berühmt werden oder irre erfolgreich, aber nach all den Jobs und der Hetzerei habe ich immer noch nirgendwo einen Fuß in der Tür.»

«Ich ...» Eigentlich will ich sagen, dass es mir genauso geht. «Wo?»

«New York University.»

Hinter uns gluckert die Heizung, und im Zimmer über uns spuckt das Radio meiner Nachbarin Werbejingles aus. Alicia dreht sich auf die Seite und ich auch, sodass wir uns ansehen können.

«Seit wann weißt du das?»

«Der Bescheid kam vor drei Wochen.»

«Oh.»

«Aber ich hab nur eine Minute gebraucht, um mich zu entscheiden. Hier wird das nie was mit mir, Diana.»

«Wir versuchen es doch noch gar nicht so lange.»

«Ich habe weder einen Kurzfilm fertig, noch hatte ich einen einzigen Job bei einer professionellen Produktion. Hier gibt es keine echte Filmszene. Ich arbeite immer mehr in Jobs, die ich nicht mag, und mache immer weniger von meinem eigenen Zeug. Mein Vater sagt, er bezahlt mir die Uni und dass er mich unterstützt, solange ich immatrikuliert bin.»

Während der Highschool saß ich oft im Buchladen auf dem Fußboden und las Selbsthilfebücher, ohne sie am Ende zu kaufen. Ich weiß noch, dass in einem stand, «Neid» wäre, auch das zu wollen, was andere haben, jedoch ohne es ihnen wegnehmen zu wollen, während «Missgunst» wäre, zu wollen, was andere haben, und es ihnen auch nicht zu gönnen. Ich spüre, wie Hitzewellen durch meinen Körper jagen, Neid und Missgunst rauschen mir durch die Venen bis hoch unter die Schädeldecke. Alicia hat ein Netz, das sie auffängt, einen weichen Landeplatz. Sie hat einen Plan und einen sicheren Ort für sich.

Ich schlucke, um das Pochen in meinen Ohren zu beruhigen. *Das ist gut für sie. Sie geht ohne mich. Das ist gut für sie. Sie verlässt mich.* «Ohne dich wird es komisch hier.»

Alicias Gesicht hellt sich auf. «Du könntest doch mitkommen.»

«Nach New York?»

«Wieso nicht? Ich zieh dich mit, bis du einen Job hast. Da gibt es jede Menge Jobs in der Gastro.» Sie sieht, wie ich zusammenzucke. «Ich meine ja nicht, dass du für immer im Catering arbeiten sollst. Du malst weiter – das ist nur, bis wir beide unseren Durchbruch haben.»

Ich klammere mich an ihren Optimismus, so wie ich es seit Jahren tue, und gleichzeitig würde ich ihn am liebsten aus ihr rausschütteln. «Ich kann Justine jetzt nicht im Stich lassen. Sie hat im Herbst drei große Ausstellungen.» Alicia ist klar, dass es außerdem um Jasper geht, aber das zuzugeben, schaffe ich noch nicht.

«Du bist Justine scheißegal, Diana. Bleib nicht ihretwegen. Die kommt klar.»

Ich merke ihr an, dass sie Angst hat trotz ihres Optimismus. «Du schaffst das ohne mich», sage ich. «Das wird dein Leben verändern.»

Sie kneift die Augen zusammen und mustert mich aufmerksam, dann lächelt sie. «Du wirst es dir schon noch anders überlegen.»

Ich lache. «Wahrscheinlich.» Dann sage ich mit einem tiefen Seufzer: «Barry wird am Boden zerstört sein.»

«Der findet jemand anders.»

«Barry liebt dich.» Wir wissen beide, dass ich mit *Barry* in Wirklichkeit mich meine.

Alicia nickt. «Ich liebe ihn auch. Aber jetzt muss mal was passieren, Diana. Etwas, das mir das Gefühl gibt, dass ich nicht verrückt bin, weil ich will, was ich will.»

«Du bist nicht verrückt. Das ist ein kluger Schachzug.»

Schweigend trinken wir unseren Kaffee.

Drei Nächte später wache ich schweißgebadet auf. Ich hatte Träume, in denen es eindeutig um Zurückweisung ging. Braune Briefumschläge mit meiner Arbeit, die geöffnet und in den Papierkorb geworfen wurden. Der Stich der Zurückweisung fühlte sich sehr real an.

Ich nehme Jaspers schwere silberne Armbanduhr vom Nachttisch. Drei Uhr siebenundzwanzig. Ich mache die Augen fest zu, in der Hoffnung, dass ich wieder einschlafe. Ich versuche, mich auf das Geräusch des Regens zu konzentrieren, der aufs Dach trommelt. Mein Körper ist angespannt und hellwach. Ich strample die Decke von mir und gehe leise rüber ins Wohnzimmer. Die Tür zu Jaspers Dunkelkammer ist geschlossen, und ich klopfe vorsichtshalber an, um sicherzugehen, dass ich nichts kaputt mache, wenn ich den Raum betrete. Sofort geht die Klinke runter, und Jasper winkt mich herein.

«Woran arbeitest du?»

«Ich dachte, ich entwickle mal den letzten Las-Cruces-Film. Mir kam die Idee, als Nächstes vielleicht eine Flussserie zu machen.»

Er wiegt das Fotopapier im Entwicklerbad, und ich schaue zu, wie der Rio Grande auftaucht, der sich durch einen Canyon schlängelt. Die Oberfläche glitzert wie flüssiger Teer.

«Wow», sage ich. Die Aufnahme ist atemberaubend. Die Ellbogen auf die Arbeitsplatte gestützt, sehe ich ihm bei der Arbeit zu.

Der letzte Film enthält nicht nur Landschaftsbilder, sondern auch Porträts. Wettergegerbte Vaqueros in Nahaufnahme, eine Schar Mormonen im Teenageralter, die auf Heuhaufen sitzen. Die Menschen vertrauen ihm. Sie erlauben ihm einen Blick auf ihre wahre Natur. Sie geben, und er nimmt, und danach gehen beide Parteien zufrieden auseinander. Hier hat niemand Angst, dass jemand zu bald wieder gehen könnte.

«Gefällt es dir?» Jasper schüttelt die Chemikalien von dem Bild eines Rodeocowboys, der auf dem Boden liegt, den Hut übers Gesicht gezogen.

«Ja.» Es ist bisher mein Lieblingsbild.

«Diana?»

«Ja?»

Er mustert mein Gesicht. «Du bist sexy, wenn du dir Sorgen machst.»

Ich lächle. Ich bin sexy, wenn ich lache. Ich bin sexy, wenn ich male oder Auto fahre oder ein Glas Wasser trinke. Ich war noch nie mit jemandem zusammen, der mich so umfassend sexy findet. Ich bin seit Tagen deprimiert – das Stipendium nicht zu kriegen, der Stress mit dem Geld und die Trauer darüber, dass Alicia wegzieht, haben mich in eine Starre geführt, die mich daran hindert, irgendwas zu tun. Doch hier in Jaspers Dunkelkammer ist die Außenwelt weit weg. Er hebt mein Kinn an, und ich kann seinen braunen Augen nicht ausweichen. Mein Körper schmilzt fast augenblicklich. «Ich mache mir *wirklich richtig* Sorgen», flüstere ich. Er küsst mich so zärtlich, dass ich lächeln muss.

«Ich hab was für dich.» Er dreht sich um und nimmt ein weiteres Foto aus dem Entwicklerbad. Es ist meine unvollendete Clea.

«Ich wusste nicht, dass du das Bild fotografiert hast.»

Er hängt es zum Trocknen auf, und wir treten beide zurück und lassen die Blicke im düsteren Licht darauf ruhen. «Ich dachte, es mit etwas Abstand zu betrachten, hilft dir vielleicht rauszufinden, wie du es vollenden kannst.» Er hat recht. Selbst in der trüben Beleuchtung erkenne ich, dass die Rosen zu sehr im Mittelpunkt stehen und der Hals des Mannes zu lang ist.

«Danke.» Ich schlinge die Arme um seine Taille und schmiege mich an seine warme Brust.

Ich liebe und hasse es gleichzeitig, dass mein Körper permanent bereit für ihn ist. Dieses unmittelbare Gefühl zwischen meinen Beinen. Es ist inzwischen zu einer normalen körperlichen Reaktion geworden, wie bei Kälte zu zittern.

Jasper sieht mir in die Augen. «Bist du müde?»

Als ich «Überhaupt nicht» antworte, sagt er: «Ich glaube nicht, dass ich hier drin schon mal Liebe gemacht habe.»

Die Dunkelheit um uns erinnert mich an den Weltraum. Ich zeige ihm mein Verlangen, indem ich ihn an mich ziehe. Ich lasse die Hände zu seinem Reißverschluss gleiten, öffne ihn langsam und schiebe beide Hände zu seinem Schwanz. Er stöhnt mir ins Ohr, tief und leise. Dann hebt er mich mit einer einzigen, geschmeidigen Bewegung hoch und setzt mich auf der Arbeitsfläche ab. Er greift nach dem Bund meiner Schlafanzugshorts. Eine Sekunde lang schäme ich mich, wünschte, ich hätte etwas Hübscheres an, etwas mit Spitze statt verwaschene Baumwolle. Ich fühle, wie ich nass werde. Ich will ihn in mir. Doch er hält mich hin, als hätten wir alle Zeit der Welt. Er befühlt den Saum meines T-Shirts. Er zieht es mir über den Kopf und küsst meine Brüste. Dann machen seine Lippen sich ganz langsam abwärts auf den Weg über meinen nackten Bauch. Er presst die flache Hand gegen den Stoff der Shorts. Ich packe die Hand, schiebe sie unter den Bund, er muss mich anfassen. Ich führe seine Finger zu der glitschigen Stelle zwischen meinen Beinen, und er lächelt, erregt von meiner Lust. Er stellt sich vor mich hin und zieht mich aus. Dann zieht er mich an den Hüften auf der Arbeitsplatte ein Stück weiter vor und kniet sich vor mich hin. Ich atme scharf ein. Er senkt den Kopf zwischen meine Beine und küsst federleicht die Innenseiten meiner Oberschenkel. Ich lasse die Finger durch seine Haare gleiten, versuche mich zusammenzureißen, um nicht zu fest daran zu zerren. Seine Zunge dringt in mich ein und beschreibt in mir langsame Kreise. Er leckt mich, und meine Lust dabei ist so intensiv, dass ich das Gefühl habe, endgültig auseinanderzubrechen, direkt hier, in seiner Dunkelkammer. Eine Welle aus Verlangen rollt durch mich hindurch, und er hebt den Kopf. Während er meinen Bauch wieder mit Küssen bedeckt, schiebt er die Finger in mich, drängender jetzt. Aus Angst, endgültig zu fest zuzupacken, nehme ich die Hände von seinem Kopf und halte mich stattdessen an der Tischkante fest. Als sein Mund auf meiner Vulva ist und er an meinen Lippen saugt, bin ich weg. Ich bin nicht mehr hier, nicht in diesem Raum, bin irgendwo anders. Als ich komme, werfe ich stöhnend die Arme hoch. Jasper hebt den Kopf und bedeckt mich wieder mit Küssen, küsst sich bis ganz nach oben zu meinem Hals vor, während ich versuche, wieder zu Atem zu kommen.

Kapitel 13

Nach drei Wochen ist der Dauerregen endlich vorbei. Der Julihimmel vor Jaspers Schlafzimmerfenster ist wolkenlos, klar und schwarz. Jasper ist seit Stunden wach. Ich höre ihn in der Küche Tee kochen, höre das *Klack-klack-klack* von Pippas Krallen auf dem Holzfußboden, während sie ihm auf Schritt und Tritt folgt. Dann höre ich, wie die Glasschiebetür zum Garten auf- und wieder zugeht.

Am Abend haben wir gefeiert. Die Lektorin eines winzigen Kunstverlags in der Nähe von Dallas rief an, um zu sagen, dass ihr die Geschichte gefällt, die meine Bilder erzählen, und sie sich das Ganze, wenn ich noch dran arbeite, als Buch vorstellen kann. Jasper hat eine Flasche Rosé-Champagner aufgemacht, und wir haben angestoßen. «Gute Arbeit, du», sagte er.

Ich räkele mich und ziehe mir eins von Jaspers T-Shirts und ein Paar Strümpfe an. Es ist noch dunkel draußen. Jasper ist mit einer Taschenlampe im Garten und versucht, Pippa das Apportieren beizubringen. Ich ziehe die Arbeitsstiefel an, die er an der Tür stehen hat, und gehe raus zu ihnen auf die Wiese.

«Los, Pippa! Bring das Stöckchen!» Er wirft. Sie folgt dem Stock mit dem Blick und bleibt entschlossen zu seinen Füßen sitzen. Ohne sich umzudrehen, fragt er: «Woran, glaubst du, liegt es? Ist sie faul oder stur oder beides?»

Ich überlege. «Vielleicht kapiert sie nicht, wie das Spiel funktioniert.» Die Sommerluft ist lau und weich, trotzdem ziehe ich mir die Strümpfe bis knapp unter die Knie hoch.

Jasper wirft das nächste Stöckchen und leuchtet mit der Taschenlampe, um Pippa zu zeigen, wo es gelandet ist. Sie dreht den Kopf, folgt der Bewegung des Lichtstrahls, legt sich hin und rollt sich auf den Rücken. «Du bist absolut nutzlos», sagt Jasper und krault ihr den Bauch.

Schließlich richtet er sich auf und schaut mich an. «Ich will morgen nicht weg.» Jasper hat in der Nähe von Phoenix ein Shooting, diesmal für ein Reisemagazin. «Ich habe mich daran gewöhnt, dich jede Nacht bei mir zu haben.»

«Es ist doch nur eine Woche.»

«Eine Woche! Und wie soll ich schlafen?»

«Du kannst Pippa mitnehmen, oder nicht?»

«Klar kann ich, aber das ist nicht dasselbe.» Er stellt sich hinter mich, küsst meinen Nacken und zieht mich an sich. Er legt mir die Hände flach auf den Bauch. «Ich finde, wir brauchen einen Tapetenwechsel.»

«Gut, aber vorher muss ich mir eine Hose anziehen», sage ich. «Willst du runter zum Fluss?»

«Nein, kein Spaziergang.» Jasper lässt mich los und fängt an, durch den Garten zu laufen. Er reckt die Arme über den Kopf, und das T-Shirt rutscht mit hoch. Ein schmaler Streifen helle Haut kommt zum Vorschein. «Wir müssen raus aus der Stadt.»

Ich denke an unsere Zeit in dem Wohnwagen in Marfa zurück. «Ich kann mir schon freinehmen, aber nicht vor Justines Vernissage. Danach bin ich dabei.»

Nachdenklich setzt Jasper sich an den hölzernen Gartentisch und benutzt Pippas Stöckchen, um die abblätternde Farbe abzukratzen. Neben ihm steht noch ein Stuhl, aber ich schmiege mich auf seinen Schoß. Er lässt einen Finger über die Innenseite meines Handgelenks gleiten. «Wir sind Künstler, Diana», sagt er. Das aus seinem Mund zu hören, gefällt mir.

Nach dem Anruf der Verlegerin fange ich langsam selbst an, mir diesen Gedanken zu erlauben.

«Ich finde, wir sollten von hier verschwinden, nicht nur für ein paar Tage. Ein Freund von mir hat in Taos ein Haus. Er ist fast nie dort und hat mir schon öfter angeboten, hinzufahren und so lange zu bleiben, wie ich will. Lass uns zusammen fahren. Dort können wir uns beide ganz auf unsere Arbeit fokussieren. Wenn Taos uns zu langweilig wird, überlegen wir, wohin wir als Nächstes wollen. Nach Europa vielleicht. Nach Berlin? Du würdest Berlin lieben.»

Ich höre, was er sagt, und versuche, es zu verdauen. Ich bin gleichzeitig aufgeregt und überrascht und panisch. Ich weiß nicht, was ich sagen soll.

«Was hältst du davon?»

«Du willst weg von Santa Fe? Einfach so? Ich müsste meine beiden Jobs kündigen.»

«Na und? Die sind dir doch sowieso nicht wichtig. Nicht wirklich.»

Er hat recht, meine Jobs sind mir nicht wirklich wichtig, aber es ist mir wichtig, genug Geld zu verdienen, um über die Runden zu kommen, und Barry ist mir wichtig. Seit Alicia verkündet hat, dass sie wegzieht, verbringen Barry und ich auch außerhalb der Arbeit mehr Zeit miteinander. Es ist, als würden wir uns für ihre Abreise wappnen. Manchmal schaut er bei mir zu Hause vorbei, um zu sehen, woran ich arbeite, und mit mir darüber zu reden. Seine Reaktion ist immer aufrichtig und wohlmeinend. Er sorgt dafür, dass ich weitermachen will.

Aber vielleicht bleibt Barry ja in meinem Leben, ob ich nun für ihn arbeite oder nicht. Vielleicht wird es Zeit, den nächsten Newcomern in Santa Fe die Chance zu geben, für den weltbesten Chef zu arbeiten.

Meine Gefühle für Justine sind komplizierter. Manchmal

habe ich seifenopernreife Tagträume von meiner Kündigung – ich stürme aus dem Atelier, ihren Schal um den Hals geschlungen, unter dem Arm die Kiste mit ihrer Lieblingssorte grünem Tee. Aber *Die Karte* steht inzwischen kurz vor der Fertigstellung, und ich will sie vollendet sehen. Der Teppich ist wunderschön, und wir haben alle unendliche Stunden Arbeit da reingesteckt.

«Für das Buch bekomme ich nicht viel», sage ich, und das ist milde ausgedrückt. Es reicht gerade für zwei Monatsmieten und um mein Kreditkartenkonto auszugleichen.

«Dir bei der Zusammenstellung deines Buchs zuzusehen, deine Freude zu erleben, ist für mich wie die Erinnerung daran, warum ich meine Arbeit liebe. Außerdem sollten wir einander inspirieren. Wenn wir uns nicht weiterentwickeln ...»

Was? Sterben wir? Wenn wir zu lange stillsitzen, verschwinden wir? Ist das der Grund, weshalb er praktisch nie schläft?

«Ich will keinen langsamen Tod», sagt er, als hätte er meine Gedanken gelesen.

Ich lehne mich an seine warme Brust. Der Mietvertrag für meine Wohnung ist monatlich kündbar, und wenn ich ehrlich bin, fühlt sich Santa Fe in letzter Zeit zu klein an. Was für mich einst ein weiter Raum der Anonymität und unendlicher Möglichkeiten war, fühlt sich zunehmend an wie ein klebriges Netz aus Connections, die doch nur ins Leere hinführen.

«Okay, wir machen es», sage ich. «Lass uns nach Taos gehen.» Als hätte sie Angst, vielleicht zurückgelassen zu werden, springt Pippa hoch, und wir teilen uns Jaspers Schoß. «Wer weiß, vielleicht ist die Bergluft ja gut für Pippas Haut.»

Er nimmt mein Gesicht zwischen die Hände, sieht mir in die Augen und gibt mir einen innigen Kuss.

Ich stehe auf, nehme ihn an der Hand und mit ins Bett,

und als ich die Stiefel ausgezogen habe und neben ihm unter die Decke schlüpfe, ist Jasper bereits eingeschlafen. Auch als Pippa aufs Bett springt und sich an ihn schmiegt, bewegt er sich nicht. Ich beobachte das sanfte Heben und Senken seines Brustkorbs. Ich glaube, so friedlich habe ich ihn seit Wochen nicht erlebt. Vielleicht ist Taos genau das, was wir brauchen.

Blasse Streifen Sonnenlicht fallen durch die Jalousie ins Zimmer, als Jasper mich weckt, um Auf Wiedersehen zu sagen. Er küsst mich auf die Stirn. «Bis in ein paar Tagen. Es ist noch Kaffee in der Kanne.» Ich drehe mich um und schlafe glücklich wieder ein. Ich muss erst am Nachmittag bei Justine sein.

Als ich endlich aufstehe, ist es beinahe Mittag. Ich suche mir einen Topf, um den Kaffee aufzuwärmen, und bestreiche eine dicke Scheibe knuspriges Brot mit Himbeermarmelade. Danach spüle ich das Geschirr, trockne ab, wische den Küchentresen sauber und fege die Krümel vorsichtig in den Mülleimer.

Mir graut davor, zu Justine zu fahren. Falls ich jemals so erfolgreich werden sollte, Angestellte zu haben, die für mich arbeiten, werde ich niemals zulassen, dass sie Schuldgefühle haben, weil sie kündigen. Ich werde sie mit einem Lächeln ihrer Wege gehen lassen. Ich merke, dass ich Jasper darum beneide, sein eigener Chef zu sein. Er muss keine Jobs kündigen, ehe wir die Stadt verlassen, und auch niemanden enttäuschen.

Als ich ins Atelier komme, sitzen Melodie und eine Frau mit sanfter Stimme namens Hannah, die eingestellt wurde, damit *Die Karte* rechtzeitig fertig wird, bereits an der Arbeit. Justine ist noch nicht da. Hannah winkt mir zu und unterbricht das, was sie eben erzählt hat, um mich ins Bild zu setzen. Sie und ihr Mitbewohner liegen im Clinch. Es geht darum, ob er tatsächlich ein vierblättriges Kleeblatt gefunden hat. Sie unterbricht ihre Geschichte immer wieder, um zu sagen: «Der Punkt ist, er ist ein *Lügner*. Es geht mir überhaupt nicht um das *Kleeblatt*.» Melodie nickt mitfühlend.

Als Jasper ein paar Stunden später anruft, machen mich der Klang seiner Stimme und die Tatsache, dass ich ihn heute Abend nicht sehen kann, fertig vor Sehnsucht.

Justine taucht erst am frühen Abend auf. Ich höre sie, ehe ich sie sehe. Das Klimpern der goldenen Armreifen, das Geräusch, mit dem sie die Schuhe wegschlenkert, ehe sie zu uns kommt, um unsere Arbeit zu begutachten. «M-hm. Gut, Diana. Sehr schön.» Melodie erstarrt in Furcht, dass sie wieder versagt hat, und Hannah legt eine Pause ein, um sich zu strecken. Justine mustert Melodies Abschnitte. Sie seufzt. «Ehrlich, Melodie, das ist schön, aber arbeitest du nicht schon eine ganze Weile an derselben Stelle? Hannah hat gerade erst bei uns angefangen, und schau, wie weit sie schon ist.» Sie zeigt auf das Stoffstück, an dem Hannah arbeitet – lange Halme aus ziegelrotem Garn mit leuchtend gelben Flecken. «Diana, kommst du bitte mal? Sag du mir, wie wir mit Melodies Flicken hier drüben weitermachen sollen. Vielleicht mischen wir noch ein anderes Blau dazwischen?» Hannah wird rot und wendet sich ab. Melodies Kinn fängt an zu zittern.

Ich stehe auf. Es hinauszuzögern, macht es nicht leichter, und ich will mir nicht von ihr vorwerfen lassen, ich hätte sie nicht früh genug gewarnt. «Justine? Hast du mal eine Minute?» Ungefragt mache ich ihr eine Tasse Tee und stelle ihr ein Schälchen Mandeln hin.

«Bitte mich jetzt nicht um noch einen freien Tag, okay?», sagt sie. «Die Tage, die du dir für deinen kleinen Spontanurlaub genommen hast, hätten mich fast gekillt.»

«Nein, es geht nicht um einen freien Tag ... ich ... also, ich ziehe weg.» Der nächste Teil kommt rüber wie auswendig gelernt. «Es ist eine sehr kurzfristige Gelegenheit, und ich konnte nicht Nein sagen.»

«Wovon redest du?»

«Jasper und ich gehen nach Taos.»

Justine mustert mich, wie um zu sehen, ob ich einen Witz mache. Aber ich bleibe ernst, und schließlich fragt sie: «Wann?»

«Das Datum steht noch nicht fest, aber na ja, sobald wir unseren Kram hier erledigt haben. Wir haben in Taos schon ein Haus.» Ich gehe davon aus, dass ich den Großteil meiner Sachen auf dem Müll entsorgen kann. Alles, was ich brauche, sind meine Klamotten und Jaspers Fotografie des rennenden Mädchens, mein Kassettenrekorder und die Bilder. Alles andere stammt sowieso von der Wohlfahrt.

«Geh», sagt Justine.

«Wie bitte? Sofort?»

«Sofort. Geh. So kurz vor einer Ausstellung kann ich deine negative Energie nicht um mich haben.» Sie stellt die Teetasse in die Spüle. «Wenn du dich deiner Arbeit bei mir nicht verbunden fühlst, kann ich dich hier nicht brauchen.»

«Aber ich kann dir doch noch ein paar Wochen lang helfen. Ich kann dafür sorgen, dass *Die Karte* rechtzeitig fertig wird», sage ich versöhnlich.

«Hau ab.» Sie wedelt mit dem Arm, als würde sie eine Katze verscheuchen. «Ich hätte mehr von dir erwartet, Diana. Ich hätte nie gedacht, dass du auf so einen Typen reinfällst. Melodie vielleicht. Aber doch nicht du.»

Meine Gedanken rasen. Dabei geht es nicht um ihre seltsame Haltung zu Beziehungen, die bin ich gewohnt. Nein, es geht darum, dass ich etwas sagen will, um die Dankbarkeit zum Ausdruck zu bringen, die ich für sie empfinde. «Es tut mir leid, Justine. Ich dachte, du hättest Verständnis. Du hast mir selbst gesagt, ich soll meine Projekte priorisieren …»

«Stopp! Aufhören. Ich will nichts mehr hören.» Sie wendet mir den Rücken zu und spült die Tasse ab, also gehe ich. Hannahs Blick ist so verwirrt, wie ich mich fühle, als ich ihr meine Atelierschlüssel in die Hand drücke und sie bitte, daran zu denken, Henri zu füttern. Melodie umarmt mich und flüstert: «Viel Glück.»

«Danke», flüstere ich zurück. Ich kann es brauchen, denn der mir noch zugängliche Teil meines Gehirns fängt jetzt schon an, Gegenargumente aufzulisten.

Kapitel 14

Benommen überquere ich den Parkplatz und versuche herauszufinden, wie krass ich es gerade vielleicht verkackt habe. Als ich die Autotür zuziehe und alles um mich herum ausblende, merke ich, dass ich ausgehungert bin. Ich fahre zu meinem Lieblings-Taco-Stand und bestelle einen Burrito mit allem, was sie reinquetschen können. Ich esse hinter dem Lenkrad und sehe dem stetigen Strom an Kunden zu. Als ich den Burrito zur Hälfte gegessen habe, ist es, als würde sich ein Schalter umlegen – ich fühle mich frei. Die nächste Woche erstreckt sich ohne jede Verpflichtung vor mir. Langsam fahre ich durch die Innenstadt und überlege, ob ich an einer der Galerien oder im Buchladen haltmachen soll, aber dann sehe ich, dass im Revival-Kino *Bühneneingang* läuft. Ich kaufe mir einen Eimer Popcorn und setze mich in die letzte Reihe. Als ich nach Hause komme, falle ich aufs Bett. Mir ist schlecht, ich bin aufgeregt und vollkommen erschöpft.

Zwei Tage später bringe ich Alicia zum Flughafen und muss die ganze Strecke rasen, damit sie ihren Flug nicht verpasst.

Wir steigen aus, und ich umarme sie heftig. Sie war sechs Jahre lang meine Zuflucht, und ich will mich nicht trennen. «Wer wird mich jetzt zum Lachen bringen?», flüstere ich in ihre Haare.

«Ich finde immer noch, du solltest einfach mitkommen.» Sie drückt mich.

Als wir uns voneinander lösen, weinen wir beide. Ich wische ihr die Tränen aus dem Gesicht. «Du musst los. Du verpasst deinen Flug.»

Sie winkt ab und fängt an, in ihrer bodenlosen Handtasche nach etwas zu suchen. Ein zerknülltes Blatt Papier. «Nicht verlieren.»

Ich streiche es glatt. Es ist eine Koordinatenangabe, notiert in Alicias kleiner, akkurater Handschrift.

38°27'51"N und 90°51'25"W

Verständnislos schaue ich in ihr grinsendes Gesicht.

«Das ist *exakt* auf halber Strecke», verkündet sie, «zwischen Manhattan und Santa Fe. Dort treffen wir uns, okay?» Sie küsst mich hastig auf die Wange. «Und weißt du, wie das Kaff heißt? *The Diamonds.* The Diamonds, Missouri.» Schon halb in der Drehtür zur Eingangshalle, ruft sie mir über die Schulter zu: «Perfekt für ein Paar Wunderweiber wie uns!», und verschwindet.

Den nächsten Vormittag verbringe ich damit, für ein bisschen Geld in zwei verschiedenen Spirituosenläden Kartons abzustauben. Ich packe mein Geschirr ein, meine Bücher und den Krimskrams, der sich bei mir angesammelt hat, seit ich nach Santa Fe gezogen bin. Ich verpacke meine Bilder, einen Schuhkarton mit Minikassetten meiner Aufnahmen und einen Stapel halb fertiger Skizzen.

Am Freitag ist so gut wie alles erledigt. Mir bleibt nur noch, das, was übrig ist, ins Auto zu laden und zur Wohlfahrt zu bringen. Auf dem Rückweg fühle ich mich so leicht, als könnte ich wegfliegen; nur der Sicherheitsgurt hält mich fest. Als Jasper anruft, sage ich, ich hätte eine Überraschung für ihn, und bitte ihn, direkt zu mir zu kommen, sobald er zurück in der Stadt ist.

✷

Samstagabend um zehn ist er da. «Wow.» Er schaut sich in meinem leeren Apartment um. «Machst du jetzt auf Minimalismus?»

«Vor dir steht eine Frau, frei von weltlichen Besitztümern.» Ich sitze mit einer Dose Bier und einer Packung Cracker auf dem nackten Fußboden. Mein Abendessen. Pippa rollt sich auf meinem Schoß zusammen und wartet darauf, dass ich ihr die Ohren kraule.

Ich erwarte Applaus oder zumindest einen bewundernden Pfiff. Doch Jaspers Gesicht ist ernst. «Wie meinst du das?»

«Ich habe alles verschenkt. Ich habe die Wohnung gekündigt. Die Miete für diesen Monat muss ich noch zahlen, aber das ist okay.»

Jasper legt sich die verschränkten Hände auf den Kopf. «Du hast aber nicht mit Justine gesprochen, oder?»

Ich weigere mich, den Ausdruck absoluter Panik in Jaspers Blick zu registrieren.

«Natürlich habe ich mit Justine gesprochen. Ich kann nicht einfach so verschwinden.»

«Ach, Diana.» Er klingt, als hätte ich versehentlich die Wohnungstür offen gelassen und Pippa wäre mitten in den Verkehr rausgelaufen.

Mir kriecht eiskalte Angst in die Eingeweide, das furchtbare Gefühl, dass er gerade dabei ist, mich abzuservieren. «Ich musste mit Justine reden. Wir gehen doch nach Taos, erinnerst du dich?»

«Klar erinnere ich mich, aber ...»

Nein.

«Wir haben doch noch gar nichts festgemacht ...»

Nein.

«Ich konnte nicht ahnen, dass du so schnell reagieren würdest.»

Tu das nicht. Bitte tu das nicht.
«Hast du den Catering-Job etwa auch gekündigt?»
In diesem Moment fährt mein System runter. Ich kann spüren, wie ich blass werde. Ich bin tief unter Wasser. «Es gab gar kein Taos ...»
«Nein, natürlich gab es ein Taos. Gibt es ein Taos. Ich würde liebend gern mit dir dorthin gehen. Irgendwann.»
«Dann lass uns gehen ...»
Jasper setzt sich neben mich auf den Fußboden. «Mein Agent hat angerufen. Hayworth in London wollen mich ausstellen ... Du weißt, dass er immer gesagt hat, meine Sachen gehen nicht auf Reisen. Und jetzt rufen sie an. Ich kann da nicht Nein sagen.»
«Du gehst nach London?»
Jasper folgt mir zu meiner leeren Küchenzeile, wo ich das restliche Bier in den Ausguss kippe. Ich spüre, dass ich knallrot bin, mir ist gleichzeitig heiß und kalt. Ich muss an das Gespräch mit Justine denken. *Reingefallen.*
«Den Job kriegst du wieder. Justine liebt dich. Sie weiß, dass sie ohne dich nicht leben kann. Und Barry wird weinen vor Freude. Stimmt's?»
Ich hole tief Luft. Mit dem Ausatmen zwinge ich mich zu der Frage, die mich so schrecklich ängstigt. «Warum hast du mich gefragt, ob ich mit dir nach Taos gehe, wenn du es nicht so gemeint hast?»
«Ich *habe* es so gemeint – als ich es sagte. Aber das war ein Luftschloss. Du kennst das doch. Du bist eine Romantikerin, genau wie ich – so ticken wir eben. Wir träumen von dem, was wir irgendwann mal gemeinsam machen könnten. Ich hatte nicht damit gerechnet, dass du sofort anfängst zu packen.»
Die Hitze in meinem Gesicht ist demütigend. Der Anblick meiner gepackten Reisetasche in der leeren Ecke erfüllt mich

mit Scham. Ich räuspere mich und recke das Kinn. «Meine Erinnerung an das Gespräch ist anders», sage ich leise.

Pippa scharrt an Jaspers Bein, bis er sie hochnimmt. «Meine Schwester kümmert sich um Pippa, während ich in London bin. Ihre Kinder wünschen sich schon ewig einen Hund. Und ich dachte, du mit deinen zwei Jobs und dann auch noch das Buch ...» Er senkt den Blick. Vor meinen Augen löst sich unsere kleine Familie in Luft auf.

Weil ich nicht reagiere, sagt er schließlich: «Möchtest du heute Nacht mit zu mir? Ich meine, hier ist ja nichts mehr.» Ich sehe das Zimmer mit seinen Augen, nackt und mehr als nur ein bisschen abstoßend. Das seltsame Gefühl, das mich in den letzten Monaten begleitet hat, wird von einer schmerzhaften Traurigkeit abgelöst. Er wird mich niemals lieben. Die Klarheit dessen dringt mir bis ins Mark.

Er schaukelt vor und zurück, und ich weiß, dass er bereit ist zu gehen. Ich öffne ihm die Tür.

«Diana.» Er zögert. «Irgendwann gehen wir nach Taos, okay? Versprochen.»

Ich umarme ihn, hauptsächlich, damit er meine Tränen nicht sieht. Dann entziehe ich mich ihm und mache die Tür zwischen uns zu.

Frühmorgens am nächsten Tag stehe ich wartend vor Justines Tür, als Melodie auftaucht. Mein Herz ist ein exponiertes Organ, außerhalb meines Brustkorbs zur Schau gestellt, sichtbar für die ganze Welt. Ich ahne, wie ich aussehen muss, als Melodie seufzend sagt: «Ach, Diana.»

«Die Pläne haben sich geändert», sage ich.

«Scheiße.»

Melodie sperrt auf und geht direkt zur Küchenzeile. Sie gießt ihren halben Thermobecher Kaffee für mich in eine

Tasse und reißt ihr Schokocroissant in zwei Hälften. Sie kann mir vom Gesicht ablesen, dass ich nicht darüber sprechen will. Wir schalten die Lichter ein und setzen uns nebeneinander an Justines immer noch unvollendetes Werk, schätzen die vielen Stunden Arbeit ab, die wir noch vor uns haben. Sie stößt sanft mit mir an, Thermobecher an Tasse. «Darauf, dass wir das Scheißding bis Sonntag fertig kriegen?»

Damit bleibt uns eine Woche. In etwas mehr als einer Woche ist Justines Vernissage, und vor uns liegt noch ein Haufen Arbeit. Ich lächle und trinke einen Schluck. Während Melodie aus Justines Plattensammlung ein Dolly-Parton-Album aussucht, streue ich ein bisschen Futter in Henris Becken und bete, dass Justine Mitleid mit mir hat.

Zwei Stunden später hören wir, wie sich die Tür öffnet. Dann kommt Justine hereingefegt, und ich halte den Atem an. Ich höre, wie sie aus Jacke und Stiefeln schlüpft.

«Du bist wieder da.» Ihre Stimme ist eiskalt.

«Der Umzug ist abgeblasen.»

«Du meinst, Jasper hat den Umzug abgeblasen.» Sie steht direkt über mir.

«Tut mir leid, dass ich dich im Stich gelassen habe.»

«Wir sind total im Verzug, Diana. Das holen wir nie wieder ein.» Aber ich höre die Weichheit, die sich in ihren Tonfall schleicht.

«Justine, es tut mir total leid. Für dich zu arbeiten, bedeutet mir viel.» Ich trage dick auf. «Wirklich, es ist mir eine Ehre. Wenn's sein muss, arbeite ich die ganze Nacht. Ich hole die verlorene Zeit wieder rein. Das verspreche ich.»

Ihr Blick ruht auf meinen Händen, dann schaut sie mich an, seufzt und wendet sich ab. «Mal sehen, wie du dich heute anstellst.»

Den Rest des Tages arbeite ich ohne Pause durch. Justine

geht gegen vier, Melodie eine Stunde später. «Tut mir leid, Diana, ich muss heute Abend auf meine Nichte aufpassen.» Draußen ist es dunkel, ich bin allein, und mir ist klar, dass ich mit meinen beiden Händen auf gar keinen Fall all das schaffen kann, was noch zu tun ist. Vielleicht ist das Justines Rache. Sie weiß, dass ich so viel Stickerei bis morgen unmöglich getan kriege, und hat dann einen Grund, mich endgültig zu feuern. Das ist dann in ihren Augen die Strafe dafür, dass ich gegangen bin. Ich bekämpfe den Drang, mich einfach auf die Samtcouch zu legen und die Augen zuzumachen. Ich will das hinkriegen, und ich will auf keinen Fall an Jasper denken. Es wäre so einfach, jetzt zu ihm zu fahren und die paar Krumen zu nehmen, die er mir hinwirft.

Ich setze mich gerade hin und arbeite eine Stunde lang ununterbrochen weiter. Dann stehe ich auf, strecke die Beine, den Rücken, die Finger. Ich leiste Henri ein bisschen Gesellschaft und schaue ihm beim Schwimmen zu. Meine Augen werden schwer, und ich hüpfe auf der Stelle, um mich wach zu halten.

Dann höre ich jemanden an der Tür, vielleicht Hannah, die kommt, um zu helfen.

Ich schaue durch den Spion und sehe den vertrauten Umriss von Jasper vor der Tür stehen. Er hat zwei große Becher Kaffee dabei. «Hey», sagt er, als ich ihm öffne. «Darf ich reinkommen?»

«Na gut.» Ich weiß nicht, was ich sagen soll. Ich habe Angst, dass ich anfange zu weinen, sobald ich den Mund aufmache, und ich will nicht mehr weinen. Also wende ich ihm den Rücken zu und mache mich wieder an die Arbeit. Ich spüre seine Blicke auf mir. Er stellt den Kaffee ab und zieht sich einen Hocker ran, ganz nah. Er beobachtet, wie ich das Garn einfädle, und sieht mir dabei zu, wie ich gleichmäßige Linien aus Saphirblau quer über eines der Stoffstücke sticke. Jasper hat mich nicht gefragt, ob ich mit ihm nach London gehe. Das steht nicht zur Diskussion. Ich überlege, wann er abreist, aber ich werde ihn nicht fragen. Irgendwann werfe ich ihm aus dem Augenwinkel einen Blick zu, und ich hasse, wie mein Körper auf ihn reagiert. Ich bekämpfe den Drang, die Hand nach ihm auszustrecken, ihn an mich zu ziehen, ihn daran zu erinnern, was für gute Gefühle wir einander bereiten. Ich spüre immer noch seinen Blick auf mir und denke über all das nach, was er denkt, aber nicht ausspricht. Ich konzentriere mich auf meine Arbeit.

Ohne ein Wort steht Jasper auf, geht auf die andere Seite des Streckrahmens und setzt sich auf Melodies Platz.

«Wo soll ich anfangen?», fragt er.

Ich schaue ihn verwundert an, und mir wird klar, dass er hergekommen ist, um mir zu helfen, die Arbeit zu vollenden. Er hat gar nicht stumm nach den richtigen Worten gesucht, er hat mir bei der Arbeit zugesehen, hat die Handgriffe studiert, um rauszufinden, wo er einspringen kann.

Mir kommen die Tränen. Ich kann nichts dafür. Ich bin am Ende, weil ich auf dem Fußboden geschlafen habe, vielleicht bin ich auch erschöpft, weil ich mich so hin- und hergerissen fühle – wenn ich ihn hassen will, liebe ich ihn, und wenn ich ihn lieben will, ist er nicht da, um geliebt zu werden. «Du kannst in der Ecke da anfangen.» Jasper nickt und macht sich an die Arbeit. Seine Bewegungen sind langsam, aber genau, und der Umgang mit der Stickerei fällt ihm leicht. Ich lege ein Neil-Young-Album auf, und wir überlassen uns dem Rhythmus von *Harvest Moon* in Dauerschleife.

Wir arbeiten stundenlang, machen langsam, aber sicher Fortschritte, bis die Sonne sich über den Fußboden ergießt und wir sowohl mit meinem Abschnitt als auch mit dem von Melodie fertig sind. Als wir beide endgültig vor Anstrengung nicht mehr können, kommt Jasper zu mir her. Ich sitze erschöpft auf dem Fußboden. Er geht vor mir in die Hocke, berührt sanft mit den Lippen meine Stirn, und dann flüstert er die Worte, nach denen ich mich die letzten Monate über so sehr sehnte: «Ich liebe dich.»

Als er weg ist, betrachte ich *Die Karte*, die jetzt beinahe fertig ist, und ich weiß, dass meine Zeit in Santa Fe vorbei ist. Alle sind weg, und ich bin am Ende.

An einer roten Ampel weine ich so heftig, dass ich Angst habe, die Frau im Wagen neben mir könnte aussteigen und nach mir sehen. Ich winke verzagt und murmle ein leises *Alles okay* zu ihr rüber, und die ganze Sache ist so albern, dass ich über mich selbst lachen muss, als die Ampel grün wird.

Er geht beim dritten Klingeln ran.

«Hab ich dich geweckt?»

«Ich bin schon wach», lügt Barry. «Oder sollte es sein. Zu viel Karaoke gestern Abend. O Gott, weißt du, du hattest recht. Ich habe Rod eingeladen, und er hat Ja gesagt, und rate mal, wer singen kann wie ein Engel?»

Ich muss lachen, zum ersten Mal seit Tagen. «Tut mir leid, dass ich dich so früh anrufe. Ich wollte nicht abhauen, ohne Auf Wiedersehen zu sagen.»

«Wo bist du?», fragt er.

«Vor deiner Haustür.»

«He! Stalkerin!»

Ich muss schon wieder lachen.

«Rühr dich nicht von der Stelle. Bin sofort unten.»

Als Barry aus dem Haus kommt, stehe ich auf seinem Rasen. Er zieht sich eine Baseballcap über die schlafzerzausten Haare, dann rückt er sich den Hoodie zurecht, als wäre er Angestellter eines britischen Herrenhauses, und seine Lordschaft wäre soeben vorgefahren. Er trägt seine heiß geliebten Plateau-Sneakers, mit offenen Schnürsenkeln allerdings. Als er meine verheulten Augen sieht, wird sein Gesicht ernst. Er muss mich nichts fragen, breitet nur die Arme aus, und ich lasse mich hineinfallen.

«Was für ein Arschloch.» Ungläubig schüttelt er den Kopf, als wir uns voneinander lösen. «Was für ein absoluter Vollidiot.»

«So schlimm ist er auch wieder nicht», sage ich schniefend. «Wir haben's versucht?»

Barry sieht aus, als wollte er noch einen bösen Kommentar hinterherschieben, aber er lässt es bleiben. «Und jetzt?», fragt er leise.

«Ich hab gehört, in Dallas geht die Post ab.» Ich bemühe mich um einen leichten Tonfall.

«Lass dir Santa Fe nicht von Jasper versauen.»

«Das liegt nicht nur an ihm. Ich hab einfach genug von Santa Fe.» Barry hebt tadelnd den Zeigefinger. «Ich meine, ich glaube, in Wirklichkeit hat Santa Fe von mir genug.» Ich lache.

Barry schiebt die Hände in die Bauchtasche des Hoodies. Eine lange Minute sagt er gar nichts und dreht stattdessen eine Runde um mein Auto. Er späht durchs Seitenfenster auf mein Armaturenbrett.

«Wie ist der Reifendruck?»

Ich schaue ihn fragend an, und er sagt: «Fahr mir nach.» Er springt in seinen Transporter, und ich fahre ihm hinterher. Er biegt in die nächste Tankstelle ein.

«Bis Dallas ist es weit.» Er überprüft an allen vier Reifen den Druck, füllt das Kühlwasser auf, und als er denkt, ich sehe nicht hin, stopft er mir zwei Hunderter ins Handschuhfach.

«Barry!» Ich kann nicht so tun, als hätte ich das nicht gesehen.

«Kauf dir unterwegs wenigstens einmal was Anständiges zu essen. Irgendwann gibst du's mir wieder.»

«Danke.» Ehe ich ihn umarme, suche ich in meinem Auto nach irgendwas, das ich ihm zum Dank geben könnte. Schließlich ziehe ich eine Schachtel meiner Lieblingskohlestifte aus einer Tüte.

«Was ist das?»

«Die kannst du benutzen. Um Zeug zu machen.»

Barry schüttelt den Kopf. «Ich bin kein Künstler.»

«Ach so, nur eine Muse?», scherze ich.

«Ja genau.» Er fängt an zu strahlen. «So wie Camille Claudel.»

«Ja, aber die war Muse *und* Künstlerin.»

Barry verdreht die Augen. Ich lege ihm den Arm um die Schulter und drehe uns beide zu seinem Transporter rüber. «Du machst jeden Tag Zeug.»

Sein Blick wird glasig. Er sieht aus, als würde er gleich anfangen zu weinen. Stattdessen hebt er den Zeigefinger. «Moment! Warte noch kurz!» Er öffnet die Kühlbox in seinem Transporter und kommt mit einer Packung Miniwiener zurück. «Aber nicht kalt essen.»

«So was würde nur Alicia tun.»

Er nimmt mich fest in den Arm. Wie schön es wäre, einfach dazubleiben. «Hör nie auf, Zeug zu machen, okay?», flüstert er in meine Haare.

«Niemals.» Ich gebe ihm einen Kuss auf die Wange und steige ein. Ich weiß, dass er mir nachsieht, als ich wegfahre, aber ich schaue erst in den Rückspiegel, als Santa Fe meilenweit hinter mir liegt.

Santa Fe, New Mexico

—

JETZT

Kapitel 15

Nach dem Telefonat mit Alicia kann ich nicht mehr schlafen. Ich buche für den nächsten Morgen einen Flug von Dallas nach Albuquerque und packe meinen Koffer. Danach sitze ich am Küchentisch und sehe zu, wie die Sonne aufgeht.

Der Flug ist fast leer, und ohne die üblichen Snacks für Emmy oder Olivers Nackenhörnchen passt meine Tasche mit Leichtigkeit unter den Vordersitz. Ich lehne den Kopf gegen das Fenster und döse vor mich hin, denke an New Mexico und was mich bei meiner Rückkehr dort erwartet. Ich habe mir so lange verboten, an Jasper zurückzudenken oder an mein Leben in Santa Fe.

Sobald das Flugzeug gelandet ist, schicke ich Oliver eine Nachricht.

Gelandet.

Okay. Viel Glück.

Seit er mir sein Geheimnis offenbart hat, haben wir so gut wie kein Wort mehr miteinander gesprochen, ich habe ihn heute Morgen nur ganz kurz gesehen.

Ich schreibe Alicia.

GELANDET!!!

Und sie antwortet:

!!!!!

«Dirty Diana!», kreischt sie, als ich das Ankunftsgebäude verlasse, und zieht mich an sich. «Ich habe dich wie *irre* vermisst!» Sie zieht mich in eine stürmische Umarmung. Ich merke, dass ich sie ebenfalls wie irre vermisst habe.

Auf der einstündigen Fahrt zu Alicias Haus in Santa Fe überfluten mich die Erinnerungen. Wir kommen an Dutzenden Orten vorbei, wo wir mit Barry auf Catering-Jobs waren. Wir kommen an der Cross Gallery vorbei, wo ich Jasper zum ersten Mal begegnete, und ich kann nicht anders, als hinzustarren. Die Fassade hat einen neuen Anstrich, und vor dem Eingang stehen neue Kübelpflanzen, aber sonst sieht alles aus wie damals. Alicia hält an einer roten Ampel und tippt mit den Fingern aufs Lenkrad. Ich mustere ihr Profil – sie ist noch schöner geworden, die Ecken und Kanten von früher sind weicher und runder geworden. Es sieht aus, als wäre sie in Santa Fe tatsächlich zu Hause. Sie war direkt im Anschluss an die Hochschule zurückgekommen, hatte angefangen, an der Uni Film zu unterrichten, und ging nie wieder von hier weg. Was, wenn Oliver und Emmy und ich das Gleiche tun würden? Was, wenn wir unser Zeug zusammenpacken und einfach hierherziehen würden? Würde ich mich dann auch wohler fühlen?

Wir kommen an der Abzweigung zu Jaspers altem Haus vorbei, und ich frage mich, wo er jetzt wohl steckt. All die Jahre habe ich dem Drang widerstanden, nach ihm zu suchen.

Wir lassen die Innenstadt hinter uns, und Alicia biegt in die Auffahrt eines kleinen Lehmziegelhauses ein. Als sie die Haustür aufschließt, kommt ihr dreijähriger Sohn Elvis über den Holzfußboden auf uns zugestürmt. «Mama!» Elvis schlingt ihr die Arme um die Beine, Alicia hebt ihn hoch und setzt ihn sich auf die Taille.

Sie gibt ihm einen Kuss auf die Wange und verkündet: «Auntie Dee ist da!»

«Hi!» Elvis legt seine Patschehändchen auf meine Wangen, drückt zu und macht mir einen Fischmund.

«Sorry, das ist im Augenblick seine Lieblingsbegrüßung.» Alicias Mann Nico taucht auf, pflückt Elvis von Alicias Arm und wirft sich den Kleinen über die Schulter.

«Oh, Elvis», seufze ich und betrachte das fröhlich quietschende Kind. «Ich freue mich so sehr, dich zu sehen!»

Nicos warme Umarmung ist fast so fest wie die von Alicia vorhin. Er hat tiefgrüne Augen und genauso ein breites Lächeln wie Alicia, nur mit etwas weniger Schalk darin. Nico bittet mich, ihm noch mal zu sagen, wie ich meinen Kaffee mag, nimmt mir die Tasche ab und bringt sie ins Gästezimmer, während Alicia mir das Haus zeigt.

Dann sitzen wir auf einer Bank in ihrem sonnendurchfluteten Garten und sehen Elvis dabei zu, wie er bäuchlings unter der Ulme auf der Schaukel hängt. Meine Sonnenbrille ist irgendwo im Haus. Das grelle Licht sticht in meinen Augen, und ich habe das äußerst verwirrende Gefühl, in eine Parallelwelt gereist zu sein. Wo auch immer ich hier gelandet bin, es fühlt sich vertraut und fremd zugleich an.

«Ich bin echt froh, dass du gekommen bist.» Alicia drückt mein Knie.

«Ich auch. Ich hätte viel früher kommen sollen.»

«Das ging alles so schnell. Barry hat außer seiner Schwester eigentlich niemandem erzählt, wie krank er war. Und mir – aber nur, weil ich ihn gezwungen habe.»

Ich schüttle den Kopf. «Er hat dich so geliebt. Bis hin zu Mord hätte er dir alles verziehen.»

Alicia lacht traurig. «Uns bleibt bis zur Trauerfeier noch eine Stunde. Du hast sicher Hunger.»

«Und wie.»

Alicia dreht sich um, brüllt: «Nico! Waffeln!», und sagt dann zu mir: «Keine Angst, er kommandiert mich genauso herum. Das ist unser normaler Umgangston.»

Sobald ich mich damals in Dallas einigermaßen eingelebt hatte, schickte ich Barry einen Scheck über das Geld, das er mir geliehen hatte, den er nie einlöste. Daraufhin schickte ich ihm ein paar Monate später eine alberne Karte mit einer handgemalten Schrottlaube, aus deren Motorhaube die Worte «Tanke vielmals!» kamen, und dem Geld in bar. Daraufhin mailte er mir ein Foto von sich vor dem Catering-Transporter zurück, mit nagelneu bemalter Einfassung in Metalliclila und der Betreffzeile «Geld gut investiert».

Ein Jahr später, als mein Buch erschien, bot mir die Verlegerin an, mich auf eine Kunstbuchmesse nach New York zu schicken. Weil Alicia damals noch an der Filmhochschule war, konnte ich umsonst bei ihr wohnen. Barry kam nach New York geflogen und schloss sich uns an. Alicia hatte Vorlesung und konnte nicht, aber Barry begleitete mich auf die Messe. Die Veranstalter setzten mich mit einer Handvoll Eddings irgendwo in der hintersten Ecke der Halle an einen winzigen Tisch. Barry und ich hatten geplant, dass ich etwa eine Stunde lang Bücher signierte, während er sich umsah und für uns ein paar gute Bücher aufstöberte. Als uns dann ziemlich schnell klar wurde, dass keiner kommen würde, täuschte Barry müde Füße vor und fragte, ob er sich zu mir setzen dürfte. Er lenkte uns beide ab, indem er mich bat, ihm aus meinem Buch vorzulesen. Er unterbrach mich zwei Mal, nur um pathetisch zu verkünden: «Das hast du gemacht, Diana!» Dabei hielt er das Buch hoch und bewunderte den Umschlag. «Kannst du glauben, dass wir wirklich hier sind?» Wir lehnten uns auf unseren Klappstühlen zurück und ließen die Blicke schweifen. Barry schüttelte beeindruckt den Kopf und gab mir das Gefühl, am aufregendsten Ort des ganzen Universums gelandet zu sein. Um mich für seine Freundlichkeit zu revanchieren, recherchierte ich die kulinarischen Highlights der Stadt. Gemeinsam mit Alicia standen wir stundenlang für Dim Sum Schlange, klopften an unbeschriftete Haustüren, um an Geheimtipp-Cheeseburger zu kommen, und sangen Karaoke, bis wir alle heiser waren. Wir blieben gefühlt achtundvierzig Stunden wach.

Kurz nach meiner Rückkehr nach Dallas lernte ich Oliver kennen. Barry expandierte, seine Cateringfirma wurde im Laufe der nächsten Jahre erst doppelt und dann dreimal so groß. Er ließ sich eine größere Küche bauen, stellte ein Team von Köchen ein und zuverlässigeres Servicepersonal. Unser Kontakt wurde weniger regelmäßig und beschränkte sich schließlich auf die großen Ereignisse – Anrufe zu Geburtstagen, dann viele verpasste Anrufe und Mailboxtexte und Nachrichten. Ab und zu schrieb er oder ich eine ausführliche E-Mail, aber normalerweise waren die Nachrichten kurz. Er erkundigte sich nach Oliver und entschuldigte sich dafür, dass er nicht zu unserer Hochzeit kommen konnte. Wir versprachen uns gegenseitig, uns endlich zu besuchen, sobald es «weniger hektisch» war. Er bat mich regelmäßig um aktuelle Fotos von Emmy und ermahnte mich, ihm zu sagen, woran ich gerade arbeitete. Je weniger ich schrieb und zeichnete, desto seltener meldete ich mich bei ihm, als würde, sobald er davon wüsste, meine Abkehr von der Kunst real sein.

Dann rief Alicia an, um mir zu sagen, dass Barry Bauchspeicheldrüsenkrebs im vierten Stadium hatte. Ich rief ihn an und sagte ihm, ein Besuch bei ihm wäre längst überfällig und er solle seine Tanzkarte für mich freihalten. Ich musste ihm versprechen zu warten, bis er mit der Chemo fertig war, weil er sich für unseren Karaokeabend «aufgejazzt» fühlen wollte. Ich lachte und sagte, wir hätten ein Date. Ich schickte ihm Playlists mit seinen Lieblingssongs und nannte sie *Slow Jamzzz for Fast People* und so.

Jetzt lege ich meinen Kopf auf Alicias Schulter. «Es tut mir so leid.»

«Ehrlich, Diana, das ging rasend schnell. Meistens hielt er einfach nur meine Hand, und ich musste ihm versprechen, dafür zu sorgen, dass seine Schwester auf der Trauerfeier nur das auf den Tisch bringt, was er vorbereitet und eingefroren hat.»

Nico deckt den Tisch. Wir sitzen in Alicias Garten in der Sonne und frühstücken.

«Wie geht es Oliver?»

«Super.» Ich hoffe, es kommt überzeugend rüber. «Er wollte eigentlich mit, aber wir hätten Emmy aus der Schule nehmen müssen … Das ist ein Riesending.»

«Malst du viel?»

«Ab und zu.»

«Ich wünschte, du könntest länger bleiben», beendet Alicia den Small Talk.

«Ich auch.» Ich meine es ernst. Es ist so friedlich in ihrem Garten. Überall rosa und violette Blüten und mitten auf der Wiese eine knatschgelbe Rutsche. Nico bringt den Kaffee nach draußen und setzt sich zu uns.

Ich will ihnen von den Kassetten erzählen, die ich in meinem Schrank gefunden habe, und von meiner Verzweiflung, als sie plötzlich weg waren. Davon, was Oliver vor meiner Abreise zu mir sagte, und davon, wie weit wir uns voneinander entfernt haben. Ich will erzählen, wie wenig ich ihn noch begehre, dass es sich manchmal so anfühlt, als hätte mein ganzes Leben in Texas nur wenig Begehrenswertes. Aber jetzt ist nicht der Moment dafür.

Auf der Trauerfeier ist es übervoll. Barrys Schwester Nancy sitzt in der ersten Reihe neben Barrys Mutter, einer kleinen, gebrechlichen Frau, und seinen drei Tanten. Es kommt mir vor, als wären alle, die irgendwann mal bei Barry ein Catering gebucht haben, heute hier – zumindest jede Galeristin, jeder Eventmanager und jede Partyplanerin in Santa Fe. Ich entdecke ein paar alte Gesichter aus meiner Zeit bei ihm, aber die meisten Leute sind mir fremd. Als der Gottesdienst schon zur Hälfte vorbei ist, rutscht ein schlaksiger Typ mit akkurat gestutztem Bart in die Bank gegenüber. Ich weiß, dass ich ihn kenne, kann ihn jedoch nicht zuordnen. Ich versuche, seinen Blick einzufangen, aber er schaut stur geradeaus.

Im Anschluss an die Trauerfeier fahren wir zu Barry nach Hause, und Nancy nimmt Alicia und mich in der Küche gleichzeitig in die Arme. «Ach, ihr Mädchen. Wie schön, dass ihr gekommen seid. Darüber hätte Barry sich sehr gefreut.»

«Ist doch selbstverständlich.» Alicia holt das nächste Blech Miniquiches aus dem Backofen.

Um nicht zu weinen, beugt Nancy sich über das Besteck und zählt es. «Ich möchte, dass ihr euch beide aus Barrys Schlafzimmer was aussucht. Ein Andenken.» Sie ist höchstens fünf Jahre älter als wir, trotzdem nennt sie uns «Mädchen», auf sehr mütterliche Weise. Sie drückt meine Hand. «Er hätte gewollt, dass ihr was bekommt.» Ihre Unterlippe fängt an zu zittern, sie wischt sich mit dem Handrücken über die Augen. «Es ist oben. Die letzte Tür links. Geht ja nicht weg, ohne euch was ausgesucht zu haben.»

In dem Zimmer herrscht penible Ordnung. Es gibt ein ganzes Bücherregal voller Kochbücher, nach Regenbogenfarben sortiert, und daneben einen beeindruckenden Schrein, der Julia Child gewidmet ist. Alicia lässt den Blick schweifen. «Ich weiß nicht, was ich mir nehmen soll.»

«Ich auch nicht.» Direkt neben dem Fenster entdecke ich ein Leiterregal mit kleinen Lehmfiguren. Es sind bestimmt fünfzig Figürchen, alle knapp zehn Zentimeter hoch und ein bisschen unförmig, mit simpel aufgemalten Gesichtern und kunstvollen Hüten, die meisten wie Blumen geformt. «Hat Barry die gemacht?»

«Oh.» Alicia stellt sich zu mir. «An die erinnere ich mich noch …»

Ich nehme ein Männchen mit einem Pilzhut zur Hand.

«Ist das der Typ von *Mario Kart*?», fragt Alicia.

«Ich glaube schon …» Ich schaue genauer hin. «Sag mal, ist das Barry?»

Sie beugt sich vor, um die Figur genauer in Augenschein zu nehmen, und entdeckt plötzlich die winzigen Plateau-Sneaker. «Oh! Ich lieeebe ihn!»

Ich berge den kleinen Barry in meiner Hand und drehe eine Runde durchs Zimmer. Kaum je hat mich etwas so sehr beglückt wie die Figur in meiner Hand. Ich muss daran denken, wie Barry sich immer nach meiner Arbeit erkundigte und mich ermahnte, nie damit aufzuhören, Zeug zu machen, egal was. Und wie ich damals dachte, *genau wie du*, und ihn dabei als Künstler in seiner Küche vor Augen hatte. Doch diese Figürchen haben noch mal eine andere Beständigkeit. Ich frage mich, ob er immer schon welche gemacht hat oder erst damit anfing, als er krank wurde. Hatte er gewusst, wie sehr wir uns alle nach einem Stück von ihm sehnen würden, das bei uns bliebe?

Auf der Kommode entdecke ich ein paar gerahmte Fotografien. Ein Bild von ihm und Nancy und ihren Eltern. Ein Bild von ihm und seinen drei Tanten, vermutlich bei der Abschlussfeier auf der Kochschule. Und daneben liegt tatsächlich ein abgegriffenes Exemplar des Buchs, das ich vor so vielen Jahren gemacht hatte. Als ich es aufschlage, segelt ein Polaroid zu Boden – wir drei, Barry, Alicia und ich, in unseren Schürzen, vor Barrys Transporter posierend.

Mir kommen die Tränen. Die Gesichter auf dem Foto verschwimmen, und dann spüre ich Alicias Hand auf meiner Schulter.

«Ich habe eine Idee», sagt sie.

«Was denn?»

«Jetzt wird gekifft, und zwar kompromisslos.»

Wir liegen nebeneinander auf Barrys Bett, das Fenster steht weit offen. Nico ist mit Elvis unten. Er hatte uns weggescheucht, sobald wir das Büfett aufgebaut hatten. «Viel Spaß.»

«Du bist der Beste», sagte Alicia zu ihm. Ich sah zu, wie sie ihn küsste. Ich versuchte, mich zu erinnern, wann ich Oliver zum letzten Mal so geküsst hatte.

Jetzt bin ich breit genug, es zu gestehen. Ich kaue auf der Unterlippe und schaue zum Deckenventilator hoch. «Alicia? Ich muss dir was sagen.»

Sie stützt sich auf den Ellbogen und schaut mich an. «Du lässt dich scheiden.»

«Was? Nein! Wie kommst du denn darauf?»

«Keine Ahnung, aber du wirkst so ... verdruckst? Und du hast Oliver die ganze Zeit nicht einmal erwähnt.»

«Okay, gut, kann schon sein, aber das ist nicht der Punkt. Ich will was Neues machen, aber ich weiß noch nicht, was. Ich habe richtig Angst. Ich habe sehr lange nichts mehr gemacht und hab das Gefühl, die Verbindung zu meiner Kreativität verloren zu haben, verstehst du, was ich meine?» Ich lege mir den Arm übers Gesicht. «Außerdem hab ich plötzlich diese alten Kassetten gefunden. Was, wenn ich mich wieder mit Frauen unterhalten würde, so wie damals, mit ihnen über Sex und Liebe sprechen.» Mein Mund ist trocken vom Gras, und mir ist schwindlig. «Weißt du, ich frage mich, ob ich auf die Weise vielleicht meine eigene Lust wiederentdecke. Keine Ahnung!

Ergibt das Sinn? Ich kann selbst noch nicht greifen, was genau das werden könnte.»

Alicia reagiert nicht, und ich bekomme Angst, dass sie bei der Kombination aus Gras und meinem Gelaber einfach eingeschlafen ist.

Dann sagt sie plötzlich: «Gott sei Dank.»

«Was?»

«Deine Arbeiten sind immer dann am besten, wenn du keine Ahnung hast, was du tust. Weißt du noch, als du plötzlich diese gruseligen Albtraum-Dioramen machen wolltest? Das war echt schräg.»

«Das ist ewig her.»

«Du warst schon immer fasziniert davon, wie zimperlich wir alle in Sachen Sex sind. Das war von Anfang an der Sinn von unserem Punktesystem.»

«Das war *deine* Idee», sage ich.

«Stimmt nicht.» Sie schüttelt den Kopf. «Nein, ich hab dir die Geschichte von den Verbindungstypen erzählt, die damit angeben, aber das mit den Punkten war deine Idee.»

«Okay, aber zumindest warst du besser darin als ich. Unerschrockener...»

«Nein! Ich hatte vielleicht *mehr* Sex als du. An ungewöhnlicheren Orten wahrscheinlich. Und mit heißeren Typen...»

Ich verdrehe die Augen, und Alicia grinst.

«Ich dachte immer, je mehr Sex ich habe, desto größer sind die Chancen, dass ich rausfinde, was sich gut anfühlt. Ich habe gern Sachen ausprobiert. Tue ich immer noch. O Gott!» Sie fährt hoch. «Lass dir bitte von Nico erzählen, wie wir einen Cockring gekauft haben, um es mal auszuprobieren. *Einheitsgröße* stand auf der Packung, aber das galt nicht für seine Eier!»

«Wie das?», frage ich lachend.

«Nico?», brüllt sie. Als er nicht reagiert, steht sie auf, geht raus auf den Flur und flüstert laut nach unten: «Nico!»

Sie legt sich wieder hin, und ich schlage mit einem Kissen nach ihr.

«Wenn er kommt, dann fragst du ihn», befiehlt sie.

«Mit Sicherheit nicht!»

Nico taucht in seinem kurzärmeligen Hemd und Krawatte auf. Er wirkt nicht im Geringsten genervt, von seiner bekifften Frau und deren Freundin herumkommandiert zu werden.

«Erzähl Diana bitte die Geschichte, wie deine Hängehoden nicht in den Cockring passten, den wir besorgt hatten.»

Nico reagiert so gelassen, als hätte sie lediglich nach dem Wetter gefragt. «Weißt du, Diana, das war vollkommen unverständlich. Ich meine, der Ring passte zwar auf meinen» – er wirft verstohlen einen Blick über die Schulter, dann schaut er mich wieder an – «meinen *Schaft*...»

Dabei macht er ein so ernstes Gesicht, dass wir noch heftiger lachen müssen. Er schüttelt entrüstet den Kopf bei der Erinnerung. «Ich kapier das nicht. Wessen Eier passen bitte in so ein Ding?» Er beugt sich übers Bett und küsst seine Frau auf die Stirn. «Ich gehe zurück nach unten. Barrys Schwester verfüttert irre Mengen Schokozopf an unseren Sohn.»

Als er weg ist, blättert Alicia in dem abgegriffenen Exemplar mit meinen alten Bildern. Sie lässt die Finger über den Umschlag gleiten, dann legt sie das Buch zurück. Sie lächelt. «Hör nie auf, Zeug zu machen, egal was – das würde er jetzt sagen, oder?»

Bei dem Gedanken an Barry bricht etwas Hartes in meinem Herzen auf. Ich starre hoch an seine Schlafzimmerdecke und strecke das Männchen mit dem Pilzhut in die Luft.

«Der stumme Rod!» Ich setze mich hektisch auf. Alicia sieht mich fragend an. «Dieser lange, stille Typ, der zu spät zur Trauerfeier kam. *Rod, der Botaniker-Bartender.* Er war heute auch da! Weißt du noch? Er hat was mit Blumen studiert und ...» Ich wedle mit dem Arm. «Egal.» Der Gedanke, dass Rod heute da war, macht mich glücklich. Ich schaue zu Barrys Regal mit den kleinen Männchen mit ihren Blumenhüten rüber und muss lächeln. Ich fühle mich ihm und dem, was er gemacht und gedacht hat, plötzlich viel näher. Und dann fange ich peinlicherweise an zu weinen. Vielleicht ist das Gras daran schuld, jedenfalls lächle ich und weine dabei, ohne es zu wollen. Alicia nimmt meine Hand, aber das macht es nur schlimmer. Ich komme mir vor wie ein Kind auf dem Rummelplatz, das sich umdreht und plötzlich merkt, dass seine Familie in einem Meer aus Fremden verschwunden ist. Meine Schultern beben, und ich kann nicht mehr aufhören zu schluchzen.

Alicia nimmt mich tröstend in die Arme, bis ich wieder Luft bekomme. Dann reicht sie mir ein Taschentuch. Ich putze mir die Nase und verdrehe genervt die Augen. «Alicia? Kann es sein, dass ich in Barrys Schlafzimmer einen Nervenzusammenbruch habe?»

Meine beste Freundin drückt mir achselzuckend die Hand. «Ich finde, Barrys Schlafzimmer ist ein guter Ort für einen Nervenzusammenbruch.» Sie zupft ein frisches Taschentuch aus der Schachtel und wischt mir zärtlich die Wimperntusche aus dem Gesicht. Dann steht sie auf und zieht mir die Schuhe aus.

«Alicia ...»

«Merkt doch niemand. Rein da.»

Sie schlenkert sich die Schuhe von den Füßen, krabbelt mit mir unter Barrys Tagesdecke und zieht sie uns beiden über den Kopf. Wir drehen uns zueinander und liegen so nahe zusammen, dass sich unsere Gesichter fast berühren.

Es fühlt sich an wie in einem Beichtstuhl, und in die Stille hinein sage ich: «Ich weiß nicht mehr weiter.»

«Ich weiß.»

Meine Ehe steckt in einer Sackgasse. Das Begehren für meinen Mann hat sich in Luft aufgelöst. Ich will Kunst machen, Schönes erschaffen, das Menschen vielleicht dabei hilft, sich verbunden zu fühlen. Stattdessen arbeite ich in einem Büro und helfe Menschen dabei, ihren Reichtum hin und her zu schieben. Ich dachte, ich wäre auf einem guten Weg, aber plötzlich ist der Scheißweg nicht mehr sichtbar. Nichts davon muss ich laut aussprechen. Alicia liegt still neben mir und hält die Augen offen, damit ich meine schließen kann.

Als Alicia zurückkommt, um mich zu wecken, ist es draußen bereits dunkel. Fast alle Trauergäste sind gegangen, auf der Veranda stehen ein paar Nachzügler und verabschieden sich. Alicia, Nico und ich räumen das restliche Essen weg und kümmern uns um das dreckige Geschirr, während Elvis auf Nancys Arm ein Nickerchen macht. Als das Haus wieder in Ordnung gebracht ist, umarmen wir Nancy zum Abschied. Zu Hause bei Alicia zeigt Elvis uns, wie gut er in der Badewanne schwimmen und sich allein die Haare waschen kann. Die Erwachsenen klatschen, und Alicia strahlt vor Stolz. Ich hätte nie gedacht, dass ich mich neben der rastlosen Alicia je klein und wertlos fühlen würde. Aber jetzt ist genau das passiert.

Während Alicia und Nico Elvis ins Bett bringen, frage ich mich, ob ich schon wieder schlafen kann, doch sobald ich mich hinlege, sinke ich in einen tiefen, traumlosen Schlaf.

Am nächsten Morgen auf dem Weg zum Flughafen vergewissere ich mich, dass ich nichts vergessen habe – Brieftasche, Telefon, meinen Mini-Barry mit dem Pilzhut. Vor dem Flughafengebäude umarme ich Alicia so verzweifelt, als bestünde die Gefahr, dass wir uns nie wiedersehen.

Auf zehntausend Meter Flughöhe fühle ich mich leichter. Die Maschine ist fast leer, und während es um mich herum beruhigend dröhnt, reift in mir ein Plan. Ich werde wieder anfangen, *Zeug zu machen*, auch wenn ich noch nicht genau weiß, was das sein wird. Und dabei werde ich wiederfinden, was mir zwischenzeitlich verloren ging. Ich mache die Augen zu und kann Textzeilen und neue Bilder vor mir sehen, wie Sehersteine für mein Begehren. Ich stelle mir vor, wie ich neue Interviews aufnehme, jedes einzelne Gespräch ein bisschen so wie Barrys Männchen, die auch alle ihre eigene Geschichte erzählen. Ich werde mir mit Oliver mehr Mühe geben und für uns kämpfen.

Dallas, Texas

—

JETZT

Kapitel 16

Ich hab's komplett machen lassen und bin *so* froh!»

Am Gepäckband belausche ich gleich zwei Gespräche: ein Pärchen, das sich wegen ausgelaufener Limonade im Handgepäck streitet, und zwei junge Frauen, die sich über Waxing unterhalten. Die Komplettenthaarung war offensichtlich ihre Lieblingsoption. «Okay, es ist ein bisschen unangenehm. Aber es lohnt sich!»

Kurz entschlossen lasse ich mich vom Taxifahrer am Wax Pot absetzen. Ich gebe mir keine Zeit für einen Rückzieher, stelle mir stattdessen Olivers überraschtes, erfreutes Gesicht vor angesichts des Aufwands, den ich auf mich genommen habe, stelle mir vor, wie er mir darin zustimmt, dass wir einen Neustart brauchen. Wir kriegen das hin.

«Nur die Seiten?», fragt mich die Frau, als ich vor ihr auf dem Tisch liege.

«Nein.» Das Hygienepapier knistert unter meinem Po. «Einmal alles bitte.»

Als ich nach Hause komme, begrüßt Emmy mich mit einem strahlenden Lächeln. Ich bin haarlos und etwas klebrig zwischen den Beinen. Die Frauen am Gepäckband wären stolz auf mich. Nachdem ich Emmy ins Bett gebracht habe, schenke ich zwei Gläser Wein ein und gehe zu Oliver ins Wohnzimmer.

«Hattest du eine gute Reise? Wie war die Trauerfeier?»

Ich erzähle ihm, wie gut alles organisiert war und dass

Barry sich bestimmt gefreut hätte, weil das Essen so gut ankam. Ich zögere kurz. «Kennst du das? Du kommst in eine Stadt zurück und fühlst dich gleich wieder wie zu Hause? Du erinnerst dich an das, was du früher an dir mochtest», sage ich dann in betont leichtem, fröhlichem Tonfall.

«Dass du Sport gemacht hast und so?»

«Nein, eher wie ich damals lebte. Ich war so neugierig. Und sinnlich. Und ich fühlte mich echt jung.»

«Du warst ja auch echt jung, als du in Santa Fe gelebt hast.»

Wieso fühlt sich dieses Gespräch an wie eine Auseinandersetzung? Der nächste Schluck Wein schmeckt sauer. «Santa Fe hat mich daran erinnert, dass es Facetten gibt, die ich an mir vermisse. Und die ich gerne mit dir teilen würde. In die ich dich mit einbeziehen möchte.»

«Was meinst du damit?»

Der Moment ist gekommen. Ich stelle mich vor ihn hin und öffne den Reißverschluss von meinem Rock. Er fällt runter auf die Knöchel, und ich schlüpfe aus meinem Slip. Als ich Olivers entsetztes Gesicht sehe, erstarre ich.

«Ach du Scheiße! Was ist denn mit dir passiert?»

«Was meinst du?»

«Was hast du mit deiner ... Was ist mit deiner Mumu passiert?», flüstert er.

«Ich war beim Waxing. Ich dachte, es wäre vielleicht schön. Mal was anderes für uns.»

Oliver beugt sich vor, um mich zu untersuchen. «Muss das so rot sein?»

«Ich war eben erst.»

«Ich hole dir Eiswürfel. Das sieht ... übel aus.»

Oliver eilt in die Küche, und ich würde mich am liebsten in der Couch verkriechen.

«Versuch's damit.» Er reicht mir mit der einen Hand einen

Ziploc-Beutel mit Eiswürfeln und nimmt mit der anderen den Autoschlüssel vom Tisch.

«Wo gehst du hin?»

«Zum Poker. Habe ich dir doch geschrieben.»

«Oh. Ach so.» Ich kann mich an keine Nachricht erinnern, aber ich will jetzt keinen Streit.

«Vielleicht können wir es später nachholen?»

Es. Er kann es nicht mal aussprechen.

«Klar.»

«Schön, dass du wieder da bist.» Sein Kuss ist flüchtig, dann ist er zur Tür raus.

Sobald ich ihn aus der Auffahrt biegen höre, lasse ich mich in die Kissen sinken und halte mir den Eisbeutel auf die Vulva. Es fühlt sich überraschend gut an. Ich stelle mir vor, wie lächerlich ich aussehen muss, und mir steigt die Schamesröte ins Gesicht. Habe ich tatsächlich geglaubt, es würde so leicht werden? Ich weiß noch, wie entschlossen ich im Flugzeug war: *Ich werde wieder Zeug machen, auch wenn ich noch nicht weiß, was das sein wird.* Ich nehme mein Laptop und verkrieche mich ins Bett. Wie eine Serienmörderin, die an den Ort des Verbrechens zurückkehrt, buche ich für nächste Woche ein Zimmer im Rosevale. Ich buche eine Übernachtung, obwohl ich das Zimmer lediglich für den Tag brauche. Ein Hotelzimmer für tagsüber fühlt sich übertrieben heimlichtuerisch an, aber ich wüsste nicht, wo ich sonst hinsoll, wenn ich es ruhig und intim haben will.

Als ich ins Hotel komme, bin ich erleichtert über die sonnendurchflutete Suite. Es gibt ein großes, in sanften Farbtönen gehaltenes Wohnzimmer mit stoffverkleideten Wänden, Samtsesseln, einer bequemen Couch und Teppichboden. Ich öffne die Glasschiebetür zu der kleinen Veranda, die auf den Pool hinausgeht. Es ist warm genug zum Schwimmen, trotzdem ist bis auf ein älteres Paar, das es sich Zeitung lesend auf den Liegen bequem gemacht hat, niemand da.

Ich stelle ein paar Flaschen Wasser bereit und warte auf das erste Klopfen. Ich habe in den letzten Tagen drei Interviews vereinbart, direkt hintereinander und ausschließlich mit Frauen, die ich nicht kenne. Alicia, die ich um Rat gefragt hatte, meinte, ich solle meine Netze möglichst weit auswerfen – also machte ich am Schwarzen Brett vor meinem Malkurs einen Aushang und veröffentliche sogar eine Anzeige auf Craigslist. Eine Kandidatin hat in letzter Sekunde via Textnachricht wieder abgesagt, damit bleiben noch zwei.

Ich stelle mich vor den großen Spiegel neben der Tür und mustere mich prüfend. Ich trage eine cremefarbene Seidenbluse zur karamellfarbenen Hose und habe Perlenstecker in den Ohren. Hätte ich jetzt noch einen weißen Kittel an, sähe ich aus wie eine gut gekleidete Gynäkologin.

Es klopft, und ich öffne die Tür. Die Frau, die vor mir steht, ist umwerfend, wie ein Supermodel aus den Achtzigern, groß und statuenhaft, mit dichtem, glänzendem Haar und einem Leberfleck rechts von ihrem strahlenden Lächeln.

«Diana?», fragt sie.

«Ja, komm rein.» Ich trete beiseite, um sie vorbeizulassen, aber sie bleibt stehen und küsst mich auf die Wange. «Sandra», sagt sie. «Mit langem A.» Sie rauscht in einer Wolke aus Ylang-Ylang und Leder an mir vorbei, mit Louis-Vuitton-Handtasche und Guccistilettos an den Füßen.

«Das Hotel ist fabelhaft. Ich liebe es.»

«Warst du schon mal hier?»

«Ständig. Die Calamari vom Zimmerservice sind sensationell.»

«Wir können gerne was bestellen.»

«Vielleicht später.» Ihr Lächeln ist warmherzig.

Sie lässt die Handtasche aufs Sofa plumpsen und streift die Stilettos ab. «Ich reagiere eigentlich nie auf Craigslist-Anzeigen – auf deine bin ich bloß gestoßen, weil ich meinem Schwager geholfen habe, eine Jobanzeige zu schalten –, und beim Lesen dachte ich, hey, das klingt ja interessant.»

«Oder?» Ich lache. «Ich habe über Craigslist mal einen Futon gekauft ...» Sandra macht mich seltsam nervös. «Danke, dass du gekommen bist.» Ich nehme mein Handy aus der Tasche und lege es auf den Tisch. «Bist du einverstanden, wenn ich unser Gespräch aufnehme?»

Sandra zuckt die Achseln. «Klar.» Sie setzt sich aufs Sofa und schlägt die langen Beine unter. «Was willst du wissen?»

«Vor langer Zeit habe ich eine Serie von Bildern gemalt, die Frauen und Sex zum Thema hatten, die emotionale Seite des Ganzen. Inzwischen bin ich eher am Körper interessiert und wie er sich während oder auch vor dem Sex anfühlt. Mich interessiert das Begehren. Gibt es für dich einen Moment, an dem du in deinem Körper am lebendigsten bist?»

«Im beruflichen Kontext oder außerhalb?»

Ich denke kurz zurück an die Zeit, als Oliver und ich zusammenkamen, wie wir uns immer wieder heimlich aus dem Büro schlichen, um im Treppenhaus rumzuknutschen. Meine Triebe brachten mich an Orte, führten mich in Abenteuer. «Kommt drauf an. Was machst du beruflich?»

«Du bist lustig.» Sie mustert mich und zieht dabei die Nase kraus. Dann legt sie den Arm hinter den Kopf und räkelt sich. «Ich erzähle dir von einem Kunden, der mich nach Paris geholt hat. Klingt das interessant? Aber ich würde sagen, wir erledigen erst das Geschäftliche. Du zahlst doch cash, oder?»

«Natürlich.» Ich versuche, mich wieder zu fassen. Ich nestele in meinem Portemonnaie und schiebe ihr einen Hundertdollarschein über den Tisch.

Sie schaut das Geld an. «Mein Stundensatz liegt bei zwei Riesen, Diana.»

«Oh. Ach so», stammle ich. Ich wünschte, ich hätte das Geld, um ein paar Stunden mit ihr zu reden, aber da kann ich nicht mithalten. Nachdem ich mich überschwänglich für die Zeitverschwendung entschuldigt habe, bringe ich Sandra zur Tür.

Als sie weg ist, sitze ich völlig baff auf dem Sofa. Ich bin sogar baff darüber, dass ich so baff bin. Ich versuche, meine Gedanken zu ordnen. Hatte ich gedacht, es würde einfach werden? Ich schenke mir einen Jack Daniel's aus der Minibar ein und trinke langsam. Ich bin kurz davor, den nächsten Termin abzusagen. Die Frau in der Mail hatte ihren Namen verschwiegen, sich stattdessen «Sexigerin» genannt und mir eine Telefonnummer geschickt. Sie ging beim zweiten Klingeln ran, sagte, ohne sich mit einer Begrüßung aufzuhalten: «Ich habe deinen Anruf erwartet», und akzeptierte dann freudig meine Einladung.

Als ich zum Telefon greifen will, klopft es. Sie kommt zu früh. Ich mache auf und lächle erleichtert. Vor mir steht eine Frau mit naturgrauen Haaren und einer riesigen Stola aus irgendeinem ungefärbten, sehr ökologisch aussehenden Material. Sie riecht nach Ahornsirup und Patschuli.

«Ich bin Diana», sage ich. «Und du bist …» Ich erwarte, dass sie mir jetzt ihren Namen verrät.

«Die Sexigerin.» Sie setzt sich aufs Sofa und legt ihren übergroßen Leinenshopper neben sich.

«Ich bin Menopausenberaterin. Zur mir kommen Frauen, die sich bei ihrem Übergang in die Phase der weisen Frau spirituelle Führung wünschen.»

«Das klingt ja interessant.» Ich bin mir nicht sicher, was ich mir unter einem Übergang vorstellen soll. Die Sexigerin lächelt mich an. Ihre Augen sind strahlend blau.

Ich halte meinen kleinen Vortrag darüber, was mich interessiert und womit ich mich gerne mit Frauen unterhalten möchte. «Du wünschst dir also von mir, dass ich dir eine meiner Fantasien erzähle?», fragt sie.

«Ja, es könnte eine Fantasie sein. Oder etwas, das du erlebt hast.»

«Hm.» Sie öffnet eine der bereitgestellten Wasserflaschen, gießt sich ein und trinkt einen großen Schluck. «Ich habe da eher was anderes im Sinn. Eine sexuelle Reise. Und» – sie zeigt mit dem Finger auf mich – «um dich diesen Freuden zu öffnen, musst du deinen Schließmuskel entspannen. Hast du mit Verstopfung zu tun?»

«Ab und zu?» Ich räuspere mich. «Dann versuche ich jetzt mal, mich zu entspannen.»

«Den Schließmuskel.»

«Ja. Genau.» Ein toller Start ist was anderes.

«Nimmst du das auf?», fragt sie.

Als ich nicke, beugt sie sich vor und spricht direkt in mein Telefon. «Meine Eingebungen sind vielgestaltig und meine Techniken sehr erlesen. Normalerweise plaudere ich nicht einfach so aus meinem Boudoir.»

«Verstehe.»

«Lässt du dich gern überraschen?» Ihre blauen Augen werden groß. «Lässt du dich gern mit außergewöhnlichen Erfahrungen verwöhnen?»

«Ich denke schon», antworte ich leise. Ich habe das Gefühl, eine Tür aufgestoßen zu haben, die besser verschlossen geblieben wäre.

«Meine Reise ist eine einzigartige Mischung aus erotischer Massage und überweltlicher Lust. Erstklassige Begegnungen, die über Hunderte von Jahren erprobt und praktiziert worden sind.»

Die Reihenfolge ihrer Worte verwirrt mich. Es ist, als wäre ihr Text kaputt.

«Das ist jetzt sehr wichtig für die Aufnahme», sagt sie streng. «Hattest du schon einmal einen Orgasmus, der an den Nasenflügeln anfängt und in deinem Parfem endet?»

Ich möchte sie fragen, was ein «Parfem» ist, aber ich traue mich nicht.

«Dionne.» Sie sieht mich durchdringend an, und ich korrigiere sie lieber nicht. «Ich bin jetzt bereit zu sprechen.» Dann richtet sie sich kerzengerade auf und breitet die Arme aus. «Geh mit mir auf Zeitreise, zurück in eine Zeit, als geflügelte Kreaturen an unschuldigen Feen Cunnilingus praktizierten. Kannst du mir folgen, bist du hier? Ich möchte, dass du erstklassigen Begegnungen mit Merlin und seinem gewaltigen Zepter beiwohnst.» Sie beugt sich vor. «Ich werde jetzt ein erlesenes Bild für dich zeichnen. Ein Minotaur hat sich im Zauberwald verirrt. Ich nähere mich behutsam, doch er wittert meine Lust. Ich schwebe auf ihn zu als Engel der Berührung und hebe seinen Pferdeschweif empor, um ihn in den ...»

Ich springe auf. «Weißt du was? Ich glaube, an dieser Stelle hören wir auf. Vielen Dank, dass du gekommen bist.»

Sobald die Sexigerin gegangen ist, greife ich zum Telefon und google «Parfem».

Es klopft, und mein Herz macht einen Satz. Das ist sie bestimmt, um mir noch mehr zu erzählen. Ich will diese Tür nicht aufmachen. Wenn ich ganz still bleibe, geht sie vielleicht wieder weg.

Es klopft erneut, laut und dringlich diesmal. «Ms Wood, hier ist Leonard, der Manager. Würden Sie bitte die Tür öffnen?»

Mir bricht der Schweiß aus.

Ich lege das Telefon weg und gehe zur Tür. Ich zwinge mich

zu einem höflichen Lächeln, während Leonard neugierig über meine Schulter späht und versucht, einen Blick in mein Zimmer zu werfen.

«Stimmt was nicht?»

«Uns sind ein paar Gäste ... von außerhalb aufgefallen. Werden das noch mehr?»

Ich wünsche mir einen riesigen Greifarm herbei, der vom Himmel herabfährt und mich von hier entfernt. «Nein», sage ich. «Ich wollte gerade gehen.»

«Das kommt uns sehr entgegen», sagt er.

Eigentlich kann der Tag nicht schlimmer werden, aber dann muss ich elf Stockwerke mit Leonard in einem Lift nach unten fahren. Mir könnte egal sein, was er von mir denkt, aber ich kann nicht anders. «Ich arbeite an einem Forschungsprojekt.»

Kapitel 17

Die allmorgendliche Autoschlange vor der Schule kommt zum Stehen, und wir warten alle geduldig, bis die Schule ihre Pforten öffnet. Ich drehe für Emmy den *Star-Wars*-Soundtrack lauter.

Ich werfe einen Blick auf Alicias Nachricht. Sie will alles über mein gestriges Abenteuer im Rosevale wissen, vor allem alles über Sandra.

Ich glaube, mein Dad hat letztes Jahr zu Thanksgiving eine Escort-Frau mit nach Hause gebracht.

Ich will gerade eine Antwort tippen, als die hintere Beifahrertür aufgeht und Raleigh Emmy die Hand hinstreckt. «Guten Morgen!»

Raleighs leuchtend orangefarbene Weste weist sie als freiwillige Schulweghelferin aus. Sie wirkt verschwitzt und übermüdet. Ihre Aufgabe besteht darin, den Kindern dabei zu helfen, heil über den Parkplatz und in die Schule zu kommen. Bei ihrem Anblick befällt mich das schlechte Gewissen wegen unserer Lästereien auf der Fahrt zur Antiquitäten-Messe – über Raleighs Affäre, ihre Lippen, ihre Scheidung.

«Hallo, Raleigh!», rufe ich ein bisschen zu laut. «Danke, dass du das machst.»

«Ja, klar. Ich hab mich vor einer Weile dafür gemeldet …» Sie klingt erschöpft.

«Hör mal, falls du irgendwas brauchst …»

«Tu das bitte nicht.» Sie hebt den Blick zum strahlend blauen

Himmel. «Wenn du jetzt nett zu mir bist, fange ich an zu weinen, und ich habe noch sechs Minuten, bis es endlich klingelt und ich aus dieser Weste rauskomme.» Sie lächelt mich an. In ihren Augenwinkeln glitzern Tränen.

«Es tut mir wirklich leid, Raleigh. Wirklich, wenn du je irgendwas brauchst oder die Kids ...» Hinter mir hupt jemand.

«Das ist lieb von dir, danke.» Sie wischt sich mit dem Pulloverärmel die Tränen weg.

Raleigh und ich sind schon in Dutzenden gemeinsamen Elterntelefongruppen gewesen, haben aber noch nie telefoniert. Sie gehört zu den Leuten, mit denen ich auf Schulveranstaltungen oder L'Wrens Partys gerne Small Talk mache, aber darüber ist es noch nie hinausgegangen. Es gab noch nie ein Solo-Playdate zwischen unseren Kindern, und wir waren weder je zu zweit lunchen noch auf einen Drink. Auf mich wirkt Raleigh wie eine Frau, die Stunden damit zubringt, sich zurechtzumachen. Ihre Haare mit den goldenen Strähnchen liegen in sanften Locken auf ihren Schultern, ihre Zähne sind blendend weiß und vollkommen gerade. Heute hat sie ein hellrosa Trägerkleid an, darüber einen dünnen Kaschmircardigan und an den Füßen mit türkisen Steinen besetzte Boots. Und, da hat Jenna leider recht, ihre Lippen sind perfekt.

«Ruf mich an, wenn du was brauchst», sage ich, doch mir ist klar, dass wir wahrscheinlich nie wieder ein persönliches Wort wechseln werden. Aber dann beugt sie sich in dem Moment, wo ich losfahren will, noch mal zu mir ins Seitenfenster. Sie schnieft. «Diana? Ich brauche dringend was, wo ich bleiben kann», gesteht sie fast flüsternd.

«Oh, klar, ja, kein Problem. Weißt du was? Ich warte auf dem Lehrerparkplatz auf dich», sage ich verdattert.

Ich sitze im Schatten einer großen Weide in meinem Auto und warte darauf, dass die Schulglocke klingelt. Ich beobachte

Raleigh durch die Heckscheibe – sie zieht die Warnweste aus, faltet sie ordentlich zu einem kleinen Quadrat zusammen und steckt sie in die Tasche ihrer Strickjacke. Als sie meinen Wagen erreicht, fragt sie: «Soll ich dir hinterherfahren?»

«Klar.» Ich überlege, was Oliver dazu sagen wird.

Zu Hause zeige ich ihr kurz, wo sie was findet, und eile ins Büro.

Als ich abends nach Hause komme, hat Raleigh bereits angefangen, sich in meinem Gästezimmer einzurichten. Ich bin immer noch überrascht, dass sie mein Angebot angenommen hat. Und jetzt ist sie hier und wäscht in meinem Gästebad ihre Dessous aus, während ich im Schrank Platz für ihre Schuhschachteln und ihre Cowboyhüte mache. «Hast du zufällig was, womit ich das Fenster abhängen kann? Ich habe einen empfindlichen Schlaf und weiß jetzt schon, dass das Licht von den Laternen mich in den Wahnsinn treiben wird.» Sie ist mit drei Rollkoffern angereist und ist dabei, jeden einzelnen durchzusehen. «Ich weiß genau, was du denkst – nein, ich werde nicht bis Weihnachten bleiben, versprochen. Ich sehe doch dein Gesicht.» Sie hat recht. Beim Anblick ihres bis zur Oberkante vollgepackten SUV hatten Oliver und ich uns nervös angeschaut. «Ich lebe quasi aus dem Kofferraum. Eine Scheidung macht ja so viel Spaß!», trällert sie, während sie das nächste Spitzenhöschen ausspült. «Das ist so lieb von dir. Wirklich. Wo hängst du deine Dessous auf?»

«Nirgends?» Ich sage nicht, dass ich nichts besitze, was so kostbar ist, dass es mit der Hand gewaschen werden müsste.

«Ich finde schon was.» Sie hängt ihre feuchte, leuchtend bunte Unterwäsche über das Fußteil vom Bett, die Griffe der Kommode und sogar über mein Bild von den Lupinen an der

Wand über dem Bett, bis mein Gästezimmer aussieht wie ein Feuerwerk aus Spitzenwäsche.

Ich weiß nicht, was für eine Rolle ich Raleigh gegenüber einnehmen soll. Wir kennen uns kaum – will sie wen zum Reden, oder will sie einfach nur in Ruhe gelassen werden, mit Freundinnen telefonieren und die Scherben ihres Lebens zusammensammeln? Ich will sie gerade fragen, ob sie eine Tasse Tee möchte, als sie mir einen grellpinken Vibrator vor die Nase hält. «Hast du dafür ein Ladekabel? Ich glaube, die sind genormt. Vibratorladekabel, meine ich. Sorry. Darf man sich über Sexspielzeug unterhalten? Ich vergesse immer wieder, was tabu ist und was nicht.»

«Ich finde, Sexspielzeug ist nicht tabu. Aber ein Ladekabel habe ich trotzdem nicht.»

«Hm. Vielleicht schenke ich dir eins, als Dankeschön. Sexspielzeug, meine ich, kein Ladekabel.» Sie zwinkert mir zu. «Die Dinger machen Sachen, die kein Mensch schafft.»

«Wie wär's mit Tee?»

«Lieber Longdrinks vielleicht?»

Ein paar Tequila Sodas später trägt Raleigh drei ihrer Cowboyhüte übereinander. «Das da ist mein Lieblingshut.» Sie hält einen grauen Filzhut mit langer, pinkfarbener Feder hoch. «Die Feder habe ich dranmontiert.» Sie schnippt sich die anderen Hüte vom Kopf und setzt stattdessen diesen auf. Sie trägt ein ausgeleiertes T-Shirt und schwarze Unterwäsche. Nach noch einem Schluck fängt sie an, die bemalten Leinwände und alten Malsachen im Schrank durchzusehen. «Was haben wir hier?» Sie ist auf meine alten Zeichnungen gestoßen. «Sag jetzt bitte nicht, das sind Bilder von den ganzen Frauen, die ihr in eurem Gästezimmer ermordet habt, Oliver und du.» Wir haben beide drei Drinks intus und sind ziemlich beschwipst. Vielleicht liegt es am Alkohol, jedenfalls bin ich beeindruckt und auch ein bisschen erleichtert, dass sie so unbeschwert sein kann.

«Ich wollte ständig Sex», erzählt sie mir beim nächsten Glas. «Ich weiß, das klingt unglaublich, weil Dustin so ein Troll ist. Aber mal ehrlich? Er war mein Troll, und ich wollte es jeden Tag! Zwei Mal täglich sogar. Wohingegen er nichts gegen getrennte Schlafzimmer hatte. Weißt du, was das für ein Gefühl ist, ständig vom eigenen Ehemann abgewiesen zu werden?»

«Das tut mir echt leid.»

«Wir waren ein tolles Team, das schon. Aber ich bin noch nicht tot. Und jetzt, wo's vorbei ist, ist er plötzlich voller *Leidenschaft*! Leidenschaft, mich fertigzumachen.»

«Was will er denn?»

«Alles. Die Kinder. Das Haus. Alles, was mir wichtig ist. Als wir noch zusammen waren, waren Dustin die Kinder scheißegal, und jetzt kocht er ihnen das Mittagessen und flechtet Izzy Zöpfe und postet es auf Instagram, als wäre er der Scheißvater des Jahres. Und das Haus *hasst* er. Ständig hat er rumgenölt, wie viel Arbeit so ein Rasen macht und warum wir nicht endlich in eine Wohnung in einer dieser Wohnanlagen ziehen. Und jetzt pflanzt er plötzlich Zitronenbäumchen und baut sich einen neuen Scheißpool. Er will das Haus, weil er weiß, dass ich es will. Das ist alles so krank.»

Raleigh füllt sich schon wieder nach und leckt sich den Tequila von den Lippen. «Du hast meine Frage nicht beantwortet.» Sie nimmt die Zeichnungen wieder zur Hand. «Was ist das?»

Bei dem Gedanken an Santa Fe wird mir warm ums Herz. *Potenzial*, möchte ich am liebsten sagen. Dieser Augenblick vor dem ersten Kuss bei einem Date. Glückliche Verwirrtheit.

Raleigh hat offensichtlich die Signatur in der Ecke der Bilder entdeckt. Sie zieht die Augenbrauen hoch. «Dirty Diana?»

«Das bin ich.» Ich lache. «Früher habe ich viel gezeichnet. Es gab mal ein Projekt, für das ich Interviews mit Frauen über Liebe und Sex geführt und anschließend in Zeichnungen umgesetzt habe – das ist ewig her. Hundert Jahre ungefähr.»

«Faszinierend.»

«Finde ich auch. Vor Kurzem habe ich versucht, es wieder aufzunehmen. Zumindest so was in der Art. Aber es hat nicht funktioniert.»

«Du hast Leute interviewt?»

«Am Ende war's nur eine Frau. Die Sexigerin.»

«Was bitte ist eine Sexigerin? Toll! Ich will alles wissen.»

Ich habe das Gefühl, schon viel zu viel gesagt zu haben, aber irgendwie ist es ja auch egal. Emmy schläft längst, und Oliver sitzt unten und arbeitet. Ich hole mein Telefon raus.

«Ist das einfach irgendeine Frau von der Straße?»

«Ja, schon.»

«He! Wo bin ich hier eigentlich gelandet? Bitte entschuldige, Diana, aber ich dachte immer, du hättest einen Stock im Arsch.» Raleigh schnappt sich mein Telefon und drückt auf Play. Ich höre meine Stimme, höre, wie ich eindeutig versuche, die Lage im Griff zu behalten, während die Göttin zu ihrem ausschweifenden Monolog ansetzt. Raleigh muss so sehr lachen, dass sie vom Bett fällt. «Aua!», ruft sie vom Teppich. «Mein Parfem!»

Wir bekommen beide einen Lachkrampf.

«Und wer zum Teufel ist der Engel der Berührung?», fragt Raleigh.

«Ich glaube, um das zu erfahren, muss man an einer erstklassigen Begegnung teilgenommen haben.»

«O Gott.» Wir können beide nicht mehr gerade sitzen vor Lachen. «Ogottogottogott, Diana. Das musst du löschen. Oder für immer aufheben. Eins von beidem.»

Es klopft, und wir zucken erschrocken zusammen. Oliver streckt den Kopf ins Zimmer. «Ist alles okay? Ich habe einen Rums gehört.»

Raleigh setzt sich auf und schiebt sich den Cowboyhut aus der Stirn. «Oh, Oliver, ich bin abgestürzt. Aber wir unterhalten uns ganz bestimmt nicht über einen verzauberten Sexwald, versprochen.»

«Sorry», sage ich. «Wir reden nur.»

Raleigh kichert, und ich lächle Oliver an und werfe ihm einen Blick zu, der sagt: *Ich kann nichts dafür* – was unfair ist, das weiß ich. Aus irgendeinem Grund habe ich das Bedürfnis, Raleigh Oliver zuliebe zu bemitleiden.

«Ich hau dann mal ab zum Poker. Viel Spaß noch.»

Er macht die Tür zu, und Raleigh grinst mich an. «Du weißt aber schon, dass sämtliche Mütter auf Oliver stehen, oder?»

«Echt?» Aber es wundert mich nicht wirklich. Oliver sieht gut aus und weiß, wie man anderen Leuten das Gefühl gibt, was Besonderes zu sein. Außerdem mag er nicht nur seine Tochter, sondern auch fremde Kinder richtig gern. Es gibt an unserer Schule Väter, die bekommen Panik, wenn ein Kind, das nicht ihr eigenes ist, versucht, sie anzusprechen. Oliver dagegen ist in der Lage, sich sehr interessiert von der Tochter von irgendwem lang und breit den Inhalt vom *Zauberer von Oz* erklären zu lassen. Er sieht das Gute im Menschen, ob groß oder klein.

«Aber so was von, Süße. Sie finden ihn alle *heiß*-süß, nicht nur *Dad*-süß. Kennst du diese Siedlungspartys aus den Sechzigern? Die Typen mussten ihren Autoschlüssel in eine große Schale werfen, die Frauen haben einen Schlüssel gezogen und mussten mit dem entsprechenden Typen nach Hause gehen. Also, wenn irgendwer noch mal mit diesem Schlüsselpartyding um die Ecke kommt, würden alle Frauen beten, Olivers Schlüssel zu ziehen.»

«Oh danke.» Es ist, wie auf eine Medaille stolz zu sein, die einem für die bloße Teilnahme verliehen wurde.

«Also. Wo geht er wirklich hin?»

«Wie?»

«Poker ist doch niemals wirklich Poker, oder?» Beim Anblick meiner Fassungslosigkeit rudert sie eilig zurück. «Ich meine, mit den Jungs einen heben gehen, dumm rumlabern, du weißt schon.» Sie gibt mir einen freundschaftlichen Klaps aufs Bein. «Vielleicht spielt er ja tatsächlich Karten. Komm, ich will noch ein Interview hören.»

«Mehr habe ich nicht. Und dieses wird gelöscht. Auch wenn's für einen Lacher gut war.»

«Nein! Bitte lösch das nicht. Ja, okay, wenn sich rumsprechen würde, dass du Pornogeschichten aufnimmst und mit fremden Frauen übers Vögeln redest, könnte es sein, dass Emmy in Rockgate nicht mehr ganz so viele Kinder zum Spielen findet. Aber scheiß drauf. Wir sind alle so dermaßen darauf trainiert, nicht aus der Reihe zu tanzen. Ich habe es satt, mich ständig wegen irgendwas schuldig zu fühlen. Mich darfst du gern interviewen. Ich will schon die ganze Zeit dringend darüber reden, was passiert ist. Über meine *Affäre*.» Sie malt Gänsefüßchen in die Luft, als wäre an der Sache nichts weiter dran. «Die Weiber in meinem Umfeld tauschen sich viel lieber untereinander aus, aber aus meinem Munde will keine hören, was passiert ist. Wenn sie schon beschließen, mich zu hassen, wieso wollen sie dann nicht wenigstens genau wissen, warum?»

«Niemand hasst dich.»

Sie lächelt verzagt.

«Ich möchte es hören.»

«Im Ernst? Ich sag's dir.» Sie nickt in Richtung meines Telefons, das neben mir auf dem Bett liegt. Ich öffne die Sprachmemo-App und drücke auf Aufnahme.

«Wo soll ich anfangen?»

«Wie hast du ihn kennengelernt?»

Raleigh setzt sich neben mich. «Dazu muss man wissen, dass mein Mann es mir nie mit dem Mund gemacht hat. Dustin fand, dann würde ich zu feucht und der Sex würde sich für ihn nicht mehr so gut anfühlen. Zu wenig Reibung.»

«Wolltest du, dass er's dir mit dem Mund macht?»

«Ich wollte, dass *er* es will. Ich hatte seinen Schwanz auch nie wirklich gern im Mund, aber ich tat es trotzdem, weil es ihm halt gefällt. Ganz ehrlich? Ich verstehe nicht, wie er mit unserem Sexleben zufrieden sein konnte. Vielleicht sind seine Ansprüche niedriger. Er isst ja auch jeden Tag das gleiche Truthahnsandwich zu Mittag. Ohne jede Abwechslung. Mayo, Senf, Tomate. Ich verstehe das inzwischen – ich habe in meiner Therapie jede Menge Zeit damit verbracht, zu verstehen, wie er tickt. Er ist im Chaos aufgewachsen und findet Trost in der Berechenbarkeit.» Raleigh schüttelt den Kopf. «Irgendwann hatte ich die Nase voll. Mich hat Berechenbarkeit nicht getröstet. Ich wollte mehr Aufregung.» Sie zieht die Knie an die Brust und dehnt das T-Shirt darüber.

«Und wo hast du die Aufregung schließlich gefunden?»

«Im Flugzeug! Ausgerechnet in einem Flugzeug, Diana! Zum Glück hatte ich mir gerade erst die Beine rasiert, denn das passiert schon lange nicht mehr regelmäßig.» Sie lehnt sich zurück. «Ich war auf dem Weg zu meiner Mom, die ziemlich krank war. Dustin hatte mir einen Platz in der ersten Klasse gebucht, was sehr lieb von ihm war. Er sagte, er wollte nicht, dass ich beim Heulen in der Eco sitzen muss. Und am Gate vor dem Einsteigen sah ich diesen Mann in seiner Feuerwehruniform.»

Raleigh registriert meinen ungläubigen Blick.

«Ich weiß, wie lächerlich sich das anhört, aber es ist wahr. Natürlich nicht die volle Einsatzmontur mit Maske und Axt, sondern dieses dunkelblaue Polohemd mit dem Feuerwehremblem und dazu eine passende Hose. Er war breitschultrig und muskulös, und ich bekam zufällig mit, wie er sich mit der Gate-Mitarbeiterin unterhielt.

Also: Er ist auf dem Weg nach Florida, um seine Mutter zu besuchen, weil es ihr schlecht geht, und er steht auf der Warteliste. Er ist aufgeregt, weil er dringend mitmuss, und zum Glück hat die Mitarbeiterin noch einen Platz für ihn und gibt ihm die Bordkarte. Als er auf dem Weg zu seinem Sitzplatz in der Economy an mir vorbeikommt, biete ich ihm spontan meinen Sitz in der ersten Klasse an. Die Vorstellung, dass sich dieser Riese auf seinen Economy-Platz quetschen muss, während ich in der ersten Klasse fläze, geht gar nicht. Er ist total dankbar. Ich sage zu ihm, ich hätte gehört, warum er auf diesem Flug ist, und dass meine Mutter auch krank sei. Zwischen uns entsteht ein schöner Augenblick der Verbindung, als wären wir für eine Minute keine zwei Fremden mehr. Es fühlt sich … intim an. Und dann tauschen wir, und ich gehe nach hinten auf seinen Platz. Ich setze mich hin, und bei dem Gedanken an ihn durchströmt mich ein warmes Gefühl, ich fühle mich ein bisschen weniger allein und traurig. Und ich glaube, er hat auch an mich gedacht, denn sobald das Anschnallzeichen erlischt, bringt mir die Flugbegleiterin mit einem schönen Gruß von meinem Feuerwehrmann einen Drink. Whisky Cola ist eigentlich nicht mein Ding, aber ich sage dir, der war köstlich. Also revanchiere ich mich, indem ich ihm einen Drink nach vorne schicke. Und er mir daraufhin noch mal was zu trinken und Pralinen.» Raleigh macht es sich im Schneidersitz auf den Kissen bequem. «Also frage ich mich, flirtet der jetzt etwa mit mir? Oder will er nur nett sein? Und weißt du, was mich schließlich davon überzeugt, dass da tatsächlich was läuft? Die Reaktion der Flugbegleiterin. Sie wirkt sehr *kritisch*. Dieser widerwillige Blick, mit dem sie mir die Pralinen hinlegt. ‹Ich kann nicht die ganze Zeit hin- und herrennen›, sagt sie zu mir. Mir ist das natürlich sehr peinlich. Ich versichere ihr, dass dies das letzte Mal war, kippe die Drinks und esse die drei Pralinen auf. Langsam bekomme ich das Gefühl zu schweben. Kennst du das? Dieser Zustand, wo du lächelst, ohne es zu merken? Und dann denke ich: *Blöde Kuh, ich gehe jetzt in die First-Class, meinen Feuerwehrmann besuchen.* Ich stehe auf und stecke den Kopf durch den Vorhang, und in dem Moment dreht er den Kopf und schaut direkt zu mir nach hinten. Er sieht echt gut aus, kantiges Kinn, breite Schultern und so. Ich forme mit den Lippen ein lautloses *Dankeschön*. Ich verspüre den überwältigenden Drang, ihn zu trösten, möchte mich neben seinen Sitz knien und ihm die Hand halten. An Sex denke ich dabei nicht. Ich denke, vielleicht kann ich ihn umarmen oder mir von seiner Mutter erzählen lassen. Und dann öffnet er den Sicherheitsgurt.»

Ich höre das Garagentor und dann, wie Oliver wegfährt. Raleigh wirkt, als würde sie abwägen, was sie erzählen und was sie weglassen soll.

«Er steht auf und geht zur Toilette, und ich gehe ihm nach. Schlüpfe direkt hinter ihm in die Kabine. Ganz kurz wirkt er verwirrt. Dann beugt er sich zu mir runter und küsst mich. Wir küssen und küssen uns, immer weiter, so wie damals als Jugendliche. Doch seine Hände bleiben, wo sie sind. Er fasst mich nicht an, wartet vielleicht, dass ich den nächsten Schritt mache – falls es überhaupt noch einen nächsten Schritt geben wird. Also greife ich nach seiner Hand und führe sie hoch zu meiner Bluse. Gemeinsam öffnen wir die obersten Knöpfe, damit ich mir seine Hand unter den Stoff schieben kann und er meine nackten Brüste fühlt. Meine Nippel werden hart. Er mustert mich forschend und lächelt dann. Ihm geht es wie mir, er will den nächsten Schritt. Ich schiebe mir den Rock hoch, um ihm zu zeigen, dass ich ebenfalls mehr will. Er sieht mir zu, wie ich den Rock bis zu Taille hochschiebe. Dann stehe ich mit meinem Spitzenhöschen vor ihm und höre, wie ihm der Atem stockt. Jetzt ist er dran. Er öffnet den Reißverschluss, und die Hose rutscht ihm runter bis auf die Knöchel. Seine Beine sind beeindruckend, nichts als Muskeln, und ich schwöre dir, als er sich die Boxershorts runterstreift, kann ich seinen erigierten Schwanz pulsieren sehen. Ich schlüpfe aus dem Höschen. Ich bin bereit. Mit seinen kräftigen Armen hebt er mich einfach hoch, und ich schlinge die Beine um ihn, und dann ist er auch schon in mich eingedrungen, und wir ficken. Er ist unglaublich stark, noch nie habe ich mich bei jemandem so zart und sicher gefühlt.

Ich verspüre diesen seltsamen, animalischen Drang, so viel von ihm in mich aufzusaugen, wie ich nur kann. Alles an ihm, seinen Geruch, seine Haut – das Gefühl von ihm in mir – seine Kraft. Ich gebe mich ihm vollkommen hin. Ich glaube, wir sind beide verzweifelt darauf aus, irgendwas anderes zu spüren als unsere Traurigkeit. Es fühlt sich an wie etwas zwingend Notwendiges. Ich *musste* diesem traurigen Mann auf eine Flugzeugtoilette hinterhergehen und mit ihm den aufregendsten Sex meines Lebens haben.»

Raleigh verstummt. Sie sieht mich forschend an.

«Hast du ihn je wiedergesehen?»

Sie schüttelt den Kopf. «Nachdem wir beide gekommen sind, habe ich geweint. Als wäre etwas in mir aufgebrochen. Er hielt mich im Arm, und ich weinte an seiner Brust, bis irgendwann jemand an die Tür klopfte. Ich entschuldigte mich. Wir zogen uns wieder an und kehrten auf unsere Plätze zurück. Hinterher versuchte ich, das Erlebnis kleinzureden, sagte mir, dass er gar nicht so magisch sein konnte, stellte mir vor, wie er in einem neonfarbenen Monstertruck das Flughafengelände verließ, eine dieser Riesendosen Energydrink in sich reinkippte und laut rülpste. Aber es funktionierte nicht. Das Bild brachte mich nur zum Lachen. Er war immer noch magisch. Und wie um es mir zu beweisen, kam in dem Augenblick, als der Pilot verkündete, dass wir bald landen würden, die Flugbegleiterin noch mal zu mir hinter und sagte verächtlich: «Das ist von 3D.» Sie ließ eine Plastiktüte aus dem Duty Free in meinen Schoß fallen. Zwei Stangen Toblerone, eine Packung Zigaretten und eine ganze Flasche Crown Whisky.»

Am nächsten Morgen werde ich von Emmy geweckt, die wie eine Wilde auf mein Bett springt, und ich bereue, dass ich so viel getrunken habe. Mein Kopf fühlt sich an wie mit Holzwolle ausgestopft. Oliver muss nach Hause gekommen sein, als ich längst schlief, und ist schon wieder auf den Beinen. Ich schlüpfe in meinen Bademantel und ermahne Emmy, still zu sein, als wir an Raleighs Zimmer vorbeikommen, damit sie ausschlafen kann.

Doch Raleigh ist längst wach. Sie sitzt mit Oliver am Küchentisch. Beide wirken eindeutig verschwitzt. «Du hast mir gar nicht erzählt, dass Oliver läuft.»

«Quatsch! Ich fange gerade erst wieder an damit. Ich konnte kaum mit dir mithalten.» Oliver gießt ihr Wasser nach.

«Ich habe mich jedenfalls über die Gesellschaft gefreut. Vielen Dank.» Sie steht auf und schenkt mir Kaffee ein. Als sie mir den Becher reicht, umarmt sie mich herzlich. «Aber die wahre Entdeckung bist du», flüstert sie mir ins Ohr. «*Dirty Diana.*»

Ich drücke sie, und als sie sich von mir löst, stehen ihr Tränen in den Augen. «Ich gehe mal packen. Ich kann bei meiner Schwester unterkommen. Sie hat gerade ihren Loser von Freund rausgeschmissen, zum Glück, das ist das perfekte Timing. Sie ist allerdings ein bisschen durchgeknallt. Wer hätte das gedacht?» Sie legt eine Kunstpause ein, damit Oliver und ich höflich lachen können. «Aber wenigstens können wir uns dann zusammen im Herzschmerz suhlen.»

Kapitel 18

Das Büro ist wie das Filmset einer gemütlichen Sitcom. Die Deko ist immer dieselbe, jede Szene ist vorhersehbar. Sobald sich am Morgen auf meinem Stockwerk die Aufzugtüren öffnen, werde ich von einer vertrauten Geräuschkulisse begrüßt: morgendliche Höflichkeiten, Tastaturgeklapper und irgendwo das Geräusch eines blockierten Druckers. Ständig klingelt das Telefon. Im Empfangsbereich riecht es, wie es immer riecht, nach Lilien und Möbelpolitur mit Zitrusduft. Trotz dieser Eintönigkeit durchfährt mich Morgen für Morgen aufs Neue ein winziger Schreck angesichts der Tatsache, dass ich inzwischen bereits mehr als zehn Jahre hier arbeite.

Heute Morgen habe ich zuerst Emmy zur Schule gebracht und dann unterwegs spontan bei Olivers Lieblingscafé haltgemacht, wo es die Kaffeebohnen gibt, die er so mag, und wo die Schlange sich grundsätzlich bis raus auf die Straße zieht. Sie nehmen sich für die Zubereitung jedes einzelnen Getränks fast schmerzhaft viel Zeit und verfallen nicht in Hektik, egal wie viele Menschen warten.

Am Anfang unserer Beziehung hätte ich mich auch in eine dreimal so lange Schlange gestellt, um Oliver seinen Kaffee und ein warmes Hörnchen zu besorgen. Während ich dastehe und warte, denke ich an all die kleinen Dinge, die wir nicht mehr füreinander tun. Irgendwann nach Emmys Geburt hatten wir offenbar eine Art stummen Pakt geschlossen – als hätten wir einander über den Kopf eines Neugeborenen hinweg in die erschöpften Gesichter geschaut und stillschweigend vereinbart, keine kleinen Gesten mehr voneinander zu erwarten. Vielleicht hat es diesen Pakt aber auch nie gegeben. Vielleicht hat Oliver still und leise den Schuldenberg errechnet, den ich durch das Unterlassen kleiner Gesten langsam, aber sicher aufhäufte.

Doch wo sind seine kleinen Gesten eigentlich abgeblieben? Sind die auch längst verschwunden, ober habe ich sie einfach irgendwann nicht mehr registriert?

Olivers Assistentin Cara steht am Kopierer. Ich habe sofort ein schlechtes Gewissen, weil keiner der beiden Kaffeebecher, die ich in der Hand halte, für sie bestimmt ist.

«Hast du Oliver gesehen?»

Cara nickt rüber zu Allens verglastem Büro, und als ich um die Ecke biege, sehe ich, dass Oliver bei ihm drin ist. Er wird von seinem Vater in die Mangel genommen, während die Leute in den Arbeitsnischen drum herum sich bemühen, nicht zu glotzen. Allen steht auf, tritt vor Olivers Stuhl, beugt sich über ihn und brüllt auf ihn nieder. Oliver sitzt mit hängenden Schultern da und nickt, aber ich sehe ihm an, dass er längst nicht mehr da ist. Ich hätte es wissen müssen. Mir ist aufgefallen, dass er in letzter Zeit immer öfter die Besprechungen schwänzt, seine Mails verspätet beantwortet und seine Mandanten nicht zurückruft. Oliver ist mit den Gedanken definitiv woanders, eines der wenigen Dinge, die wir im Augenblick gemeinsam haben.

Als Allen sich endlich wieder hinsetzt, steht Oliver auf und schlurft zur Tür.

Ich folge ihm in sein Büro. «Was ist los?»

«Ich bin im Verzug», sagt er leise.

«Wie schlimm ist es?» Unsere Mandanten sind reich und

verwöhnt. Jemanden warten zu lassen, bringt immer Probleme.

«Sehr schlimm.»

«Ich helfe dir.» Ich reiche ihm den Kaffee.

«Ist ja nicht deine Schuld. Das schaffe ich auch allein.»

«Das Aldon-Mandat?»

«Ja.»

«Okay, gut. Ich bin mit dem Kunden-Account vertraut. Lass mich dir helfen. Wann endet unsere Frist?»

«Gestern.»

Scheiße. «Kein Problem. Wir schaffen das.»

«Diana, das sind drei Wochen Arbeit. Ich hab's verbockt.»

«Ich hab heute sowieso nicht viel zu tun. Wir kriegen das hin.»

Ein paar Stunden arbeiten wir schweigend, reichen uns stumm Belege, Briefe, Formulare und Rechnungen über den Tisch. Ich überlege, ob ich Oliver mit einer witzigen Emmy-Geschichte aufheitern oder ihm von dem neuen Projekt erzählen soll, lasse es dann aber bleiben.

Nachdem ich einen Stapel Belege durchgesehen habe, kann ich die Frage nicht länger zurückhalten. «Wie ist das passiert?»

«Ich weiß es nicht. Mir fällt die Arbeit momentan so schwer. Ich weiß nicht, woran das liegt.»

Ich schon. Dieser Job ist ermüdend. Außerdem steckte Olivers Herzblut noch nie in seiner Arbeit. «Hast du je darüber nachgedacht, den Job an den Nagel zu hängen? Was anderes zu machen?»

Er schaut mich an. «Jeden Tag.» Es ist das Ehrlichste, was er seit Monaten zu mir gesagt hat. «Aber ich komme hier nicht mehr raus.»

Ich lache. «Das hier ist ja kein Gefängnis ...»

«Ich weiß nicht, was ich sonst tun soll. Ich habe zu lange gezögert. Tut mir leid, dass ich dich auch noch mit reingezogen habe.»

«Alles gut.»

«Red doch keinen Quatsch. Zeig mir jemanden, der diese Scheiße gern macht und sich gern in diesem Loch hier aufhält. Das Problem ist ...»

«Dein Vater.»

«Stimmt», flüstert er.

Zu Mittag bestellen wir Pizza und essen in Olivers Büro auf dem Fußboden. Wir schaffen richtig was weg, und Oliver wird ruhiger. Um sieben Uhr abends ist außer uns niemand mehr im Büro.

«Du solltest Pause machen», sage ich. «Den Rest schaffen wir locker morgen früh.»

Oliver sieht mich an, als hätte er mich bis gerade eben für eine Fremde gehalten und würde mich langsam erst wiedererkennen. Sein Gesicht wird weich, und er lächelt mich an.

«Ich muss heute Abend nicht unbedingt zum Poker. Wir könnten noch was trinken gehen. Die Babysitterin ist sowieso da. Das wäre schön.»

Mein Herz macht einen Satz. Das wäre tatsächlich schön. Aber Alicia hat für mich eine Frau namens Jada aufgetrieben, die Freundin einer Freundin aus ihren Studienzeiten, von der sie schwört, dass sie mich faszinieren wird. Ich habe sie gebeten, heute Abend um acht ins Büro zu kommen, weil ich dachte, bis dahin wären längst alle weg.

«Ich würde wirklich gern, aber das geht nicht. Ich muss bei mir drüben noch was nachholen. Geh du ruhig Kartenspielen. Wir treffen uns dann nachher zu Hause.»

Oliver wirkt enttäuscht, aber er kann schlecht was dagegen

sagen, nachdem ich ihm den ganzen Tag geholfen habe. Seufzend greift er zu seinem Schlüsselbund. «Okay», sagt er. «Wenn du meinst.»

«Fange ich einfach an zu reden?» Jada lässt sich in meinem Büro aufs Sofa sinken und erzählt mir von ihrem neuen Job in einem Tech-Start-up. «Bei uns sieht's aus wie auf einem Spielplatz für Millennial-Blogger. Kein Witz. Es gibt eine Reifenschaukel und eine Gratis-Müsli-Bar, das ganze Programm.» Sie schaut sich bei mir um. «Hier dagegen sagt alles laut und deutlich, wir sind alt und verstaubt und haben verkrustete Strukturen. Komm mit an Bord oder lass es bleiben. Verstehst du, was ich meine? Das gefällt mir.»

Es ist leicht, mit Jada ins Gespräch zu kommen, und als ich ihr erzähle, was es mit meiner Idee, die Geschichten anderer Frauen zu sammeln, auf sich hat, strahlt sie mich an. «Okay. Cool!» Sie lässt die Finger durch ihre glänzenden schwarzen Haare gleiten. «Ich liebe es, wenn's nur um mich geht. Sehr markenkonform.» Sie hat einen ganz leichten Dialekt, ist vielleicht New Yorkerin. «Fangen wir an.»

Auf dem Rückweg nach Hause fühle ich mich lebendig wie lange nicht, ich lasse Teile des Interviews mit Jada Revue passieren und bin immer noch begeistert von ihrer Bereitschaft, sich mitzuteilen. Wir unterhielten uns über Verlangen und Sex, und ich wollte von ihr wissen, wann sie zum letzten Mal das Gefühl hatte, mit ihrem Körper eins zu sein. Jada dachte lange nach, und dann hellte ihr Gesicht sich auf.

Als meine Freundin und ich noch in New York lebten, hatten wir eine winzige Wohnung im dritten Stock, ohne Lift. Inzwischen wäre ich viel zu faul für so etwas. Heutzutage fahre ich sogar zum Supermarkt einen Block weiter mit dem Auto. Verstehst du?

Jedenfalls, einmal war ich richtig krank, Mandelentzündung, und lag praktisch eine Woche lang im Bett. Mir war sterbenslangweilig, aber ich war zu schlapp, um zu lesen oder mich auf irgendwas zu konzentrieren. Also lag ich stundenlang einfach nur da und beobachtete meine Nachbarn im Haus gegenüber und wartete darauf, dass irgendwo was Interessantes passierte. Die Straße zwischen den beiden Wohnhäusern war so schmal, dass ich das Gefühl hatte, bei den Leuten im Zimmer zu sein. Da gab es einen Banker, der ständig Kokspartys schmiss und jeden Abend Dim Sum bestellte. Da war diese süße alte Dame, die jedes Mal strahlte wie ein Honigkuchenpferd, wenn das Telefon klingelte. Und direkt gegenüber von mir wohnte eine Frau mit langen, dunklen Haaren und kurzem Pony. Ich beschloss, dass sie Französin war, und taufte sie Céline. Sie arbeitete offensichtlich von zu Hause aus, saß ständig am Laptop. Nur einmal am Tag verließ sie mit ihrer Yogamatte die Wohnung und kam mit Kaffee aus dem Laden an der Ecke zurück, der mir immer viel zu teuer war. Sie hatte den Körper einer Tänzerin. Groß und schlank, mit kleinen, perfekten Brüsten. Sie lebte mit ihrer Freundin zusammen. Die beiden hatten immer Sex am Fenster, bei geöffneten Vorhängen.

Als ich nach Hause komme, ist Oliver immer noch unterwegs. Ich bezahle die Babysitterin. Als sie gegangen ist, hole ich meinen Skizzenblock und die Kohlestifte und setze mich mit Kopfhörern auf den Ohren an den Küchentisch. Ich drücke auf Play, und meine Stimme ertönt.

Hat dich das angemacht? Sie zu beobachten?

Nein!, antwortet Jada. Der Sex war total langweilig. Immer dasselbe. Außerdem war trotz geöffneter Vorhänge kaum was zu sehen. Sie lag auf dem Rücken, und beide waren unter der Zudecke. Der gute Teil kam immer danach. Sobald ihre Freundin eingeschlafen war, fing Céline an zu masturbieren. Ohne Zudecke. Sie drehte sich von ihrer Freundin weg, zum Fenster hin, und ich hatte den Eindruck, als würde sie mich direkt anschauen. Sie lag auf der Seite, streckte die Beine und dehnte die Zehen wie eine Tänzerin, als würde sie für mich performen. Dann hob sie langsam den Arm über den Kopf, ließ ihn wieder sinken und streifte zärtlich ihren Hals. Dort verweilten die Finger, wanderten dann weiter zu ihren Brüsten. Sie streichelte erst die eine, dann die andere. Ihre Hüften fingen an, sich zu bewegen, sie hob das Becken leicht an. Ihr Körper war bereit, berührt zu werden, sehnte sich genauso danach, wie ich mich danach sehnte, sie zu berühren. Sie fing an, sich zu erregen, ließ die Finger über ihren Bauch tanzen, runter und wieder rauf, dann weiter bis zum Mund, um daran zu saugen. Währenddessen schaute sie mich die ganze Zeit an. Ich lag direkt am Fenster und sah zu. Schließlich schob sie sich die Hand zwischen die Oberschenkel und drehte sich, ohne den Blick von mir abzuwenden, auf den Rücken, spreizte die Beine und ließ die Finger in sich hineingleiten, bewegte sie rein und wieder raus, zuerst langsam und dann schneller, als die Lust immer größer wurde. Sie zog die Hand wieder weg, wie um auch mir Zeit zu geben. Doch ihr Körper hatte seinen eigenen Willen – ihr Becken hob sich, ihre Finger glitten wieder in ihre Vagina hinein, vollführten kreisende Bewegungen, schneller und mit mehr

Druck, und auch ihre Hüften kreisten, bis sich schließlich ihr ganzer Körper anspannte. Erst in dem Moment schloss sie die Augen. Sie brauchte mich nicht mehr. Sie war jetzt in anderen Sphären unterwegs. Dadurch begehrte ich sie nur noch heftiger. Als sie kam, konnte ich ihr Gesicht sehen, gerötet und befriedigt.

Ich kriege die Neigung von Jadas Hals nicht richtig hin, stoppe die Aufnahme und schenke mir ein Glas Wasser ein. Ein paar Minuten lang wandere ich durchs Haus, dann nehme ich Block und Stifte mit ins Bett und baue mir aus Kopfkissen eine provisorische Zeichenunterlage auf meinem Schoß. Ich drücke auf Play.

Manchmal stelle ich mir heute noch vor, wie ich zu ihr rübergehe, sobald ihre Freundin die Wohnung verlassen hat. Sie lässt mich rein, als hätte sie auf mich gewartet, führt mich zum Bett, zieht sich langsam aus, nimmt meine Hand und legt sie sich zwischen die Beine, um mich spüren zu lassen, wie feucht und wie weich sie ist. Im selben Moment spüre ich, dass ich gleich komme. Unmittelbar. Völlig anders, als wenn ich mit meiner Freundin zusammen bin und sich der Orgasmus immer so weit entfernt anfühlt und ich mich sehr konzentrieren muss – eine einzige falsche Berührung genügt, um ihn wieder zu verjagen, ein einziges, fehlplatziertes schmutziges Wort kann alles kaputtmachen. Jetzt aber bin ich direkt davor. Dieses eine Mal bin ich diejenige, die versuchen muss, den Höhepunkt hinauszuzögern. So muss es Männern ständig gehen.

Ich zeichne Jada, wie sie am Fenster steht, mit dem Rücken zum Zimmer, und durchs Fenster Céline auf ihrem Bett.

Was passiert dann?

Ich bedeute ihr, sich aufs Bett zu legen, sauge an ihren Brüsten, küsse sie zwischen den Beinen und lasse meine Finger in sie hineingleiten. Sie sieht zu, wie meine Finger in ihrer Spalte verschwinden, und zieht mich an sich. Sie küsst mich heftig, keucht mir ins Ohr. Ich weiß, welche Lust ich ihr bereite. Viel mehr Lust, als ihre Freundin es je könnte.

Es ist ein unfassbares Gefühl von Macht, weißt du? Einer Fremden Lust zu bereiten. Und ich bin fest entschlossen, sie zum Orgasmus zu bringen. Sie darf hinterher auf keinen Fall so unbefriedigt bleiben wie bei ihrer Freundin. Aber sie möchte, dass ich auch komme, und fängt an, meinen Körper zu küssen, bis runter zum Bauch. Ich habe das Gefühl, dies wäre das Einzige, was ich jemals wirklich wollte.

Der Bleistift verharrt über dem Blatt, ich höre nur noch zu.

Inzwischen ist es halb eins, Oliver ist immer noch nicht zurück, und ich mache mir Gedanken, stelle mir alles Mögliche vor, vom Autounfall bis zu einer heimlichen Affäre mit Connie Britton, der letzten Frau, von der er gesagt hatte, er fände sie attraktiv. Nach einigem Suchen finde ich eine alte Xanax aus meinen Tagen der Flugangst und bete, dass sie noch wirkt. Zehn Minuten später fühle ich mich entspannt wie seit Monaten nicht mehr. Ich lege mich ins Bett, höre auf, über Oliver nachzudenken, und konzentriere mich nur noch auf Jada und ihr Verlangen.

Kommst du?

Unaufhaltsam, und zwar sobald ich ihre Zunge in mir spüre. So einen Orgasmus hatte ich noch nie. Dann legt sie sich auf den Rücken, und ich bringe sie mit dem Vibrator, den sie mir in die Hand gedrückt hat, bis an den Rand ihres Höhepunkts, höre dann aber auf. Sie küsst mich heftig, verzweifelt und voller Verlangen, presst die Brüste gegen meine, und sie fühlt sich dabei so weich an, dass ich am liebsten in sie hineinschmelzen würde. Als ich sie endlich mit den Fingern berühre, ist sie schon so weit, dass es keine Minute mehr dauert. Sie lacht, als sie kommt, und dieses Lachen hat etwas unfassbar Befriedigendes für mich – wie das allerletzte Teil in ein Tausend-Teile-Puzzle zu legen.

Dann geht plötzlich die Wohnungstür auf. Ihre Freundin kommt früher als erwartet nach Hause, und mir bleibt nur die Flucht über die Feuertreppe. Dabei lachen wir beide hysterisch wie zwei Teenagerinnen. Ich muss ihr versprechen, am nächsten Tag wieder zu ihr zu kommen. Das fühlt sich alles total echt an. Da ist eine gewaltige Anziehungskraft.

Und? Gehst du wieder hin? Am nächsten Tag?

Was würdest du tun?

Plötzlich bin ich in Gedanken nicht mehr bei Jada. Oder Oliver. Ich bin auf einem Parkplatz, es ist kalt und schneit, und da ist noch jemand, aber ich spüre nur seinen Körper, sehe kein Gesicht. Er ist stark und drahtig, und ich dränge ihn gegen mein Auto, unsere tastenden, forschenden Hände erkunden den jeweils anderen Körper.

Ich liege auf dem Bett, und zwischen meinen Beinen fängt es an zu pochen. Mein Körper bettelt darum, berührt zu werden. Gerade als ich mir die Finger in den Slip schiebe, vibriert auf dem Nachttisch neben mir mein Telefon.

Ich will da jetzt nicht rangehen, aber ich weiß, dass ich muss.

«Hallo?», sage ich fröhlich und versuche, auf keinen Fall wie eine Frau zu klingen, die gerade beim Masturbieren unterbrochen wurde.

Niemand meldet sich. Musik ist zu hören.

«Hallo? Oliver?» Ich schaue aufs Display, um mich zu vergewissern, und da steht es, klar und deutlich: *Oliver*.

«Oliver? Hörst du mich?» Die Musik ist laut, ein wummernder Bass.

Dann die Stimme einer Frau. Gedehnt und kokett. «Gefällt dir das?»

Jetzt eine Männerstimme, eindeutig die von Oliver. «Ja. Sehr.»

Der Schock fühlt sich an wie Stecknadeln auf meiner Haut, überall, im Gesicht, auf dem Rücken, auf dem Bauch. «Oliver, ich kann dich hören! *Oliver!* Geh ans Telefon!», brülle ich.

Wieder die Frauenstimme. «Du bist so verdammt sexy.»

«Amanda», stöhnt Oliver.

«Ja, Baby?»

«Oliver?», sage ich noch einmal, leise jetzt.

Ich sitze kerzengerade im Bett. Mein Verstand rast, während ich versuche zu kapieren, was ich da eben gehört habe. Ich gehe ins Bad, lasse mir die Badewanne ein und spiele jedes erdenkliche Szenario durch, wie ich reagieren könnte, wenn Oliver nach Hause kommt. Manche Versionen spielen sich ab wie in den Seifenopern, die ich als Teenagerin mal einen ganzen Sommer lang geschaut habe. Ich sehe mich selbst, wie ich Antworten einfordere, mit Geschirr um mich werfe und dabei nur knapp Olivers Kopf verfehle.

Ich tauche unter. Im warmen Wasser unter den Schaumblasen kommt mir der Gedanke, einfach zu verdrängen, was passiert ist, es mit einer zweiten Xanax runterzuschlucken und zu schlafen. Vielleicht fühlt es sich morgen früh schon ganz anders an, weiter weg und nicht mehr so wichtig.

Oder er kommt nach Hause und entdeckt mich in der Badewanne – apathisch und völlig durcheinander.

Irgendwann wird das Wasser kalt. Oliver ist immer noch nicht zurück. Zitternd steige ich aus der Wanne, ziehe meinen Schlafanzug an und krieche ins Bett.

Gegen drei Uhr morgens höre ich den Haustürschlüssel, dann Schritte auf der Treppe. Oliver kommt ins Schlafzimmer, lässt die Geldbörse auf den Nachttisch fallen, schlurft Richtung Bad und zieht sich unterwegs schon die Sachen aus.

«Wie war's beim Poker?»

Oliver zuckt zusammen. «Scheiße, Diana, hast du mich erschreckt! Ich dachte, du schläfst.»

«Ich kann nicht schlafen.»

Er setzt sich zu mir auf die Bettkante. «Ist alles in Ordnung? Ist was mit Emmy?» Ich kann Bier riechen – und Parfüm. Er stinkt. Blumig und verschwitzt.

Ich knipse die Nachttischlampe an, und Oliver blinzelt. Er sieht zerzaust aus. «Wie war's beim Poker?», wiederhole ich.

«Was?», fragt er zurück, als hätte er mich nicht verstanden.

«Beim Poker. Wie war's?» Plötzlich will ich, dass er mir die Wahrheit sagt. Vielleicht fühle ich mich ihm dann näher, so als könnten wir noch miteinander reden.

Er mustert forschend mein Gesicht, um rauszukriegen, was ich weiß – und in dem Moment wird mir klar, dass er mich anlügen wird.

«Gut», sagt er, ohne mit der Wimper zu zucken. «Ich hab vierzig Dollar gewonnen.»

Kapitel 19

Ich hatte nicht vor, dir die Wahrheit zu sagen.

Ich sitze im Büro und habe über Kopfhörer Mias Stimme im Ohr. Mein siebtes Interview in zwei Wochen. Zwei Wochen ist es her, seit ich mit Jada gesprochen habe. Zwei Wochen, seit Oliver mich belogen hat. Bis jetzt habe ich seine Lügen bewältigt, indem ich einfach nicht nachfrage, wenn er sagt, er geht zum Poker. Abends sehe ich ihm hinterher, wenn er zu seinem Auto geht, und dann habe ich wieder die Musik im Ohr, den lauten, wummernden Bass in dem Strip-Club oder was das war, aus dem sein Hosentaschenanruf kam, die Gesprächsfetzen und das Stöhnen. Ich sage trotzdem nichts. Ich will ihm nicht die Möglichkeit geben, mich noch mal zu belügen. Immer wieder hätte ich ihn beinahe damit konfrontiert, aber was dann? Ich gehe ihm noch mehr aus dem Weg als sowieso schon, erfinde Ausreden, um an den Abenden, wo er zu Hause ist, länger im Büro bleiben zu können, und organisiere die Interviewangebote, die mich inzwischen durch Mundpropaganda regelmäßig erreichen.

Mia ist eine Freundin von Jada, die mir, kaum dass sie saß, sagte, sie sei nicht daran interessiert, mit mir über ihr echtes Leben zu sprechen.

Die Wahrheit lautet, ich hatte seit einem Jahr keinen Sex, alle meine Freundinnen heiraten, und ich lerne online ausschließlich Arschlöcher mit Mundgeruch kennen. Aber ich habe trotzdem Gefühle – es ist ständig da, direkt in meinem Körper. Nur eben nicht im echten Leben. Jada sagte, sie hätte dir eine ihrer Fantasien erzählt.

Ich sagte zu Mia, sie könne reden, worüber sie wolle, und das tat sie auch.

In meiner Fantasie arbeite ich in einer der schnöseligsten Bars in Dallas an der Garderobe. Den Job habe ich tatsächlich jahrelang gemacht. Ich bin als Kellnerin nicht zu gebrauchen und außerdem schrecklich neugierig, das passte also gut.

Ich liebe es, die Mäntel und Handtaschen der Leute zu durchwühlen, die ihre Sachen bei mir abgeben. Ich habe noch nie etwas geklaut. Ich bin einfach nur neugierig, was für ein Leben sie leben. Der Boden meiner Handtasche sieht aus wie der Boden eines Abfalleimers am Strand. Die Krümel eines Müsliriegels, ein Tampon ohne Hülle, irgendwelche alten Kassenzettel, von denen ich nicht weiß, weshalb ich sie überhaupt eingesteckt habe. Aber diese Frauen in Dallas? In ihren Handtaschen herrscht makellose Ordnung. Sie duften wie eine Parfümerie. Alles ist sauber und neu. Eine schicke Dose Pfefferminz. Eine mit Monogramm bedruckte Geldbörse voll nagelneuer Scheine. Ein rubinroter Lippenstift. Na ja, und in meiner Fantasie klaue ich dann doch was. Eine Sache nur – eine Visitenkarte. Diese muskulöse Fitness-Mom – dürr und perfekt maniküRt – knallt mir ihren Stella-McCartney-Kurzmantel auf den Tresen, ohne mich auch nur anzu-

schauen. Ich kann ihr Parfüm riechen, als sie sich umdreht und geht, und reibe mit den Handgelenken über ihre Mantelaufschläge, du weißt schon, um ein bisschen von ihrem Duft zu erwischen. In der Manteltasche steckt eine dicke, schwarze Visitenkarte, wie eine schwarze American Express. Die Karte ist unbeschriftet bis auf eine in goldener Schreibschrift aufgedruckte Telefonnummer. Ich weiß sofort, dass es um Sex geht. Diese reichen Tussen sind alle gelangweilt und underfucked.

Ich rufe an, und ein Mann mit tiefer, rauer Stimme meldet sich und bittet um meine Adresse. Ich rase nach Hause, bringe meine schmuddelige Wohnung in Ordnung und waxe alles, was zu waxen ist. Ich rauche einen Joint und trinke ein Glas Wein. Ich habe so etwas noch nie getan.

Dieser Typ klopft also, und ich öffne ihm. Ich weiß nicht, was ich erwartet hatte. Er ist absolut nichtssagend. Rötlich braune Haare, unauffällige Augen. Irgendein Kerl, an dem man achtlos vorbeigehen würde. Aber das Selbstvertrauen, mit dem er sich durch meine Wohnung bewegt, geilt mich dann doch auf – als wäre er hier zu Hause. Als gäbe es für ihn keine Tabus.

Er bittet mich, ihm das Schlafzimmer zu zeigen, und geht mir nach. Ich soll mich aufs Bett setzen. Ich tue, was er sagt. Ich bin es gewohnt, im Schlafzimmer die Kontrolle zu übernehmen. Das war schon immer so. Ich habe mich noch nie von jemandem herumkommandieren lassen. Diesmal ist es anders. Ich will, dass er mir sagt, wo's langgeht. Supererregt warte ich auf seine nächste Anweisung. «Zieh dir die Hose aus», sagt er bestimmend, doch sein Blick ist sanft und neugierig.

Ich tue, was er sagt. Aber nicht ganz. Ich ziehe mir die

Hose aus, lasse aber das Höschen an, und das macht ihn sauer. Er tritt ganz nahe vors Bett, bis er direkt über mir steht und auf mich runterschaut. «Du weißt, wie ich das meinte», sagt er. «Willst du, dass ich wieder gehe?»

«Nein», sage ich. «Bitte.» Ich ziehe mir die Bluse aus und lege mich aufs Bett. «Beweg dich nicht», sagt er, aber es ist schwer, still zu liegen, wenn er mich anfasst, mir das Höschen über die Beine streift und sie weit spreizt.

Er leckt sich die Finger und schiebt sofort erst einen in mich rein, dann zwei. Es ist überraschend und kraftvoll. Seine Finger berühren den Punkt, den die meisten Typen nicht finden. Er befiehlt mir, mich umzudrehen. Ich erstarre. Vielleicht bin ich zu weit gegangen. Auf dem Bauch zu liegen und nicht zu sehen, was als Nächstes kommt, ist gruselig. Aber ein Teil von mir will genau das: diesen Kick, nicht zu wissen, was passiert, was er mit mir machen wird. Ich habe das Gefühl, dass er mir mein Zögern anmerkt. Vielleicht fangen auch meine Beine an zu zittern bei der Vorstellung, wie es wäre, von hinten von ihm gefickt zu werden, da sagt er noch einmal: «Dreh dich um.»

Ich lege mich auf den Bauch. Erst passiert gar nichts. Er rührt sich nicht und ich mich auch nicht. Ich stelle mir vor, wie er bewundernd meinen Körper betrachtet, sein Blick auf meinen Beinen verharrt, auf meiner glänzenden Haut. Dann höre ich eine Bewegung. Er stemmt eine Hand neben mir auf die Matratze und beugt sich über mich. Mit der anderen Hand packt er meinen Oberschenkel und schiebt meine Beine weiter auseinander. Ich stöhne. Strecke ihm die Hüften entgegen. Er dringt mit einem Finger in mich ein, beschreibt damit einen Kreis und zieht ihn wieder heraus. «Du bist bereit.» Er hat gefunden, wonach er gesucht hat.

> «Wo ist das Geld?», fragt er. Ich sage ihm, dass ich den vollen Betrag nicht habe. Ich kann mir seine Preise nicht leisten. Ich schlage die Hände vors Gesicht, bin entsetzt bei der Vorstellung, dass er jetzt geht. Weil ich so dringend weiter von ihm angefasst werden will. Er bewegt sich nicht, und schließlich wende ich den Kopf und sehe, wie er mich anstarrt. Er steht auf, entfernt sich vom Bett, und ich denke schon, jetzt geht er. Doch dann kommt er zurück, packt meine Hände und fesselt sie. Ich halte den Kopf gedreht, damit ich ihn sehen kann, und das gefällt ihm. Er stellt sich an das Bett, direkt an meinem Gesicht, öffnet den Reißverschluss, holt seinen großen, harten Schwanz raus und zeigt ihn mir. Dann kniet er sich hinter mich aufs Bett, zerrt mich hoch auf die Knie, nimmt mich bei den Hüften und dringt umstandslos in mich ein. Ich hatte noch nie einen so großen Schwanz in mir und keuche auf. Er füllt mich vollständig aus. Er ist so tief in mir, dass er mit seiner Eichel eine Stelle berührt, die noch nie jemand berührt hat, stelle ich mir vor. Er stößt mich rhythmisch und legt mir dabei sanft eine Hand um die Kehle. Der Druck lediglich eine Andeutung seiner Macht. Meine Beine sind gespreizt, ich schwitze und bin weit offen für ihn. Plötzlich habe ich das Gefühl, dass ich gleich komme. Ich versuche, den Orgasmus hinauszuzögern, aber er sagt: «Nein. Lass los. Du bist so nah dran.» Dann flüstert er mir ins Ohr, wie gut ich mich anfühle, und das war's: Ich lasse los und habe einen völlig aberwitzigen Orgasmus. Er zieht seinen Schwanz aus mir raus, nimmt seine Klamotten, wirft mir noch einen Blick zu und geht.

Ich sitze allein im Büro und höre Mia zu. Meine Gedanken sind wieder bei Olivers Stimme und der dröhnenden Musik, bis ich nichts anderes mehr hören kann. Geistesabwesend drücke ich auf Stopp. Ich überlege, ob ich noch etwas arbeiten soll, schließlich habe ich Oliver gesagt, dass ich länger im Büro bleibe, und Emmy ist übers Wochenende bei seinen Eltern.

Ich öffne den Ordner mit den Audiodateien meiner Interviews. Das Projekt hat sich in letzter Zeit verändert. Ich zeichne die Frauen, die mir ihre Geschichten erzählen, nicht mehr. Inzwischen habe ich das Gefühl, dass meine Interpretation ihrer Worte, ihres Verlangens, überflüssig ist. Ihre Fantasien sind perfekt, so wie sie sind: unbearbeitet, ungeschminkt und wahrhaftig. Mit der Erlaubnis der Frauen habe ich die Links zu den Dateien an Alicia geschickt und erklärt: «Ich denke darüber nach, einen Ort für sie zu kreieren, wo auch andere Frauen sie hören können.»

Sie stimmt mir zu. «Meine Freundinnen fragen ständig, wann endlich die nächste kommt.»

«Du leitest sie weiter?»

«Nur an ein paar wenige Leute, denen ich vertraue. Die sind richtig gut, Diana.»

Ich sitze an meinem Schreibtisch und überlege, wie eine Website aussehen könnte und wie ich sie gestalten würde. Ich mache mich auf die Suche nach einem Domain-Namen und finde exakt das, worauf ich gehofft habe. *Dirty Diana* ist noch zu haben.

Als ich nach Hause komme, ist Oliver vor einer alten *Seinfeld*-Folge eingeschlafen. Alles wirkt völlig normal.

Still.

Sicher.

Und ich? Kann dem Drang nicht widerstehen, alles in die Luft zu jagen.

«Wer ist Amanda?»

Oliver schreckt hoch und starrt den Fernseher an, als wäre die Folge gerade völlig aus dem Ruder gelaufen.

«Wie?»

«Oliver. Ich weiß Bescheid. Du hast mich angerufen. Vielleicht war's auch Amandas Hintern, als sie auf deinem Schoß saß.»

Oliver fängt an zu stottern. «Äh. Sorry. Was?»

«Warst du überhaupt je pokern?»

Meine Stimme ist ruhig. Ich will ihm zeigen, dass ich nicht wütend bin. Nicht wirklich. Ich will einfach nur die Wahrheit wissen. Oliver schaut mich an, dann senkt er den Blick auf seine Hände.

«Ich hasse Kartenspielen.»

«Aha. Also. Wer ist sie?»

«Warum? Warum ist das wichtig?»

«Es ist wichtig, weil du deine Zeit mit einer anderen Frau verbringst. Was magst du an ihr?»

«Wenn du sauer werden musst, sei sauer. Du hast alles Recht dazu.»

«Ich bin nicht sauer.»

«Nicht?»

«Nein, ich glaube nicht.»

«Entweder man ist sauer, oder man ist es nicht. So was weiß man.»

«Ist Amanda hübsch?»

«Ja.» Er sagt es zögerlich.

«Okay. Und was sonst noch?»

«Nichts sonst.»

«Du lügst mich seit Monaten an.»

«Ich bin nicht immer dort. Manchmal fahre ich nur rum. Schon klar, dass du mir das nicht glaubst …»

«Ich glaube dir.»

«Manchmal fahre ich irgendwo rechts ran und schlafe im Auto ein. Aber, ja, manchmal ist es ein Strip-Club.» Er seufzt. «Sie findet mich sexy.»

«Du gibst ihr *Geld* dafür, dass sie dich sexy findet.»

«Ich geh da nie wieder hin. Okay?»

«Woher weißt du, dass sie dich sexy findet? Sagt sie dir das?»

Oliver starrt an die Decke. «Ich kann ihre Erregung spüren.»

Bei der Vorstellung von Oliver mit einer anderen Frau durchfährt mich ein Schaudern – ein Teil davon ist Eifersucht, aber da ist noch etwas anderes. «Ist es erlaubt, sie anzufassen?» Im schummrigen Licht des Fernsehers sieht Oliver fremd aus, sein Gesicht wirkt kantiger.

«Keine Ahnung, vielleicht ist es nicht erlaubt. Aber sie lässt mich.»

«Ich will sie kennenlernen.»

«Was? Nein!» Oliver lacht nervös.

«Warum denn nicht? Was darf ich denn nicht sehen?» Ich frage unsere Nachbarin per Textnachricht, ob ich ihr das Babyfon geben kann; sobald sie zusagt, schnappe ich mir meine Handtasche und gehe zur Tür. Ich bin eigenartig erregt. «Los. Gehen wir.»

«Ernsthaft?» Seine Stimme überschlägt sich. Er räuspert sich. «Jetzt?»

Dicke Sommerregentropfen klatschen auf die Windschutzscheibe. Oliver sitzt stumm neben mir. Nur ab und zu sagt er mir, wie ich fahren muss. «Das ist eine schreckliche Idee», sagt er irgendwann verzweifelt.

Ich will doch nur, dass es zwischen uns wieder gut wird!, will ich brüllen. Ich will den trommelnden Regen übertönen, seine Zweifel, die schleichende Krankheit, die unsere Ehe befallen hat. Aber ich bleibe stumm und konzentriere mich auf die Straße. Kribbelnde Erregung fließt immer noch durch meine Adern und verleiht mir eine Hoffnung, die ich auf keinen Fall loslassen will.

Als ich auf den Parkplatz des Strip-Clubs einbiege, wippt Oliver heftig mit dem Knie. «Wir haben keinen Regenschirm dabei.» Zusammen starren wir raus in die dunkle Nacht. «Wir müssen das nicht machen. Jetzt weißt du, wo ich war.»

«Wir gehen da jetzt rein.» Ich mache die Autotür auf und renne los, ohne mich nach ihm umzusehen.

In dem Club riecht es nach aufdringlichem Parfüm und abgestandenem Bier. Ich versuche, in dem schummrigen, pulsierenden Licht irgendwas zu erkennen. Die Gesichter der anwesenden Männer liegen im Dunkeln. Es wirkt, als würden sie mit den Wänden verschmelzen, den Nischen, den Barhockern. Meine Augen wandern von einer Frau im Raum zur nächsten. Es sieht aus, als hätte jede von ihnen ihren eigenen Scheinwerferkegel. Das Glitzer-Make-up lässt sie exotisch schimmern. «Welche ist es?»

«Wir sollten uns hinsetzen.»

Wir machen an der Bar halt, bestellen Drinks und nehmen die Gläser mit zu einer mit Samt bezogenen, halbrunden Sitznische. Davor steht ein schmutziges Cocktailtischchen. Die kalte Luft aus der Klimaanlage verursacht mir Gänsehaut. Ich zupfe an meiner vom Regen klammen Jeans. Dann entdecke ich eine Frau, die sich ein wenig von den anderen unterscheidet. Sie ist ein bisschen älter und weicher und nicht ganz so stark geschminkt. Sie hat lange, blonde Haare und trägt eine tief sitzende kurze schwarze Hose und ein hauchdünnes Tanktop.

Oliver sieht sie ebenfalls. «Das ist sie.»

«Wink sie her.»

«Diana!» Oliver klingt gereizt. «Wink du sie doch her, wenn du sie so dringend kennenlernen willst.» Aber noch während er es sagt, hebt er die Hand, als wollte er einen Drink bestellen. Als Amanda ihn sieht, fängt sie breit an zu lächeln.

«Sie ist hübsch», sage ich.

Oliver antwortet nicht.

«He, Großer!» Amanda beugt sich so dicht zu ihm, als wollte sie ihm einen Kuss geben. Doch dann hält sie inne, nur Zentimeter von ihm entfernt.

«Amanda», sagt Oliver dermaßen förmlich, dass Amanda vielleicht gelacht hätte, wenn sie nicht so erschrocken wäre. «Das ist Diana, meine Frau.»

«Oh», sagt sie, als würde sie mich jetzt erst registrieren. «Hi.» Das Strahlen in ihren Augen erlischt.

«Es war ihre Idee herzukommen.»

«Ooooh», sagt Amanda. «Das gefällt mir.»

Aber ich kann ihr ansehen, dass ihr das kein bisschen gefällt. «Bitte», sage ich zu ihr. «Ich bin nicht hier, um Sie zu kritisieren. Tun Sie einfach das, was Sie sonst auch tun würden.»

«Das ist nicht ...» Oliver schaut mich an und flüstert: «Bitte, tu das nicht.»

«Er will einen Lap-Dance», füge ich hinzu, ohne Olivers flehenden Blick zu beachten, und schaue Amanda an. Denn wenn ich ihm jetzt in die Augen sehe, verlässt mich der Mut. Und kneifen will ich nicht. Ich will wissen, was er an diesem Ort sucht. Ich will ihn endlich wieder kennen.

«Bist du dir sicher?» Amanda richtet ihre Frage an ihn. «Wie wär's, wenn wir's ganz langsam angehen lassen? So wie beim letzten Mal?»

Sie setzt sich auf seinen Schoß, konzentriert sich nur noch auf ihn und sieht dabei aus, als würde sie ihn so sehr wollen, wie Oliver behauptet hatte. Sie streift Olivers Hemd mit ihren

Nippeln. Ich sehe ihnen zu und habe dabei das Gefühl, nicht in meinem Körper zu sein, als würde ich irgendwo über ihren Köpfen schweben. Ich kann sehen, dass Oliver gegen seinen Willen eine Erektion bekommt, und strecke die Hand aus, um ihn zu berühren, ihn zu fühlen. Ich kann nichts dafür, aber als ich meine Hand über seinen heißen, harten Schwanz gleiten lasse, werde ich selbst heiß. Ihn so erregt zu sehen, macht mich an. Ich fange an, ganz langsam seinen Schwanz zu massieren, spüre, wie er noch größer wird. Er greift nach meiner Hand, zieht sie aber nicht weg. Ein leises Stöhnen entfährt ihm, und er lässt den Kopf gegen die Samtlehne sinken. Amanda lächelt. «Ich habe eine bessere Idee.»

«Wir müssen das nicht tun», sagt Oliver, aber wir sind schon auf dem Weg, hinter ihr her, wie von einer unsichtbaren Schnur durch einen in blaues Licht getauchten Gang gezogen.

Zu meiner Enttäuschung sieht das Separee so aus, wie ich mir das immer vorgestellt oder zumindest im Film gesehen hatte. Verspiegelte Wände, durchgesessene Lederbänke, eine chromglänzende Stange. Als Amanda die Tür hinter uns schließt, bin ich erleichtert, dass die Geräusche aus der Bar nur noch gedämpft zu hören sind.

Oliver und ich setzen uns in die Ecke der L-förmigen Sitzbank. Mein linkes Knie berührt sein rechtes. Amanda steigt auf Olivers Schoß. «Willst du Diana zeigen, wie ich es mag?» Sie legt sich seine Hand auf die Brust. Oliver zuckt zurück, als hätte er sich verbrannt. «Entspann dich ... Ich bin's doch ... Gefällt dir das?»

«Ja», sagt er leise.

Jetzt schwebe ich nicht mehr, diesmal fühlt es sich an, als würde mein Körper tausend Tonnen wiegen. Als hätte mich jemand auf der ledernen Sitzbank festgenagelt. Ich sollte aufstehen, aber ich kann nicht. Ich sollte aufstehen wollen, aber ich will nicht. Ich will weiter zusehen. Ich starre geradeaus, in den Spiegel, auf das Abbild von uns dreien.

«Deine Frau ist schön», sagt Amanda so laut, dass ich es hören kann. Dann, in sein Ohr: «Du weißt, dass ich gerne angefasst werde ...»

«Ich kann nicht.»

«Aber du bist so hart.» Das ist ihr Spiel. Wenn er hart wird, fasst er sie an. Und sie lässt ihn. Sanft liebkost er ihre Brüste.

Die Schwere in meinem Körper verwandelt sich in prickelnde Hitze – ein Schwall, der zwischen den Beinen beginnt und durch meinen Körper aufsteigt.

«Wir sollten aufhören ...» Oliver dreht sich zu mir um. Diesmal ist es eher eine Frage.

Ich hebe den Arm und greife nach seiner Hand. «Nein. Mach weiter. Bitte.» Ich will nicht, dass dieses neue Gefühl in mir erlischt. Ich weiß jetzt, was das ist – eine Mischung aus Lust und Gier –, ich will eifersüchtig bleiben. Ich verlagere das Gewicht und beobachte sie nicht mehr durch den Spiegel, sondern direkt.

«Dein Schwanz ist wegen mir so hart, stimmt's?», raunt Amanda. Der Träger ihres Oberteils rutscht ihr von der Schulter und entblößt ihre Brust.

«Ja.»

«Wie hart?»

«Scheißhart.» Ich habe Oliver noch nie so sprechen hören. Ich will ihn für mich haben. Ich will die sein, wegen der er einen Ständer bekommt. Nicht diese Frau.

Aber jetzt denkt Oliver nicht mehr an mich. Bis eben noch war er sich meiner Anwesenheit nur zu sehr bewusst, war nervös und angespannt, warf mir ständig Seitenblicke zu. Jetzt aber sind seine Hände überall auf ihrem Körper, er greift nach ihren Hüften, ihren Beinen, ihrem Hintern. Ich beuge mich über ihn, teile ihn mir quasi mit Amanda. Meine Lippen sind ganz nah vor seinem Mund. «Küss mich …»

«Ich werde dich küssen …», versucht Amanda mich zu unterbrechen.

«Nein», sage ich. «Oliver soll mich küssen.» Ich will *meinen Mann*, und es fühlt sich unfassbar gut an, das endlich wieder zu spüren.

«Was?», flüstert er.

«Küss mich», sage ich zu ihm.

Olivers Augen werden groß, als seine Lippen meine berühren, und ich werde von Lust überflutet. Wir küssen uns, und das dumpfe Dröhnen der Musik aus der Bar verblasst, und Amanda verblasst, und dann gibt es nur noch uns beide. Ich atme seinen Geruch ein. Er riecht so gut, immer schon, nach Zedernholz und Seife, verströmt Geborgenheit und Wärme – aber jetzt ist da noch etwas anderes, ein sinnlicher Tanz beginnt. Oliver fühlt sich zunehmend wohler in seiner Haut. Unsere Lippen trennen sich, und er sagt: «Gott! Ich hab dich so vermisst!»

In dem Moment, wo wir aufhören, uns zu küssen, ist der Club wieder da, und die Musik dröhnt, und auch Amanda ist zurück. Sie beugt sich über Oliver, mit dem aufgesetzten Lächeln von vorhin. «Und was ist mit mir, Liebling?», fragt sie. «Darf ich sie auch küssen?»

Olivers Blick geht von mir zu ihr, und wieder streift Amanda mit den Nippeln seine Brust. Sie beugt sich über ihn und zu mir rüber. Jetzt gerade würde ich tun, was immer Oliver von mir will. Wenn er will, dass ich Amanda küsse, werde ich es tun. Oliver nickt und fasst mir zwischen die Beine, und Amanda kommt mir ganz nahe.

Als sie nur noch Zentimeter von meinem Mund entfernt

ist, hält sie inne. Ihre Lippen verziehen sich zu einem Lächeln. «Du bist doch auch nur eine geile kleine Schlampe, stimmt's?»

Oliver zuckt zusammen, und wir spüren alle den Misston – wie das Kratzen der Nadel über die Schallplatte.

«Ich brauche frische Luft.» Oliver steht auf, greift nach seinem Glas und leert es mit einem großen Schluck.

Er stürmt aus dem Separee. Ich rufe ihm nach, aber er ist schon weg. *Geh jetzt nicht, Oliver. Nicht jetzt. Wir kriegen das hin.*

«Oliver!» Ich hole ihn ein. «Du kannst nicht einfach so abhauen. Lass uns wieder reingehen.»

«Was machen wir hier, Diana? Das war eine furchtbare Scheißidee.» Er greift nach meiner Handtasche, wühlt nach dem Autoschlüssel und sperrt den Wagen auf.

«Lauf nicht weg. Nicht jetzt. So nahe habe ich mich dir seit einer Ewigkeit nicht mehr gefühlt. Wir können das noch retten. Das *weiß* ich», sage ich flehend.

Oliver schüttelt den Kopf und löst meine Hände von seinen Schultern. Ich habe mich regelrecht in ihn gekrallt. «Bleib hier. Bitte», sage ich. «Ich will nicht, dass wir nach Hause fahren.»

«So bin ich nicht. So ... so sind wir nicht.» Oliver steigt ein und wartet, dass ich nachkomme. «Ich kann da nicht wieder rein», sagt er, und ich weiß, dass ich ihn nicht umstimmen kann.

Kapitel 20

«Nicht jede Ehe, die auseinandergeht, ist gescheitert», sagt Miriam sanft. Sie trinkt ein Schlückchen Tee, und Oliver nickt feierlich, als wäre er selbst auf dieses kleine Juwel von Weisheit gestoßen.

«Aber jede gescheiterte Ehe geht auseinander, oder etwa nicht?» Wieso sieht Oliver mich an, als würde ich eine fremde Sprache sprechen?

«Natürlich, Diana. Aber ich sage nicht, dass Ihre Ehe am Ende ist. Wozu ich Sie ermutigen möchte – weil ich das für unsere gemeinsame Arbeit für wichtig halte –, ist, den Blick auf die Erfolge zu richten, die Sie gemeinsam bewerkstelligt haben.»

Ich bin verwirrt. Sind wir jetzt erfolgreich oder gescheitert? Das geht schon die ganze Stunde so, die Frau redet und redet, und ich verstehe nur Bahnhof. «Diana, Sie wirken panisch. Woran liegt das?»

«Na ja, ich hatte irgendwie das Gefühl, wir hätten Fortschritte gemacht.»

Aber da waren keine Fortschritte. Ich habe letzte Woche versucht, eine Stripperin in unsere Beziehung zu integrieren. Seitdem beobachtet Oliver mich mit einer Wachsamkeit, als würde er sich vor dem fürchten, was ich als Nächstes vorschlage. Jetzt sitzen wir hier und präsentieren dieser Miriam unseren Scherbenhaufen. Noch schlimmer, jetzt sitzen wir hier, und ich verstehe kein Wort von dem, was sie sagt, und

Oliver spricht ihre Sprache, aber nicht meine, und hinter meiner rechten Schläfe fängt es an zu pochen. Ich hätte gedacht, ich könnte das mit der Therapie besser.

«Möchten Sie damit sagen, Sie sehen Fortschritte? Wie haben Sie sich nach unserem letzten Treffen gefühlt?»

«Gut!», sage ich zu schnell.

Oliver sieht mich verständnislos an. «Was genau hat sich gut angefühlt?»

Im Augenblick fällt mir keine einzige Sache ein. Mein Kopf ist völlig leer, als ich versuche, ein positives Detail der letzten Woche zu fassen zu kriegen. «Wir waren bei Emmys Fußballspiel. Als wir sie anfeuerten, habe ich uns als Einheit empfunden.»

«Was denn auch sonst? Sollten wir etwa zwei verschiedene Teams anfeuern? Beim Fußballspiel unserer eigenen Tochter?»

«Tja, keine Ahnung.» Er will eklig sein? Das kann ich auch, aber ich möchte Miriam beweisen, dass ich mich unter Kontrolle habe. «Oliver ist ein toller Dad. Wir lieben unsere Tochter. Und wir sind uns immer einig gewesen. Viele unserer Freunde streiten sich über Erziehungsfragen – über Bestrafung, über Fernsehzeit und so weiter. Ich finde es was Besonderes, dass wir uns über so was nie gestritten haben. Eigentlich sind wir gute Freunde, die einander lieben.»

«Reicht dir das etwa?», fragt Oliver. «Ich will jetzt nicht wie ein Arschloch klingen, aber reicht dir das?»

«Ich weiß es nicht», sage ich leise und weiß doch, dass es mir nicht reicht. Ich senke den Blick, drücke mit dem Daumen an meiner Handfläche herum und überlege, was ich noch sagen könnte. Wie lautet der magische Satz, mit dem ich genug preisgebe, um auszusehen, als würde ich mich mitteilen, ohne etwas zu enthüllen, das ich hinterher vielleicht bereue? Solange ich nicht aufhöre, diese Therapie als taktisches Spiel zu betrachten, kommen wir keinen Schritt weiter. Das ist mir vollkommen klar, aber ich kann trotzdem nicht anders.

Oliver räuspert sich. «Ich finde, wir sollten es erzählen.»

O Gott. Wer sagt eigentlich, dass Therapie bedeutet, dass alle Beteiligten sich nackig machen?

«Willst du oder soll ich?», fragt er.

«Ich finde diesen Spannungsbogen und den Tusch hier absolut unangebracht.»

Oliver senkt den Blick und fängt leise an zu erzählen. Es klingt, als würde er beichten. «Ich gehe öfter in Strip-Clubs, und Diana dachte, es wäre eine gute Idee, mit einer der Tänzerinnen einen Dreier zu veranstalten.»

«Ich wollte keinen Dreier!»

«Ach so? Und was war das dann?»

«Es war ein Versuch. Ich habe versucht … mal was anderes zu probieren. Genau wie du.»

Wir schauen beide Miriam an, aber ihr Gesicht verrät nichts. Sie schreibt etwas in ihr Heft.

«Das war nicht gut», sagt Oliver.

«Was genau?», unterbreche ich ihn. «Dass du in den Strip-Club gehst oder dass ich versucht habe, daran teilzuhaben?»

«Was ist das überhaupt auf einmal mit dir? Erst meidest du Sex mit mir wie der Teufel das Weihwasser, und dann machst du plötzlich auf wild und hemmungslos?»

«Das ist total unfair. Du bist der, der gelogen hat und sich heimlich in Strip-Clubs rumtreibt.»

«Ich betrüge dich nicht. Das ist nur eine Flucht. Du bist so weit weg. Ich habe das Gefühl, dich überhaupt nicht mehr zu kennen.»

«Können Sie sagen, inwiefern Diana sich verändert hat?», schaltet Miriam sich in einem Tonfall ein, als würden wir über den Geschmack von Eissorten sprechen.

«Die alte Diana hätte so was nie getan. Sie hätte nie versucht, jemanden vor meinen Augen zu küssen. Kann es nicht einfach wieder so sein wie früher?»

Das ist die einzige Frage, auf die ich eine Antwort habe. «Nein», sage ich.

Es ist still im Raum, und als ich Oliver ansehe, passiert etwas, womit ich nicht gerechnet habe. Er hat Tränen in den Augen, und seine Stimme zittert. «Ich ... ich weiß einfach nicht mehr, wie ich sie glücklich machen kann. Es ist, als hätten wir Treibsand unter den Füßen. Wir sinken immer tiefer ein und versuchen verzweifelt alles Mögliche, um nicht unterzugehen, aber nichts funktioniert. Im Gegenteil. Wir versinken nur noch tiefer. Und schneller.»

Das ist das erste Mal in dieser Therapie, dass wir tatsächlich einer Meinung sind. Aber was sollen wir denn anderes tun, als zu versuchen, den Kopf oben zu halten? Welche andere Option haben wir denn? Die Scheidung? Wir lieben uns. Außerdem könnte ich das Emmy niemals antun. Die Geschichte, die wir uns über unsere Ehe erzählen, stimmt vielleicht nicht mehr, aber könnte sie nicht umgeschrieben werden? Was, wenn es die Möglichkeit gäbe, unsere alte Geschichte loszulassen und Raum für eine neue zu machen? Eine noch bessere. Ich habe das alles – in dieser Stadt zu leben und in diesem Job zu arbeiten und das Haus abzubezahlen und mich in dieses Leben einzufügen – doch nicht getan, um es jetzt in Flammen aufgehen zu lassen.

«Was sollen wir tun?», frage ich in den Raum hinein, in der Hoffnung, dass jemand eine Antwort darauf hat.

«Vielleicht gar nichts? Vielleicht gestehen wir uns ein, dass wir uns auf Treibsand befinden. Und es keinen Weg hinaus gibt», sagt Oliver.

Kapitel 21

Nicht weinen. Nicht an der Seitenlinie weinen, während deine Tochter Fußball spielt. Nicht weinen, bloß nicht weinen.
Es ist fast Mittag, die Sonne knallt heiß vom Himmel. Das Gegenteil von Heulwetter. *Nicht weinen.* Überall um mich herum sind Eltern fröhlich ins Gespräch vertieft und feuern zwischendurch immer wieder ihre Kinder an. Seit der Sitzung gestern haben Oliver und ich kaum ein Wort gewechselt, wir gehen zu Hause stumm aneinander vorbei, weil wir beide Angst haben, etwas zu sagen, das wir hinterher bereuen könnten.

Vor mir schiebt eine Frau ihrem Mann einfach so die Hand in die hintere Hosentasche seiner Levi's. Ich habe Jennas Stimme im Ohr, die mir vor ein paar Monaten erzählte, wie genervt sie war, als sie Raleigh nach der Trennung heulend am Spielfeldrand stehen sah. «Warum bleibt die nicht einfach zu Hause?», hatte Jenna gesagt. Ich schaue mich um. Raleigh ist heute nicht hier. Die Sonne brennt mir in den Nacken, und ich wende mich Oliver zu. In dem Moment wendet er sich ab. Er bietet einem Pärchen was Kaltes zu trinken aus unserer Kühlbox an.

Alles gut, rede ich mir selbst gut zu. *Das Spiel dauert nur eine Stunde.*

Aber gar nichts ist gut. Ich stehe am Spielfeldrand und beiße mir auf die Unterlippe, um nur ja nicht zu heulen.

«Emmy!» Oliver klatscht in die Hände. «Mach hin!» Er lacht,

als Emmy ein krummes Rad schlägt und sich die Unterhose aus der Poritze fummelt.

Ihr Trainer ermahnt sie aufzupassen. «Der Ball, Emmy, schau auf den Ball», ruft er – aber Emmy kniet inzwischen im Gras, weil sie irgendwas Interessantes entdeckt hat. Normalerweise würden Oliver und ich uns jetzt anschauen und gemeinsam lachen. Unsere grottenschlechte kleine Fußballerin, umringt von siegeswilligen Kids und deren siegeswilligen Eltern. Ich strecke die Hand nach seiner Hand aus, aber er vergräbt sie tief in der Hosentasche.

Ich lasse meine große schwarze Sonnenbrille vom Scheitel auf die Nase gleiten, mache auf dem Absatz kehrt und gehe schnurstracks Richtung Auto, damit ich ungestört weinen kann.

Ich bleibe nicht stehen. Ich merke, dass Oliver mir nicht nachruft. Nur ein paar Schritte vom Auto entfernt, fällt mir der Schlüssel runter. «Scheiße.»

«Diana?» Liam steht hinter L'Wrens Range Rover und lädt leere Kartons ein. Wahrscheinlich hat er gerade die Halbzeitsnacks geliefert. «Alles okay bei dir?»

Mehr ist nicht nötig. Ich muss an Raleigh denken, wie sie mich in ihrer orangefarbenen Weste anfleht, nicht nett zu ihr zu sein, weil sonst sämtliche Dämme brechen. Angesichts Liams aufrichtiger Sorge öffnen sich bei mir alle Schleusen.

«Ach du Scheiße, Diana. Moment ...» Er macht mir die Beifahrertür auf. «Schnell, rein mit dir, ehe die Fußballmütter noch Schwäche wittern.»

«Sorry. Tut mir leid. Ich weiß selbst nicht, warum ich so heule. Alles okay. Wirklich.» Ich versuche zu lachen, aber es klingt wie erstickter Schluckauf.

Seine Augen sind voller Mitgefühl. Keine Spur von Panik, weil plötzlich eine verzweifelte Frau in seinem Auto hockt und heult. Er beugt sich über mich zum Handschuhfach und reicht mir ein Taschentuch.

«Es ist okay, nicht okay zu sein, Diana. Was ist denn passiert?»

«Ach. Ich habe einfach einen schlechten Tag. Ich weiß selbst nicht, warum ich weine.»

«Ja, hast du schon gesagt.»

«Mit Oliver läuft es nicht so gut.» Ich putze mir die Nase. «Er hat mich belogen. Er hat gesagt, er geht pokern, dabei war er im Strip-Club.»

«Scheiße. Das ist doch Mist. Welcher?»

«Yellow Rose oder so.»

Liam reicht mir noch ein Taschentuch. «Der ist besser als die meisten. Auch wenn dich das jetzt wahrscheinlich eher nicht tröstet, aber wenigstens hat Oliver Geschmack.»

Ich putze mir die Nase. «Ach, Liam, ich weiß nicht mehr, was ich machen soll.» Ich fasse es nicht, dass ich mich ausgerechnet einem Typen Mitte zwanzig anvertraue, noch dazu dem Stiefsohn meiner Freundin. Aber jetzt, wo ich erst mal angefangen habe, kann ich nicht wieder aufhören. «Ich strenge mich immer so an, alles richtig zu machen, aber was soll das eigentlich bedeuten? Meistens fühle ich mich einfach nur taub. Als würde ich von der Seitenlinie aus zusehen, wie mein Leben sich in seine Einzelteile auflöst, und könnte nichts dagegen tun. Meine einzige Freude besteht momentan darin, wildfremde Frauen zu interviewen, die mir was über ihr Sexleben erzählen.» Ich muss gleichzeitig weinen und lachen. «… während mein eigenes Sexleben das reinste Desaster ist.»

Liam schaut zur Windschutzscheibe raus und atmet laut aus. Ich bin bestürzt, weil ich ihm das gerade erzählt habe, und er wirkt genauso bestürzt. Aber gleichzeitig bin ich erleichtert.

Liam schaut zu mir her. «Äh, Moment, bleiben wir mal kurz bei dieser Interview-Sache, ja? Worum geht's da?» Ich lache nervös auf, kriege aber kein Wort raus.

«Kleines Geheimnis?», sagt er. «Auch gut. Willst du was rauchen?» Liam holt einen Joint aus der Brusttasche seines T-Shirts.

Im selben Moment, als ich den Kopf schütteln will, kommt ein Ja aus meinem Mund.

Er zündet ihn an, und ich nehme einen tiefen Zug. Ein warmes Gefühl fließt durch mich durch, nostalgisch und vertraut. Ich lasse mich in den Sitz sinken.

«Könnte L'Wren auch irgendwie anders nach Hause kommen?», frage ich.

«Kevin ist selbst mit dem Auto da. Also ja.»

«Gut. Hast du was dagegen, wenn wir von hier verschwinden?»

«Nichts lieber als das.»

Abzuhauen fühlt sich unglaublich an. Ich lasse das Fenster runter, strecke den Arm in den Fahrtwind und genieße das warme Sirren, das in mir herrscht. Ich habe keine Ahnung, wohin wir fahren.

«Also. Diese Interviews?»

Ich kann nicht anders, ich muss kichern. «Kann das unter uns bleiben? Einstweilen?»

«Natürlich.»

Ich erzähle ihm von der Website, über die ich nachdenke. «Ich dachte, die Interviews würden so ähnlich werden wie früher – mir als Vorlage für meine Bilder dienen», sage ich. «Aber inzwischen ist mir klar geworden, dass jedes für sich steht, als Zeugnis von Sehnsucht.»

«Wie Erotik fürs Ohr.»

Das gefällt mir. «Ich glaube, mir wird langsam klar, dass ich mich nur dann ganz fühle, wenn ich etwas erschaffen kann. Im Grunde spielt es keine Rolle, was.»

«Ich verstehe dich.» Liam schweigt eine Weile, die Augen fest auf die Straße gerichtet. Irgendwann dreht er die Musik leiser und fragt: «Darf ich dir was zeigen?»

Wir parken vor L'Wrens Haus, und Liam nimmt mich mit rein. Ich bin über die Jahre unzählige Male bei L'Wren zu Hause gewesen – bei Singstunden für unsere Babys, zum Spielen, zu Leserunden und jeder Menge Essenseinladungen, aber ich war noch nie unten bei Liam im Keller. Es hat schlicht nie einen Grund gegeben, zu ihm nach unten zu gehen. Als er jetzt die steilen Stufen vorausgeht, lautet der erste Gedanke meines bekifften Hirns: *Hier lebt garantiert ein Serienmörder.*

Das Zimmer ist schwach beleuchtet, und auf allen verfügbaren Oberflächen schläft eine von L'Wrens Pflegekatzen. Zwei von ihnen spielen Tauziehen mit etwas, das zu meinem Entsetzen aussieht wie eine blutende Wunde auf einem Stück Haut. Auf dem Tisch neben Liams Computer steht eine Art Büste in Form eines eingeschlagenen Schädels. Daneben liegen drei Ersatzgliedmaßen.

«Willkommen in meinem Reich.» Liam breitet die Arme aus und dreht sich langsam um die eigene Achse. Trotz der vielen Katzen riecht es nach Chemikalien.

«Was ist das hier?» Auf seinem ordentlich gemachten Bett liegt ein Backblech mit fünf Silikondingern. Ich nehme eins davon in die Hand. Es ist daumengroß, fleischfarben mit einem Stich ins Orange, und in der Mitte klafft eine blutrote Scharte.

«Tja. Die sind von mir.»
«Die hast du gemacht?»
«Ich verkaufe sie, für Halloween-Kostüme, Krimi-Partys

und an ein paar Leute aus der Filmbranche.» Als er *Filmbranche* sagt, richtet er sich ein bisschen auf. «Ich habe meine eigene Website. Und einen ziemlich coolen Etsy-Shop. Und ohne angeben zu wollen, aber ich habe gerade drei Schusswunden an eine Real-Crime-Serie von CBS verkauft.»

«Liam! Das ist großartig! Weiß L'Wren davon? Dass du so was machst?» Ich halte eine untertellergroße, beeindruckend tiefe, sehr echt aussehende Wunde hoch.

«Ja, das ist eine aufgeschlitzte Kehle. Ich habe fast drei Stunden gebraucht, um es richtig hinzukriegen. Ist noch nicht ganz fertig.» Er nimmt den eingeschlagenen Schädel zur Hand. «Ich muss mich bei den *Wonderland Murders* bedanken. Barbara Richardsons Kopf war so kaputt, dass die Schädeldecke flach war. Gibt's auf YouTube, falls es dich interessiert.»

«Oh, danke, irgendwann mal.» Ich hake noch mal nach. «L'Wren hat erzählt, dass du malst. Weiß sie, was für tolle Sachen du machst? Oder dein Dad?»

«Malen? Im Ernst? So was erzählt sie rum? Oder sagt sie eher: ‹Der steckt den ganzen Tag da unten in seinem Loch und treibt Gott weiß was!›» Seine Imitation ist so auf den Punkt, dass ich loskichere. «Dad und sie wissen im Ansatz Bescheid. Ich hatte gefragt, ob ich an ihnen üben darf, aber sie haben abgelehnt. Ich brauche jede Menge Versuchskaninchen.»

«Die hier gefällt mir.» Vorsichtig berühre ich eine schmale, tiefe Wunde.

«Ja, mir auch. Das ist ein Schnitt mit dem Küchenmesser. 7,5 Zentimeter tief. Gezackte Klinge. Ich habe auch zaghaftere Wunden, aber mir gefällt ihr Selbstvertrauen.»

Liam mit so viel Liebe und Begeisterung über seine Arbeit sprechen zu hören, ist das Beste, was mir den ganzen Tag zu Ohren gekommen ist. «Willst du sie mal anprobieren?»

«Klar!»

Liam schubst eine dösende Katze von seinem Relaxsessel und legt ein Kissen auf die von Katzenkrallen zerfetzte Sitzfläche. Ich setze mich hin, und er erklärt, dass er den Messerstich als Bauchwunde konzipiert hat. Als ihm klar wird, dass ich mir das Oberteil also zumindest zur Hälfte hochschieben muss, wird er rot. Ich rolle das T-Shirt bis knapp unter den BH hoch, lehne mich zurück und mache die Augen zu.

Als der erste kalte Pinselstrich meine Haut berührt, zucke ich zusammen. «Sorry», raunt er. Liam arbeitet hoch konzentriert, die Pinselstriche sind langsam und leicht. Das Ganze erinnert mich an die Algenpackungen, zu denen meine Schwiegermutter mich im Spa immer nötigt. Fast wäre ich eingeschlafen, da fragt Liam: «Lässt du dich von Oliver scheiden?»

«Nein. Uns geht's nicht gut, das stimmt, aber wir lassen uns nicht scheiden.» Ich wünschte, Liam wäre mein Therapeut und nicht Miriam. Mit ihm zu sprechen, ist viel leichter. Vielleicht liegt das aber auch einfach nur am Gras. Vielleicht wären Haschkekse vor der Paartherapie die Lösung.

«Diana.» Ich mache die Augen auf, und sein Gesicht ist ganz nah vor mir. Er hat einen kleinen Make-up-Pinsel in der Hand. Seine Augen sind gerötet und glasig und ernst. «Ich werde dir jetzt eine sehr bedeutende Wahrheit verraten.»

Ich muss lachen, aber er schaut mich weiter ernst an. «Okay?»

«Liebe, was dich liebt.»

Ich grinse. «Wie tiefsinnig.»

«Danke. Hab ich aus einem Podcast, den ich und L'Wren immer hören, wenn wir die Katzen baden.»

«In dem kleinen Satz steckt viel drin.»

«Ja, oder?» Er richtet sich auf, streckt die Beine und begutachtet sein Werk. «Aber ich finde, es stimmt irgendwie. Die

Leute geben mir Geld für das Zeug, das ich hier mache – es liebt mich, und ich liebe es, verstehst du? Darf ich dir einen Rat geben?»

«Schon wieder?»

«Ich habe schon jede Menge Rockgate-Scheidungen mitbekommen. Und für die Frau geht es dabei nie gut aus.»

Wieder muss ich an Raleigh denken und habe ein dumpfes Gefühl in der Brust. «Ja, das hab ich auch schon gehört.»

«Die Männer sind ein paar Jahre später wieder verheiratet, ihre Häuser sind noch größer geworden, und die Frauen bleiben mit nichts als einem Riesenscheißsack voller Groll zurück. Außerdem sind sie angefressen, weil sie über Jahre sämtliche Energie auf etwas verschwendet haben, das nicht funktionierte.»

«Aber was, wenn es wegen ihnen nicht funktionierte?»

«Glaubst du wirklich, dass nur einer schuld ist? So läuft das nicht.»

«Himmel, Liam. Du solltest deinen eigenen Podcast machen», sage ich. «Ich meine das ganz ernst. Du bist echt klug.»

«Ich will nur nicht, dass es dir auch so ergeht. Es sei denn, du willst es so.» Er tupft den Pinsel in zwei verschiedene Rottöne und umrandet meine Stichverletzung. «Was ich eigentlich sagen will: Egal ob ihr zusammenbleibt oder nicht, Oliver und du, mach unbedingt dein eigenes Ding.»

Er wedelt mit den Händen über der Wunde, damit die Farbe schneller trocknet.

«Willst du noch Würgemale rund um den Hals?»

«Klar, wieso nicht?»

Während Liam mir ein paar violettblaue Blutergüsse auf den Hals pinselt, schaue ich mich in seinem kleinen, finstern Zimmer um, das übersät ist mit Schminkzeug und Gummi und schlafenden Katzen. Ich kann sein Verlangen spüren, etwas ganz Eigenes zu erschaffen. Ich kenne dieses Verlangen.

«Schau dich an.» Er hält mir einen Spiegel hin. «Jetzt siehst du endlich so aus, wie du dich fühlst.»

Kapitel 22

Ein paar Tage später sitze ich vor meinem Computer und lade ein neues Interview hoch. Die Dirty-Diana-Seite ist schlicht und nüchtern gehalten. Jede Geschichte bekommt einen eigenen Link und ist mit einem Vornamen und einer locker skizzierten Zeichnung von mir versehen, der Silhouette der betreffenden Frau. Im Augenblick geht es um Carrie, eins meiner Lieblingsinterviews.

Ich habe ein paar Fantasien. Ich bin mir nicht sicher, welche ich erzählen soll.
Erzähl mir von deiner Lieblingsfantasie.
Meine Lieblingsfantasie ... In der bin ich so alt, wie ich wirklich bin. Normalerweise bin ich in meinen Fantasien jünger.
Wie alt bist du?
Einundsechzig.
Und wo bist du?
Ich bin in einem Bordell. Ich weiß schon. Wie altmodisch, oder? Vielleicht habe ich zu viele Filme gesehen. Es ist nur eine Fantasie, ein Traum. Wenn ich wach bin – na ja, dann ist alles anders.
Was passiert in dem Bordell?
Das Übliche. Jede Menge Korsagen und Samt und lärmende Männer, die an der Bar im Keller trinken. Es spielt aber niemand Klavier, so weit geht's nicht. Trotzdem

wirkt es wie eine Filmszene ... Wollen wir noch was trinken?

Gern.

Jedenfalls bin ich in meiner Fantasie die einzige Hure dort. An dem Abend arbeitet außer mir niemand. Die Chefin sagt zu mir, dass gleich ein paar Matrosen kommen, die seit Monaten keine Frau mehr zu Gesicht bekommen haben.

Macht dich das an?

Nein, eher nicht. Ich habe Angst, sie könnten enttäuscht von mir sein. Ich bin dort die Älteste. Ich habe Angst, dass sie nach einer anderen Hure verlangen, wenn sie mich sehen – oder dass sie keinen hochkriegen. All diese kleinen, destruktiven Stimmen eben. Aber weil die Männer jeden Moment durch die Tür kommen, schiebe ich meine Verunsicherung beiseite, ziehe mir die Korsage und meinen seidenen Morgenrock an und warte darauf, dass der erste mein Zimmer betritt. Ich schaue tausendmal in den Spiegel und lege mich in hundert verschiedenen Positionen aufs Bett, um mich möglichst vorteilhaft zu präsentieren. Jemand klopft zaghaft an die Tür, und dann kommt er herein. Er ist blutjung, klassisch attraktiv und verströmt einen Hauch Tragik. Außerdem ist er sogar noch nervöser als ich. Ich kann ihn förmlich zittern sehen. Ich höre auf, mir den Kopf darüber zu zerbrechen, wie enttäuscht er sein könnte, und versuche stattdessen, ihm seine Nervosität zu nehmen.

Ich ziehe ihn langsam aus, bis er schließlich nackt vor mir steht. Er ist längst steif. Diese Art Erektion bis ganz nach oben hatte ich schon vergessen. Ich nehme ihn in den Mund und spüre, wie er noch größer wird. Außerdem weiß ich, dass er nicht enttäuscht ist, denn er stöhnt vor Lust und schaut mich dabei verwundert an. Ich weiß, wie man einem Mann Lust bereitet. Und es fühlt sich gut an, ihm Lust zu bereiten.

Ich massiere ihm den Schwanz, erst langsam und dann schneller, und dann nehme ich ihn vollständig in den Mund und höre ihn über mir ungläubig keuchen. Ich weiß, dass ihm noch nie jemand derartige Lust bereitet hat. Ist das gut, schwärmt er. Du bist so gut. Ich schaue ihm ein paar Sekunden lang in die Augen und fahre mit seiner Eichel meine feuchten Lippen nach. Ich schaue zu ihm hoch, er neigt sich mir mit einem flehenden Blick entgegen. Ich spüre, wie sein Schwanz in meinem Mund pulsiert, und er sagt, dass er gleich kommt. Ich werde langsamer, zögere es hinaus, solange es geht, lutsche ihn sanft, bis es schließlich so weit ist und er in meinem Mund kommt. Als ich aufstehe, um zu gehen, zieht er mich an sich und drängt mich mit leidenschaftlichen Küssen zurück aufs Bett. Aber ich muss mich losmachen, denn nebenan wartet schon der nächste Matrose.

Ich hülle mich in meinen seidenen Morgenmantel und gehe durch die Zwischentür ins Nachbarzimmer. Auch der Mann, der dort auf mich wartet, ist nicht enttäuscht von mir. Er nimmt mich in die Arme, sagt mir, wie schön ich bin, wie froh er ist, mich zu sehen. Er zieht mir den Morgenmantel aus und wirft ihn zu Boden. Ich schubse ihn aufs Bett und setze mich auf ihn. Sein Mund ist geöffnet, suchend, und ich lasse ihn an meinen Nippeln saugen. Ich kreise mit dem Becken und nehme ihn in mich auf, aber nur die Eichel, den Rest muss er selber machen. Er gleitet in mich herein und wieder hinaus und keucht vor Lust. Ich habe mich noch nie so begehrt gefühlt. So gewollt. Mit der Zeit werde ich kühner. Ich stehe auf und lasse ihn auf dem

Bett zurück. Er liegt da und windet sich vor Geilheit und Gier. Nackt gehe ich ins nächste Zimmer. Ich kann jeden Mann befriedigen. Das weiß ich mit jeder Faser meines Seins.

Und du? Wer befriedigt dich?
Das letzte Zimmer.
Wer erwartet dich im letzten Zimmer?
Die ganze Mannschaft.

Ich klappe das Laptop zu und sehe auf die Uhr. Ich gebe mir zur Vorbereitung darauf, meiner Schwiegermutter unter die Augen zu treten, besonders viel Mühe mit meiner Frisur und warte, bis Oliver umgezogen ist.

Als er die Treppe runterkommt, stockt mir fast der Atem. Er trägt einen grauen, perfekt geschnittenen Anzug aus Schurwolle. Ich war zwar schon immer ein bisschen entnervt von der Tatsache, dass seine Mutter ihn immer noch einkleidet, aber sie hat definitiv Geschmack.

«Du siehst gut aus», sage ich.

«Danke. Ich gehe jetzt jeden Tag laufen.»

«Wow.» Mehr fällt mir nicht dazu ein. Raleighs Stimme hallt in meinem Kopf wider. *Wenn ich auf einer Schlüsselparty wäre, würde ich beten, seinen zu erwischen.* Normalerweise rasiert Oliver sich, ehe wir zu seiner Mutter fahren, aber diesmal hat er Stoppeln im Gesicht. Ein subtiles «Fick dich» oder Bequemlichkeit? Wie auch immer, es steht ihm. Kein Wunder, dass anscheinend alle ihn wollen. «Du siehst echt toll aus.»

«Wollen wir?», antwortet er ausdruckslos.

Als ich zum ersten Mal zu Vivians alljährlicher Spendengala eingeladen war, kamen wir eine Stunde zu spät, weil ich nicht aus Olivers Bad rauskonnte. Oliver hatte vor der verschlossenen Tür gestanden und versucht, mich herauszulocken. «Soll ich zur Apotheke fahren?»

«Ich glaube, das war's. Tut mir leid. Ich dachte nicht, dass ich so nervös sein würde.»

«Meine Mom wird dich lieben.» Oliver klang so überzeugt, dass ich ihm beinahe geglaubt hätte. Doch dann blieb mein Blick an meinen Steve-Madden-Pumps mit den abgestoßenen Spitzen hängen, und ich war mir nicht mehr so sicher. «Hast du einen Edding?» Ich feuchtete mir mit Spucke den Zeigefinger an und versuchte, die Kratzer wegzureiben.

«Einen Edding? Gerade nicht, nein.»

Dreimal Spülen später fühlte ich mich endlich einigermaßen bereit, mich mit meinem Spiegelbild zu konfrontieren. Das perlmuttfarbene Trägerkleid aus Seide, für das ich einen ganzen Monatslohn ausgegeben hatte, war um den Bauch herum völlig verknittert.

«Du hast wohl nicht zufällig einen Dampfglätter im Schrank?», rief ich nervös durch die Tür. Der Abend hatte noch gar nicht angefangen und war jetzt schon eine Katastrophe.

Oliver klopfte leise an die Tür. «Darf ich reinkommen?»

«Na gut. Aber halt dir die Nase zu.»

Oliver kam ins Bad, drehte sich um und ging wieder raus. «Ist wahrscheinlich besser, wenn ich doch nicht reinkomme.»

«O Gott. Sag ihr einfach, ich bin krank. Bitte. Ich glaube nicht, dass ich mich im Griff habe, außerdem sind wir viel zu spät dran.»

«Alles ist gut, Diana. Ich liebe dich, und sie wird dich auch lieben. Da drin stinkt es nach Tod und Verwesung, mir tränen die Augen, aber wenn du mir sagen würdest, dass du jetzt mit mir Sex willst, würde ich dich da drin vögeln. Du siehst umwerfend aus.»

Olivers Eltern lebten am anderen Ende von Dallas, in einer

der ältesten und reichsten Gegenden der Stadt. Während wir die Oak Lawn Avenue in Richtung Norden fuhren und die Häuser immer älter und herrschaftlicher wurden, versuchte ich durchzuatmen. Oliver hatte mir Geschichten aus seiner Kindheit erzählt, wo die Mutproben der Kinder in der Nachbarschaft darin bestanden, sich auf das Multimillionendollar-Anwesen des Besitzers der Dallas Cowboys zu schleichen, und dass es durchaus vorkommen konnte, in einer Nebenstraße Laura Bush beim Powerwalken über den Weg zu laufen.

Während ich versuchte, mir die Falten aus dem Kleid zu streichen, fuhr Oliver auf eine kreisrunde Auffahrt und parkte zwischen einem Rolls-Royce und einem alten Jaguar. Das Haus seiner Eltern war ein imposantes neugotisches Gebäude, flankiert von Lebenseichen, auf einem scheinbar unendlich großen Grundstück. Vor dem Aussteigen machte ich mich daran, mir die nackten Arme und Beine mit Mückenspray zu besprühen, um nicht lebendig gefressen zu werden. Oliver legte mir eine Hand auf den Arm. «Mach dir keine Sorgen wegen Mücken. Meine Eltern haben da wen für.»

«Echt?»

Er grinste. «Einen Mückenrausschmeißer.»

«Sehr witzig.» Aber sein Humor half mir, etwas lockerer zu werden.

Vivian kam die Treppe heruntergeschwebt, um uns im Foyer zu begrüßen. «Oliver, ich war mir sicher, dass ich dir die richtige Uhrzeit genannt habe. Was um alles in der Welt ist geschehen?»

«Das ist meine Schuld. Mir ging es nicht gut. Es tut mir leid.»

Vivian musterte mich mit einem aufgesetzten Lächeln. «Egal. Komm, wir schaffen dich nach oben und besorgen dir was zum Anziehen.»

«Mom ...», sagte Oliver mit warnendem Unterton, aber Vivian tat, als hätte sie ihn nicht gehört. «Du hättest mir sagen müssen, dass Diana kein Abendkleid hat. Ich hätte doch was rüberschicken lassen.»

Befangen kreuzte ich die Arme über dem Trägerkleid, in dem Cindy Crawford so toll ausgesehen hatte. Natürlich war es für eine Spendengala in Dallas, Texas, ein völlig unpassendes Outfit. Was hatte ich denn geglaubt?

«Welche Größe trägst du, Diana? Du bist ja absolut zierlich.»

«Medium?», sagte ich und wurde rot.

«Ich spreche von den Pumps, Süße.»

«Oh, ach so. 39.» Meine Schuhe hatten die Inspektion ebenfalls nicht überstanden.

«Perfekt. Ich habe ebenfalls 39.»

Wir einigten uns auf ein zweiteiliges Chanel-Kostüm, in dem ich mir vorkam wie ungefähr achtzig, geschlossene Schuhe, weil meine Füße nicht pedikürt waren und weil Vivian nichts anderes hatte, was sie mir hätte leihen können. «Sandalen sind für die Verzweifelten», murmelte sie. *Wie mich*, dachte ich und quetschte meinen Fuß in einen Omaschuh von Burberry.

Als Oliver meiner ansichtig wurde, fing er an zu lachen. «Das war also deine Wahl?»

«Sieht sie nicht reizend aus?», sagte seine Mutter ungerührt.

«Sie sieht aus wie eine deiner Verbindungsschwestern.»

«Ich liebe es», log ich. Ich wollte nicht der Anlass für einen Streit zwischen Oliver und seiner Mutter sein. «Es ist wunderschön, Vivian. Vielen Dank.»

«Dann sehe ich mal zu, dass ich wieder runterkomme. Sicher wundern sich schon alle, was die Gastgeberin so lange von ihrer eigenen Party fernhält.»

Als sie weg war, vergrub ich mein Gesicht an Olivers Brust.

Er ließ das Kinn auf meinem Kopf ruhen. «Würde es dir besser gehen, wenn du wüsstest, dass sie mein gesamtes Outfit gekauft hat? Sie liebt es, Leute einzukleiden. Mehr steckt nicht dahinter.»

Den ganzen Abend über wünschte ich mir, ich wäre woanders. Zwei von Olivers Ex-Freundinnen waren ebenfalls anwesend, beide in wunderschönen, altersgemäßen Diane-von-Furstenberg-Wickelkleidern. Jeder einzelne Mensch, den er mir vorstellte, hielt den Blick beim Reden in die Ferne gerichtet, immer auf der Suche nach dem nächsten Gesprächspartner. Ich war mir noch nie in meinem Leben so unbedeutend vorgekommen. Ich war die Abendbegleitung des Goldjungen, und eindeutig rechnete niemand ernsthaft damit, mich je wiederzusehen.

Heute Abend fahren wir wieder dieselbe runde Auffahrt hinauf. Das Haus ist unverändert, die vielen Fenster glitzern leuchtend in der Dunkelheit. Vivian begrüßt uns im Foyer. Sie trägt ein eng anliegendes Kleid mit langem blauem Chiffonrock.

«Spät wie immer. Oliver, warum hast du dich nicht rasiert? Du siehst aus wie ein Stadtstreicher.»

«Ich find's auch schön, dich zu sehen.» Oliver küsst sie auf die Wange.

«Oh, bitte. Sei nicht so dramatisch. Dein Vater ist an der Bar. Nach allem, was ich höre, wäre wohl ein bisschen Unterwürfigkeit geboten.» Oliver nickt gehorsam und lässt mich mit Vivian allein.

«Weißt du noch, als du das erste Mal bei einer meiner Galas zu Gast warst?» Sie spricht mich jedes Jahr darauf an. «Du trugst ein – wie heißen diese Dinger noch gleich? Diese Dinger für untendrunter?»

«Es war ein Kleid, kein Unterrock.»

«Ja, genau. Ein Unterrock. Und jetzt sieh dich an. Meinst du nicht auch, dass Oliver unglücklich wirkt? Er hat irgendwie sein Leuchten verloren, findest du nicht?»

Ein Kellner kommt mit einem Tablett Champagnerflöten vorbei, und ich nehme gleich zwei und schaue mich nach jemandem um, der mir eine abnimmt und mich vor diesem Gespräch rettet.

«Ich weiß nicht. Nein, eigentlich nicht», lüge ich.

«Aber ist das nicht dein Job? Zu wissen, ob dein Mann unglücklich ist?»

Vivian wartet meine Antwort nicht ab. Ich langweile sie jetzt schon, und sie wandert ohne mich weiter. Sie hat mich von Anfang an auf Abstand gehalten, konnte sich nicht zu einem endgültigen Urteil darüber durchringen, ob ich für ihren Sohn gut genug bin. Nachdem Emmy zur Welt kam, war ich mir sicher gewesen, dass das Eis schmelzen würde. Manchmal erwische ich sie immer noch dabei, wie sie mir über den Tisch einen Blick zuwirft, als wolle sie fragen: *Wer bist du wirklich?* Bei fast allem, was sie zu mir sagt, schwingt etwas mit wie: *Ich enttarne dich irgendwann.* Als ich mich gerade auf den Weg zu einem Gästebad mache, in dem ich mich verstecken kann, stoße ich mit Oliver zusammen.

«Ich bin endgültig wieder sechzehn und lasse mich von meinem Vater in der Öffentlichkeit runterputzen», sagt er.

«Das tut mir leid. Wie lange müssen wir bleiben, ohne unhöflich zu sein?»

«Mindestens eine Stunde.»

«Und wie überleben wir das?»

«Ein Wort», sagt Oliver. «Shrimpcocktail.»

Ich schaue ihn fragend an, und er lacht. «War ein Witz. Champagnercocktail heißt das Wort.»

Ihn lachen zu hören, entspannt mich ein wenig. Es fühlt sich an, als wäre ich zur Rektorin zitiert worden, und dann sagt sie mir: *Keine Sorge, wir wissen, dass du es nicht warst.* So komme ich mir in Olivers Nähe inzwischen vor: wie ein Kind, das ständig in Sorge ist, Ärger zu kriegen.

Beim Champagner entspannen wir uns ein bisschen. «Du siehst wirklich gut aus», sage ich. «Richtig fit.»

«Ich habe durchs Laufen drei Kilo abgenommen.» Ich glaube nicht, dass man mit einer Mutter wie Vivian aufwachsen kann, ohne stolz auf jedes Pfund zu sein, das man loswird.

«Du siehst echt top aus.»

«Du auch», sagt er. «Hätte ich dir schon vorhin sagen sollen.»

«Danke, ja, wäre nett gewesen.»

Oliver erwidert nichts, bestellt uns an der provisorischen Bar zwei Champagnercocktails und reicht mir einen. «Tja.»

Bitte nicht. Bitte bleib jetzt hier. Bitte lass zu, dass wir uns ansehen, wie wir uns früher angesehen haben. Mir ist nicht klar gewesen, wie dringend ich diese Verbundenheit zwischen uns brauche, bis sie plötzlich weg war.

«Ich weiß, was los ist», sage ich. «Wir haben beide das Drehbuch verloren, oder?»

«Das kommt vor. Von den Leuten hier ist niemand mehr in der ersten Ehe.»

Er beschreibt eine Geste durch den Raum voll verkniffener Gesichter und obszöner Privilegiertheit.

Neben uns erklärt eine Frau mit sehr vielen Zähnen ihrer Zuhörerin die Vorzüge, ihren Sechsjährigen ein Jahr trainieren, aber nicht spielen zu lassen, weil ihm das auf dem Lacrosse-Feld später einen Vorteil verschafft. Hinter uns debattiert eine Horde bekannter Immobiliensprosse, welche Privatmaschine man am besten für einen Jagdausflug nach Wyoming chartern sollte.

«Ich will keinen zweiten Ehemann», platzt es aus mir heraus.

Oliver seufzt. «Geht mir genauso. Ich glaube, dazu fehlt es mir an Energie.» Das ist zwar nicht wirklich das Bekenntnis, auf das ich gehofft hatte, aber ich halte mich trotzdem daran fest. Ich hole tief Luft und atme langsam aus. «Hast du Lust, dir die Kunst anzuschauen?»

Oliver hätte fast seinen Drink ausgespuckt.

Ehe Emmy geboren war, war die Frage, ob Oliver Lust hätte, sich im Haus seiner Eltern die Kunst anzuschauen, der Geheimcode für *Willst du in deinem alten Kinderzimmer Sex mit mir?*.

«Was, jetzt?»

«Klar. Warum nicht?»

Sein Gesichtsausdruck lässt sich unmöglich deuten. «Bei den vielen Leuten?»

«Komm, wir gehen uns die Kunst anschauen», wiederhole ich.

Nach einem quälenden Augenblick nickt er. «Gut. Schauen wir uns die Kunst an.»

Wir stehlen uns davon und schleichen die Hintertreppe nach oben, in Olivers altes Zimmer. Dabei halten wir uns die ganze Zeit an den Händen. Oliver macht die Tür hinter uns zu. Er lächelt. Sein Zimmer ist unverändert geblieben, seit er damals ans College ging, und wird regelmäßig gereinigt. Vivian stellt sicher, dass seine Rugby-Pokale immer auf Hochglanz poliert sind. «Pst!», macht er, weil ich anfange zu lachen, als ich mir die Schuhe ausziehe. «Lass uns schnell machen.» Er wirkt immer noch, als wäre er unsicher, ob wir es überhaupt machen sollten.

«Und wenn ich es nicht schnell will?», frage ich. Ich hasse

mich dafür, wie ich klinge. Ich versuche so verzweifelt, ihn zu verführen, dass es sich anfühlt wie ein absurdes Spiel. Aber ist Verführung nicht immer absurd? Warum fühlt es sich diesmal so holprig an?

Ich mache weiter, knöpfe Oliver das Hemd auf. Ich küsse seine nackte Brust, stelle mich auf die Zehenspitzen, mache an seinem Hals weiter. Ich wage einen Blick in sein Gesicht, aber sein Lächeln ist längst erloschen, und sein Kiefer ist angespannt. Statt der gewohnten Zärtlichkeit ist da nichts als Wut. Anstatt meine Küsse zu erwidern, packt er mich grob an den Schultern und dreht mich um. Er presst die Hände rechts und links von mir an die Wand und drängt sich an mich.

«Warum jetzt? Warum ausgerechnet heute, Diana?» Seine Stimme zittert. «Was soll das?» Er will mich nicht wollen.

Ich hebe das Kleid an, lade ihn ein, es mit mir zu machen. Ich höre ihn ausatmen. Ich lasse zu, dass er meinen Slip zur Seite schiebt, und bin immer noch bestürzt darüber, wie aufgebracht er offensichtlich ist. So ist unser Sex doch gar nicht. Oliver fickt mich nicht im Stehen gegen Wände. Als er mir das Knie zwischen die Schenkel schiebt, um meine Beine zu spreizen, keuche ich auf.

«Oh, Oliver», stöhne ich, doch er hält mir den Mund zu. Ich wende den Kopf, um ihn anzuschauen. Ich muss sein Gesicht sehen. Ich muss ihm in die Augen schauen, aber er hält den Blick gesenkt, schaut sich selbst dabei zu, wie er von hinten in mich eindringt.

Es ist ein überraschendes Gefühl, vom eigenen Ehemann gefickt zu werden, der aber nichts mehr mit dem eigenen Ehemann zu tun hat. Sein Schwanz ist hart, und seine Bewegungen sind voller Leidenschaft. An ihm gibt es nichts Zögerliches. Er zerrt an meinem BH, bis die Brüste herausrutschen, und kneift mir fest in den rechten Nippel, rollt ihn zwischen

Daumen und Zeigefinger hin und her. Ich drehe den Kopf zur Seite, damit er mein Stöhnen sieht. Aber Oliver ist wütend. Er will nicht, dass ich vor Lust stöhne. Er winkelt mein rechtes Bein an und stößt noch tiefer in mich. Ich soll seine Macht spüren. Seine feuchten Lippen liegen auf meinem Hals, der Geruch seines Champagneratems steigt mir in die Nase. Und dann ist da ein scharfer Schmerz am Ohrläppchen, als seine Zähne sich in meine Haut graben. Ich keuche auf, weiß nicht, ob mir der Schmerz nicht womöglich zu viel ist. Aber ich bin nass. So nass, dass ich hören kann, wie sein Schwanz schmatzend in mich rein- und wieder rausgleitet. «Fuck!» Oliver brüllt beinahe. «Fuck!»

«Mach», keuche ich. «Fick mich.» Er presst mich mit seinem ganzen Gewicht gegen die Wand, meine Brüste sind an die karierte Tapete gequetscht. Als er schneller wird, recke ich ihm mein Becken entgegen, bis seine Bewegungen sich anfühlen wie Hammerschläge und ich auf dem schmalen Grat zwischen Schmerz und Lust balanciere. Dann verändert Oliver blitzschnell die Position. Er zieht seinen Penis aus mir heraus, greift nach mir und schubst mich aufs Bett. Ich lande auf den Knien. Er kniet hinter mir, zieht mir den Slip auf die Knöchel runter und dringt wieder in mich ein. «Fester», flüstere ich. «Noch fester.» Oliver hält sich am Kopfteil fest und tut, was ich sage. «Jetzt?», keucht er. Bevor ich antworten kann, spüre ich ihn in mir zucken, und er kommt, wie er noch nie gekommen ist.

Als er ihn rauszieht, drehe ich mich zu ihm um, und endlich gelingt es mir, ihm in die Augen zu sehen. Ich bin sprachlos, und das liegt nicht an der Lust, die wir beide erlebt haben. Ich weiß einfach nicht, was ich zu dem Mann sagen soll, der mich von hinten gefickt und mir jeden Blickkontakt verweigert hat. Eilig zieht Oliver den Reißverschluss zu und schließt die Hemdknöpfe. «Wir sollten wieder runtergehen», sagt er kalt. Was für eine seltsame Reaktion auf ein ganz und gar seltsames Erlebnis. Verdattert stimme ich zu. «Klar.» Ich zupfe mir das Kleid zurecht. «Gehen wir.»

Auf dem Weg zurück an die Bar wird Oliver von ein paar Investmentbankern aufgehalten. Ich mache mich auf die Suche nach einem ruhigen Ort, um zu verdauen, was eben passiert ist. Ich schließe mich in einem Gästebad ein. Hier ist es ordentlich und sauber, und an den Wänden hängen Meereslandschaften.

Es gelingt mir nicht, meinen Atem zu beruhigen. In dieser Umgebung, inmitten von Vivians flauschigen, zum Vorleger passenden Handtüchern, ist schwer vorstellbar, dass jemand, der hier lebt, jemals zu kämpfen hat.

Ich frage mich, ob Oliver nach mir sucht. Aber tief in meinem Herzen weiß ich, dass er es nicht tut.

Schließlich verlasse ich das Gästebad und mache noch eine Stunde Small Talk. Als Oliver und ich uns irgendwann wieder über den Weg laufen, beschließen wir, nach Hause zu fahren.

Zu Hause ist alles still. Ich unterdrücke das Bedürfnis, ihn zu fragen, was er denkt, möchte das, was in seinem alten Kinderzimmer passiert ist, in etwas Positives umdeuten. Ich will so gerne glauben, dass es ein Schritt vorwärts gewesen ist.

Oliver fährt die Babysitterin nach Hause, dann legt er sich zu mir ins Bett.

Ich frage ins Dunkel hinein: «Weißt du noch, was du vor ein paar Wochen zu mir gesagt hast?» Ich kann nicht anders. Ich muss wissen, wo wir stehen. «Über den Treibsand. Hast du immer noch das Gefühl, dass wir ...»

«Diana.» Er lässt mich nicht mal ausreden. «Bist du nicht müde? Lass uns einfach nur hier liegen.» Er dreht sich auf den Rücken. «Ich habe noch nicht rausgefunden, wo wir stehen.»

Mein Herz pocht wie wild. «Aber das müssen wir.»

«Nicht heute Nacht.» Er steht auf und nimmt seine Bettdecke. Er wird auf der Couch schlafen.

«Vielleicht sollten wir eine Beziehungspause einlegen», sage ich in dem verzweifelten Bedürfnis, irgendwie mit ihm in Kontakt zu bleiben, und bedaure es augenblicklich.

«Du willst eine *Beziehungspause*?» Er sieht mich an. «Diana, wir sind kein Liebespaar. Wir sind verheiratet.»

Es funktioniert. Er ist in Kontakt mit mir. Und jetzt? Weiß ich nicht, was ich damit anfangen soll. Ich hab seine Aufmerksamkeit gerade erst bekommen und möchte sie am liebsten sofort wieder loswerden. «Es muss sich was ändern. Vielleicht müssen wir an unserer Beziehung kräftig rütteln. Wie wäre es, ein paar Wochen lang eine Pause einzulegen, um herauszufinden, was wir wirklich fühlen?» Dabei denke ich nicht so sehr an die Worte, die da aus meinem Mund rauspurzeln, sondern vielmehr an die Reaktion, die ich mir von ihm wünsche. Dass er aus seiner Gefühlskälte herausgerissen wird und wieder zu sich kommt. Dass er mich an sich zieht und in die Arme nimmt. Dass wir beide gleichzeitig anfangen, zu sprechen und einander um Verzeihung zu bitten.

Aber nichts davon passiert. «Okay.»

«Okay?», wiederhole ich in die Dunkelheit hinein.

«Ja.» Er tastet suchend nach seiner Hose. «Lass uns eine Pause einlegen. Das ist alles zu viel.»

Ich knipse die Nachttischlampe an, und wir kneifen die Augen zusammen. Das ist alles völlig aus dem Ruder gelaufen. «Was soll ich Emmy sagen?»

«Ist Emmy der einzige Grund, warum du noch hier bist? Emmy und das hier?» Oliver macht eine ausladende Bewegung, die unser Schlafzimmer meint, unser Haus. «Würdest du ohne das alles noch mit mir zusammen sein wollen?»

Seine Worte bleiben eine Sekunde zu lange unbeantwortet. Der Gedanke, eine derartige Wahl treffen zu müssen, verunsichert mich – der Gedanke, überhaupt eine Wahl zu haben. «Ich würde mir unser Leben niemals wegwünschen.»

«Genau das ist das Problem. Unser Leben würdest du dir niemals wegwünschen. Nur mich.»

«Oliver.» Mir wird schlecht. «Nein. Du verdrehst alles …»

«Diana. Du hast recht. Wir brauchen Raum. Mir sind die Ideen ausgegangen.» Er wirkt plötzlich ruhig, als hätte er endlich eine unliebsame Aufgabe von seiner To-do-Liste abgehakt.

«Wo gehst du hin?»

«Ich weiß es nicht.» Er holt seine Laufschuhe, setzt sich auf die Bettkante und schnürt sie zu. «Ins Hotel. Ich glaube, das ist eine gute Idee. Wir nehmen eine Auszeit. Ein paar Wochen, einen Monat. Schauen, was passiert.»

Mein Mund ist wie ausgedörrt. Ich unternehme noch einen Versuch. «Aber Emmy …»

«Ich gebe dir recht – ich glaube, diese Version von uns ist für sie nicht gesund. Ich werde sie weiter von der Schule abholen und nach Hause bringen.»

«Und die Wochenenden?» Was stellt man in so einer Situation für Fragen? Welche Frage ist die richtige, um den Fluch zu bannen – welches ist die Frage, die uns beiden klarmacht, wie albern das alles ist – das sind doch nicht wir, an diesem Punkt stehen wir nicht – noch nicht.

«Ich weiß es nicht, Diana. Wir lassen uns was einfallen.»

«Warte …»

«Was?» In seiner Stimme ist keine Kälte mehr, sondern Qual.

«Gehst du jetzt? Einfach so?»

«Ja. So funktioniert eine Beziehungspause. Einer geht.»

«Was ist mit …?»

Ich verstumme, und wir sagen beide nichts mehr.

Er steht in der geöffneten Tür und fühlt sich unendlich weit weg an.

«Bis dann.»

«In welches Hotel gehst du?»

Er zuckt die Achseln und lächelt traurig. «Irgendwohin. Aber nicht ins Rosevale.» Er nimmt das Sweatshirt vom Haken an der Schlafzimmertür. Er bleibt nicht noch einmal stehen, dreht sich nicht noch einmal um, zieht nur leise die Tür hinter sich zu. Ich lausche seinen Schritten auf der Treppe, höre die Autotür zuschlagen und dann, wie er wegfährt.

«Das war's also?», frage ich die geschlossene Schlafzimmertür.

Kapitel 23

Eric kommt mit der nächsten Runde an unseren Tisch getänzelt. Er singt einen Billy-Idol-Song, der mindestens zehn Jahre älter ist als er selbst. «In the midnight hour, she cried more, more, more!», singt er und ergänzt: «More Drinks, die Damen!» Mit großer Geste stellt er L'Wren ein Glas Rosé hin und mir einen Martini-Cocktail, so schwungvoll, dass es auf den Tisch spritzt. «Was essen wir denn heute Abend, Ladys? Das Übliche?»

«Honey, ich glaube, wir brauchen noch einen Moment.» Die ersten paar Male, als Eric an unseren Tisch getänzelt kam, reagierte L'Wren noch mit einem lieblichen Lächeln, aber inzwischen klingt sie genervt. «Das war eine ernsthafte Frage», sagt sie, sobald er weg ist. «Glaubst du, so was macht ihn an?»

Ich muss lächeln, zum ersten Mal, seit wir uns hingesetzt haben. Ich bin froh darüber, dass ich mich ihr endlich anvertraut habe. Und jetzt sitzen wir hier bei P.F. Chang's, sehen aus wie zwei hoffnungsfrohe Kandidatinnen eines Onlinedating-Portals und ertränken meine Eheprobleme in Alkohol.

L'Wren schwenkt ihr Weinglas. «Stripperinnen also? Darauf steht er, oder was?»

Ich nehme achselzuckend einen tiefen Schluck. Ich trinke viel zu schnell. Mein Schädel surrt von der Geräuschkulisse im Lokal und Erics Geträller am Nachbartisch. Ich erzähle ihr, wie Oliver an dem einen Abend aus dem Strip-Club nach Hause kam und stank wie eine Duftkerze.

«Und der Arsch hat nicht mal den Anstand besessen, erst mal zu duschen? Obwohl er aus so einem Etablissement kam?»

«Nein.»

«Scheiße, Oliver! Er ist doch einer von den *Netten*!»

«Tja ...» Ich weiß, dass ich ihr eigentlich die ganze Geschichte erzählen sollte. Dass ich zusammen mit Oliver in den Strip-Club gefahren bin und die schlimmen Dinge, die wir einander an den Kopf geworfen haben. Aber der armselige, verzweifelte Wunsch, L'Wren ganz auf meiner Seite zu haben, lässt mich schweigen. Ich will in ihren Augen die Frau bleiben, die L'Wren in mir sieht – eine grundanständige Person, die vom Leben dasselbe will wie sie.

Ich will ihr gerade von meinen Plänen für die Dirty-Diana-Website erzählen, da schüttelt sie den Kopf. «Alle haben Geheimnisse. Niemand kennt einen anderen jemals wirklich», sagt sie leise, wie tief in Gedanken.

Eine Woche nachdem Oliver ins Hotel gezogen war, versuchten wir unbeholfen, Emmy zu erklären, was los war. Ich hatte mich für die ganze Woche krankgemeldet, teils weil ich zu deprimiert war, um mich auch nur anzuziehen, und teils weil ich es nicht ertragen hätte, den Leuten im Büro unter die Augen zu treten.

Am Ende der ersten Woche, als klar war, dass Oliver übers Wochenende nicht nach Hause kommen würde, setzten wir uns mit Emmy im Wohnzimmer aufs Sofa. Wir erzählten ihr, dass wir gemeinsam bei einer Beraterin seien, die uns helfen würde, «unsere Probleme zu lösen».

«Daddy nimmt sich eine Auszeit», sagte ich.

Oliver sah mich böse an. «*Wir* nehmen uns eine Auszeit. Das bedeutet für dich, dass ein paar Sachen anders laufen und dass du künftig sogar unter zwei Dächern lieb gehabt wirst.»

Den Satz hatte er offensichtlich gegoogelt.

«Was ist eine Eiszeit?» Emmy sah uns zweifelnd an.

Ich wandte mich mit demselben fragenden Blick an Oliver. Mein Vorschlag mit der Beziehungspause war dazu gedacht gewesen, mit vehementem Protest vom Tisch gefegt und schleunigst wieder vergessen zu werden, aber je länger sie anhält, desto bedrohlicher wirkt sie auf mich.

«Auszeit bedeutet», sagte Oliver, «dass deine Mama und ich eine kleine Pause miteinander einlegen. Aber wir haben dich beide sehr, sehr lieb und werden immer deine Eltern sein, egal was zwischen uns auch passiert. Du wirst in unserem Leben immer der wichtigste Mensch der Welt bleiben.»

Wieder sah Emmy uns beide an. Sie war kurz still, dann sagte sie: «Kann ich jetzt rauf zum Spielen?»

Ich habe die letzten Wochen damit verbracht, ihre Zeichnungen zu durchforsten, auf der Suche nach dem versteckten Schmerz in ihren Regenbögen und Schmetterlingen, aber falls da was sein sollte, kann ich es nicht finden. Irgendwann kehrte ich ins Büro zurück, und sie ist immer noch fröhlich wie eh und je und summt vor sich hin und scheint gar nicht zu registrieren, ob Oliver mit uns zu Abend isst oder nicht.

«Also!» L'Wren holt mich in die Gegenwart zurück. «Wie lautet der Plan?» Sie winkt Eric an unseren Tisch und bestellt Chicken Wraps. «Wenn du die Scheidung willst, besorge ich dir die beste Anwältin von Dallas. Die Frau ist ein Tier. Wenn du Oliver zurückwillst, setze ich ihn unter Drogen und sperre ihn so lange mit einer Horde hungriger Kätzchen in meinen Katzenkäfig, bis er wieder bei Sinnen ist.»

Tja. Was will ich? Ich starre das Glas an, das vor mir steht. Es verschwimmt hinter meinen Tränen. Doch eins weiß ich: Ich wollte Sicherheit und Stabilität und habe mir mit der Entscheidung für Oliver und diese Stadt und unser Haus und meinen Job das sicherste und stabilste Fundament gebaut, das ich mir bauen konnte. Keine Umzüge von einem miesen Apartment ins nächste mehr, keine wütenden Vermieter und Schuldeneintreiber. Emmy sollte niemals die Luft anhalten müssen, wenn sie auf den Lichtschalter drückt, in der Hoffnung, dass der Strom nicht abgeschaltet ist, oder sich auf Zehenspitzen über das verminte Gelände der Stimmungsschwankungen ihrer Mutter bewegen müssen.

«Ich will keine Scheidung», sage ich. «Ich will mein Leben zurück.»

«Okay. Okay.» L'Wren sieht aus, als würde sie meine Entscheidung durch ihr System laufen lassen. «Du musst auf ihn zugehen. Die Initiative muss von dir kommen, und du musst dich offenbaren. Du musst deinen Stolz runterschlucken und zu seiner Wohnung fahren und ihm sagen, dass du willst, dass er zurückkommt. Dass du ihn brauchst. Das Wort *brauchen* musst du möglichst oft in deine Rede einbauen, weil Männer total darauf abfahren.»

Das Wort *Wohnung* irritiert mich. Oliver wohnt im Hotel. Vorübergehend. «Welche Wohnung?»

«Oh, Scheiße! Scheiße, Scheiße, Scheiße! Ich blöde Kuh. Es tut mir so leid, Diana. Ich dachte, du wüsstest das mit der Wohnung?»

«Welche Wohnung?», wiederhole ich.

«Kev und Oliver waren neulich was trinken. Kev hat mir hinterher erzählt, Oliver hätte sich in der Innenstadt eine Wohnung genommen, weil das Hotel auf Dauer ein Vermögen kostet. Ich fasse es nicht, dass er dir nichts davon erzählt hat.»

Atmen, befehle ich mir.

«Das ist ganz bestimmt eine dieser traurigen Bruchbuden, in denen geschiedene Väter leben, und dadurch vermisst er dich nur noch mehr. Also, bitte, besuch ihn in seiner miesen möblierten Absteige. Zieh dir einen Trenchcoat an mit nichts darunter. Ich bin mir sicher, er weiß nicht mehr, was ihn eigentlich geritten hat, und kommt im Nullkommanix zu dir zurück. Vorausgesetzt, es ist das, was du willst.»

Ich sehe L'Wren dabei zu, wie sie Kevin eine Nachricht schreibt und um Olivers neue Adresse bittet, angeblich, um ihm zum Einzug eine Topfpflanze vorbeizubringen. Die Wahrheit lautet, ich weiß nicht, was ich will. Ich weiß nur, dass dieser Schwebezustand, in dem wir uns befinden, unerträglich ist. Ich muss ständig an die Seelen denken, die im Zwischenreich gefangen sind – die weder in den Himmel noch in die Hölle können, weil sie auf Erden noch etwas zu erledigen haben. Ich brauche die Gewissheit, dass ich alles versucht habe, um meine Ehe zu retten, ehe ich akzeptieren kann, dass es aus und vorbei ist.

Also sage ich L'Wren, ich will sofort zu ihm fahren, um ihm zu sagen, wie ich mich fühle. Sie bietet mir an, mich hinzubringen, und unterwegs wird mir bewusst, wie betrunken ich bin. Ich bin L'Wren sehr dankbar, dass sie mich fährt. Mein Körper fühlt sich wattig an von drei Martini-Cocktails und zu wenig Essen. Um meine Nerven zu beruhigen, stelle ich mir vor, wie es sein wird: Olivers anfängliche Irritation über mein plötzliches Auftauchen weicht Erregung. Ich muss gar nichts sagen. Er sieht mich vor seiner Wohnungstür stehen und nimmt mich in die Arme. Er zieht mir die Bluse aus und lässt sie auf den Boden gleiten. Die Tatsache, dass ich keinen BH trage, wirkt geplant und ist nicht die traurige Folge dessen, dass ich eine deprimierte Frau bin, die sich kaum noch die Mühe macht, sich richtig anzuziehen, wenn sie aus dem Haus geht.

Ich stelle mir vor, wie Oliver sich hastig auszieht, dann stehen wir beide nackt voreinander und betrachten uns gierig und voller Liebe. Nach dem Sex bitte ich ihn um Verzeihung, weil ich ihn abgewiesen habe und weil ich diesen Vorschlag mit der Beziehungspause je gemacht habe. Er sagt, dass er bereit ist, wieder nach Hause zu kommen, dass er so nie leben wollte. Wir kriegen das hin.

Oder?

Schon als wir ankommen, werden mir schlagartig die Schwachstellen meines Plans klar. Das Gebäude ist völlig anders als in meiner Vision. Ich hatte mir ein altes Ziegelhaus vorgestellt, mit versifften Balkonen vielleicht, die auf einen vernachlässigten Pool hinausgehen, mit dem die Bewohner, hauptsächlich geschiedene Männer, jedes zweite Wochenende versuchen, ihre Kinder zu locken.

Dieses Haus dagegen sieht nagelneu aus. Es besteht aus fünf Stockwerken, die in den unterschiedlichsten Winkeln übereinanderstehen, damit die riesige Teakholzterrasse jeder einzelnen Wohnung auch richtig zur Geltung kommt. Selbst im Dunkeln ist zu erkennen, wie schön die umliegenden Gartenanlagen gestaltet sind, überall Blumenbeete, die gerade verwildert genug sind, um natürlich und anziehend zu wirken. Ein von Lichterketten beleuchteter Steinweg führt durch den Vorgarten zur verglasten Lobby.

«Komm, wir fahren nach Hause», sage ich zu L'Wren. «Das ist keine gute Idee.»

Ungläubig mustert L'Wren das Gebäude. «Für wen zum Teufel hält der sich? Don Draper? Jimmy Locker? Johnny Cool? Wir fahren hier garantiert nicht wieder weg. Du gehst da jetzt rein.»

Innen kommt ein junges Paar auf die verglaste Eingangstür zu, und L'Wren schubst mich aus dem Auto, damit ich in die Lobby gelangen kann, ohne dass ich irgendwo klingeln muss. «Du kannst das! Ruf mich morgen an. Postkoital», ruft sie mir nach.

Ich fahre mit dem Aufzug in den obersten Stock und klopfe an Olivers Tür. Dann warte ich eine gefühlte Ewigkeit. Ich klopfe noch einmal. Es ist zwar erst halb zehn, aber vielleicht schläft er ja trotzdem schon. Dann höre ich Schritte. Oliver macht auf. Er trägt ein eng anliegendes T-Shirt und eine schwarze Jeans. Die Sachen habe ich noch nie an ihm gesehen.

Ich schaue lächelnd zu ihm hoch. Ich hatte mir im Auto noch schnell die Lippen geglosst und war mir mit den Fingern durch die Haare gefahren in der Hoffnung, zerzaust auszusehen – sexy zerzaust, nicht völlig durch den Wind.

Oliver sieht mich durch zusammengekniffenen Augen an, als stünde ich im Gegenlicht. «Diana? Was machst du denn hier? Wo ist Emmy?»

«Bei L'Wren. Kevin ist mit den Mädels ins Kino gegangen.»

«Oh. Ich ...» Oliver sieht sich kurz um.

«Kann ich reinkommen?» Ich schlüpfe an ihm vorbei, streife wie aus Versehen mit meinen Brüsten seinen Oberarm.

«Ich wusste nicht, dass du kommst. Habe ich dir die Adresse gegeben?»

«Ich muss dir was sagen. Ich hoffe, das ist okay?» Die Eingangstür führt direkt ins Wohnzimmer, zur Rechten liegt eine Küche. Die Wohnung wirkt klein, aber wohnlich, mit hellen Holzböden und offenen Deckenbalken. Ich hatte eher auf was Provisorisches gehofft, mit einer Matratze auf dem Fußboden. «Wie hübsch», sage ich fröhlich. «Viel besser als ein Hotel», füge ich hinzu, damit er weiß, dass ich ihm keine Vorwürfe machen werde, weil er mir nichts davon gesagt hat.

«Mir gefällt's.» Oliver bleibt seltsam ratlos im Flur stehen. Hinter ihm höre ich Wasser laufen. Es klingt wie eine Dusche. Das Wohnzimmer führt direkt auf die Terrasse hinaus. Die Glasschiebetüren sind weit geöffnet. Draußen ist ein kleiner Tisch mit zwei Stühlen zu sehen. Und zwei leere Weingläser.

Als ich mich mit fragendem Blick zu ihm umdrehe, hat er die Antwort schon parat. «Ich hatte Besuch. Wir haben nur kurz was getrunken. So wie du, oder? Kann es sein, dass du was zu essen brauchst? Wir könnten zu Delmonico's gehen.»

«Es ist schon spät.»

«Stimmt. Du hast recht. Wie wär's mit Sam's? Die haben immer ziemlich lange warme Küche.»

«Wir können hierbleiben.» *Bloß keinen Druck erzeugen,* ermahne ich mich. Ich darf auch auf keinen Fall verletzt wirken und damit alles kaputtmachen – ich muss fröhlich und locker rüberkommen. Natürlich will ich wissen, wer zu Besuch war, aber ich werde ihn nicht danach fragen. «Los, geh duschen. Ich hör doch das Wasser laufen. Wir können reden, wenn du fertig bist.» Ich bin versucht, ihm meine Begleitung anzubieten, aber der Anblick der beiden Weingläser hat mich ernüchtert.

«Okay. Gib mir fünf Minuten.»

Während ich warte, drehe ich eine Runde durchs Wohnzimmer. Auf einem Beistelltisch entdecke ich ein Foto von Emmy mit vier, lange Gliedmaßen, große Schneidezähne.

Mit dem Foto in der Hand gehe ich Richtung Bad. «Wo hast du dieses Bild her, Oliver? Das hab ich ja seit Ewigkeiten nicht gesehen?» Mir fällt wieder ein, dass das Bild von einem Vater-Tochter-Campingtrip stammt. Sie waren von Mückenstichen übersät wieder nach Hause gekommen, und Emmy hatte strahlend verkündet, sie sei vom allerhöchsten Felsen aus in den Fluss gesprungen. Ich weiß noch, wie Oliver kopfschüttelnd hinter ihr gestanden und mir lautlos *«So hoch auch wieder nicht»* zugerufen hatte, um mich zu beruhigen. «Ich liebe dieses Bild, Oliver. Wo hast du das gefunden?»

Und dann sehe ich auf der Sofalehne einen grauen Cowboyhut aus Filz mit pinkfarbener Feder liegen. Raleighs Hut.

Meine Beine geben nach, und ich muss mich an die Wand

lehnen. Hat Raleigh mit ihm Wein getrunken? Versucht Oliver deshalb, mich aus der Wohnung zu kriegen? Steht sie unter seiner Dusche? *Hau ab! Sofort!*, sagt meine innere Stimme. *Geh, bevor du sie sehen musst.* Emmys Foto gegen die Brust gepresst, eile ich zur Tür. Mein Herz rast wie verrückt. Doch ich bin nicht schnell genug.

«Diana?» Raleighs Stimme in meinem Rücken ist leise.

Diese Situation ist so weit von meinem Wunschtraum entfernt, dass ich mir vorkomme, als wäre ich in den Wunschtraum von jemand anderem hineingestolpert. Jemand mit einem grausamen Sinn für Humor.

«Hey!» Raleigh kommt näher, doch ich kann nur den Kopf schütteln. Ich versuche verzweifelt, die Wohnungstür zu öffnen. Das Ding hat ungefähr vier zusätzliche Riegel, und keiner scheint zu funktionieren.

«Es ist der oberste, Diana», sagt sie sanft. «Du musst nur ziehen.»

«Bitte sprich mich nicht an. Bitte nicht.» Meine Hände zittern so heftig, dass mir der Bilderrahmen aus der Hand rutscht und zu Boden fällt.

«Woher wusstest du eigentlich, wo ich bin?» Plötzlich ist Oliver wieder da. Er hebt den Bilderrahmen auf.

«Fick dich, Oliver, wir sind *verheiratet*!» Meine Vision von der fröhlichen, lockeren, ach so nachsichtigen Diana hat sich endgültig in Luft aufgelöst.

Oliver klebt das T-Shirt am Leib, und ich weiß nicht, ob es von den Duschschwaden im Bad kommt oder von seinem Angstschweiß. Jedenfalls ist der Körper, der sich darunter abzeichnet, mir unvertraut, muskulös und hart.

«Ich tue nichts Falsches», sagt er abwehrend. «Du warst damit einverstanden.»

«Wir waren vor ungefähr dreißig Sekunden noch zusammen, Oliver, und nein, ich war nie damit einverstanden, dass du meine Freundin vögelst.»

«Darüber sprechen wir in der Therapie. Ich werde das nicht mit dir allein bereden.»

Ich schwöre, dass ich sehe, wie er Raleigh einen Blick zuwirft – als wäre sie die Trainerin an der Seitenlinie. «Das ist zu toxisch.»

«Toxisch? O Gott!» Ich verdrehe die Augen in Richtung Decke, ein stummes Stoßgebet, der Himmel möge sich auftun und mir zwei göttliche Greifarme schicken, die mich hier rausholen. Oder zumindest die verfickte Wohnungstür aufsperren.

«Diana, bitte. Bleib hier und lass uns darüber reden», sagt Raleigh.

Um mich dreht sich alles. Es gelingt mir gerade noch, Oliver den Rahmen mit dem Foto aus der Hand zu reißen und endlich zur Tür rauszustürmen. Diesmal nehme ich die Treppe, Stockwerk für Stockwerk, und renne raus in die Nacht. Hinter mir kann ich Olivers Schritte hören. *Jetzt nimmt er mich in die Arme. Jetzt merkt er endlich, dass er einen Fehler gemacht hat.*

«Diana! Diana, bleib stehen. Du bist schließlich hergekommen.» Auf dem Parkplatz hat er mich eingeholt. Er packt mich an der Schulter. «*Du* hast *mich* verlassen!»

«Ich weiß. Der Vorschlag mit der Beziehungspause war ein Fehler. Aber ich wusste nicht mehr weiter. Ich hätte nie gedacht, dass du damit einverstanden wärst.»

Oliver sieht mich forschend an, aber ich habe keinen blassen Schimmer, wonach er in meinem Gesicht sucht, und wenn, würde es mir nicht gelingen, die passende Miene aufzusetzen. «Davon spreche ich nicht, Diana. Du hast mich vor *Monaten* verlassen. Ich wollte nichts so sehr, wie dir nahe zu sein. Ich hätte *alles* für dich getan, Diana. Alles.»

Ich lasse die Schultern hängen. Mein Kampfgeist hat mich verlassen. «Sag ihr, sie soll gehen, und lass uns reden. Nur du und ich.»

Oliver lässt mich los. Er schaut auf seine Hände. «Das geht nicht.»

Ich weiche zurück, als hätte er mir einen Stoß versetzt. Oliver sieht so lieb und unschuldig aus wie eh und je, aber dieser Mann ist nicht mehr der Mann, den ich zu kennen glaube. «Dann geh wieder rauf», sage ich. «Aber wage es ja nicht, zu glauben, du wärst in dieser ganzen Scheiße hier der *Gute*. Denn das bist du nicht.»

«Diana ...»

«*Was!*» Meine Haut brennt. Ich habe das Gefühl, in Flammen aufzugehen.

Ich mache auf dem Absatz kehrt und stürme über den Parkplatz, was sinnlos ist, weil ich nicht mit dem Auto hier bin, aber das weiß Oliver nicht. Ich warte darauf, dass er mir auch diesmal folgt, weil ihm klar ist, dass ich zu betrunken bin, um noch zu fahren, dass er sich sorgt, wie ich nach Hause kommen soll.

Nach kaum fünf Schritten kann ich seine Abwesenheit spüren. Ich drehe mich um, und er ist nicht mehr da.

Fuck! Fuck, Fuck, Fuck! Ich überlege, ob ich L'Wren anrufen soll, aber das wäre zu demütigend. Ihre Erwartungen an diese Nacht waren wahrscheinlich noch größer als meine. Ich ziehe mein Telefon aus der Tasche und ordere ein Taxi. Neun Minuten Wartezeit. *Scheiße.* Mücken umkreisen meinen Kopf, und ich erschlage eine, die auf meinem Nacken landet, und eine zweite auf meinem Arm. Neun Minuten reichen, um hier draußen bei lebendigem Leib gefressen zu werden. Ich gehe zurück, in der Hoffnung, in der Lobby warten zu können. Aber die Tür ist zu. Natürlich. Ich stelle mir die extrem peinliche Situation vor, bei Oliver zu klingeln, um zu fragen, ob ich im Haus warten kann. Das wäre das perfekte Ende für diesen Horrorabend. Ich lehne mich gegen die gläserne Eingangstür. In meinen Augen brennen Tränen. Minuten dehnen sich zu Stunden, und plötzlich klopft von innen jemand leise gegen die Scheibe. Ich zucke zusammen und drehe mich um. Raleigh steht vor mir, in Turnleggins und einem hellrosa Sport-BH. Falsch gedacht. Der Abend kann tatsächlich noch schlimmer enden.

Sie öffnet mir die Tür und sieht das Telefon in meiner Hand. «Soll ich dich fahren?»

«Nein.» Die Frau, die ich für meine Freundin gehalten habe, die ich getröstet und der ich meine Geheimnisse anvertraut habe, hat meinen flammenden Zorn erstickt.

«Es tut mir so leid», sagt Raleigh. «Ich weiß, das war echt schräg. Aber falls dich das tröstet, meistens reden wir nur.»

Meistens. Ich verbiete mir, zu weinen. «Was willst du von mir?»

«Wir können trotzdem Freundinnen sein.»

Ich hätte am liebsten gelacht. «Ich glaube nicht, Raleigh. Wir waren von Anfang an keine Freundinnen.»

«Ich habe nicht damit gerechnet, dass zwischen uns was passieren würde. Aber wir waren beide so ... einsam. An dem Morgen damals bei euch, als wir zusammen laufen waren, ist uns klar geworden, wie sehr wir einander brauchen. Und jetzt gehen wir oft zusammen laufen.»

«Raleigh. Oliver und ich sind immer noch verheiratet.» Ich sehe das Taxi-Symbol auf meiner App langsam in meine Richtung kriechen und beschließe, an der nächsten Ecke zu warten. Hauptsache, weg von hier.

«Das ist echt unfair, Diana. Der einzige Grund, warum du ihn plötzlich wieder willst, ist, dass jemand anders ihn will.

Wieso gibst du nicht einfach zu, dass es zwischen euch aus ist?»

«Ist das dein Ernst? Wir machen gerade eine schwere Zeit durch, und du trägst das Deine dazu bei. Wenn du tatsächlich eine Freundin wärst, hättest du dir einen anderen Ehemann gekrallt.»

Sie wirkt verletzt. «Weißt du was? Ich möchte nicht, dass du mit meiner Geschichte irgendetwas anfängst. Was auch immer du mit diesen Interviews vorhast, das hat nichts mit Kunst zu tun.»

Unfassbar. Ich hatte sie nie auch nur gefragt, ob ich sie interviewen darf. «Weißt du was, Raleigh? Das ist mir scheißegal. Bleib mir vom Leib.»

«Weiß Oliver das?»

«Was?»

«Weiß er das mit deinen Interviews?»

«Gute Nacht, Raleigh.»

«Aha. Also nicht. Tja, kleiner Tipp von mir. Ich an deiner Stelle würde das alles lieber für mich behalten. Denn ich glaube nicht, dass Oliver zu einer Frau zurückkehren würde, die im Porno-Business ist.»

«Oh, Raleigh!» Ich drehe mich um, marschiere los und halte im Weggehen den ausgestreckten Mittelfinger hoch.

In meinen Schläfen pocht es dumpf, und Tränen brennen mir in den Augen. Die Scheinwerfer meines Taxis kommen direkt auf mich zu, und ich stolpere ihm entgegen. Einen sehr langen Augenblick bin ich mir nicht sicher, ob der Fahrer mich aus der Dunkelheit kommen sieht oder nicht.

Kapitel 24

Mein Telefon vibriert bereits zum fünften Mal, und diesmal nehme ich es doch zur Hand, für den Fall, dass Oliver mich erreichen will oder die Schule oder es sonst wie um Emmy geht. Ich scrolle mich durch die verpassten Anrufe, aber Oliver ist nicht dabei. Sie stammen von L'Wren und zwei anderen Fahrgemeinschaftsmüttern. Ich rufe L'Wren sofort zurück.

«Ach, Süße, warum gehst du denn nicht ans Telefon? Ich versuche schon die ganze Zeit, dich zu erreichen.»

«Ist alles okay? Ist dir was passiert?»

«O Gott. Keine Ahnung, wo ich anfangen soll.»

«Du machst mir Angst, L'Wren.»

«Ich glaube, es ist besser, ich komme bei dir vorbei.»

Kurz darauf steht L'Wren vor meiner Haustür, in Kunstlederleggins und mit ihrer üblichen Riesensonnenbrille. Sie senkt langsam die Brille, und darunter kommt ein dickes Veilchen zum Vorschein.

«Hilfe! Was ist passiert?»

«Ich hab in der Hol-und-Bring-Spur ein bisschen Rabatz gemacht. Ich konnte nicht anders. Raleigh hat es nicht kommen sehen.»

«Du bist in der Hol-und-Bring-Spur auf Raleigh losgegangen?»

«Auf sie losgegangen? Nein, nein, nein, nein.» Sie schüttelt den Kopf. «Ich habe ihr nur eine Ohrfeige verpasst.»

«L'Wren!»

«Wenn die Alte glaubt, sie könnte sich einfach so an den Ehemann meiner BFF ranwanzen wie bei den *Real Housewives*, hat sie sich geschnitten. Sicher nicht. Nicht mit mir. O no.» Sie streicht sich das T-Shirt glatt.

Ich mustere sie, sie wirkt ernst und aufrichtig zornig. L'Wren, Beschützerin aller geschundenen, streunenden, abgemagerten, elenden Kreaturen, hat sich für mich geprügelt.

«L'Wren, ich kann nicht fassen, dass ...» In dem Augenblick, da ich den Mund aufmache, spielt sich die ganze Szene in perfekten Einzelbildern vor meinem inneren Auge ab: L'Wren steigt wutentbrannt aus ihrem Minivan. In meiner Vorstellung hat sie ein Kätzchen unter dem einen Arm und ihre Handtasche über die andere Schulter geschlungen. Das nächste Bild zeigt Raleigh.

Es ist zehn Uhr vormittags, ich bin immer noch im Schlafanzug, L'Wren steht mit einem blühenden Veilchen in meinem Wohnzimmer, und wir müssen beide so sehr lachen, dass sich mit Sicherheit eine von uns in die Hose macht.

«Was ist dann passiert?»

L'Wren baut sich vor mir auf, um es anschaulicher zu machen. «Raleigh versucht, mich zu packen, okay? Und dann geht sie mit diesen langen Krallen auf mich los und schlägt nach meinem Gesicht. Tja, du weißt ja, ich trainiere seit zwei Jahren bei Marcos diese Mischung aus Capoeira, Boxen und Modern Dance. Als Erstes kommt also ein Handkantenkinnhaken, und dann drücke ich sie gegen mein Auto.»

Ich schlage mir die Hände vor den Mund. «Nein! Und wie kommst du zu dem blauen Auge?»

«Tja. Einen Guten hat sie landen können. O ja. Der saß. Mit dem Ellbogen. Volle Kanne ins Gesicht.» L'Wren betastet behutsam die Haut um ihr Auge. «Ich fahr gleich zum Dermatologen weiter, ein bisschen Filler auffüllen, jetzt, wo ich sowieso schon ein Veilchen habe. Ach, Diana, ich wünschte, du wärst dabei gewesen. Ich weiß, dass man so was nicht macht, aber es hat sich verdammt gut angefühlt. Sie hatte einen roten Handabdruck im Gesicht. Wunderschön.»

Ich ziehe L'Wren an mich und umarme sie. «Danke.»

Sie löst sich von mir. «Meine Feinde sind auch deine Feinde. Das ist seit Jahren mein Motto.»

«So ungefähr.» Ich grinse und weiß plötzlich gar nicht, womit ich eine so tolle Freundin verdient habe.

In den nächsten Wochen bewegt sich die Zeit in seltsamen Kreisen und wie in Zeitlupe. Ich fühle mich wie aus dem Verkehr gezogen. Manchmal ist mein Lächeln echt und nicht nur für Emmy aufgesetzt. Dann wieder weine ich vor mich hin, während ich versuche, eine Scheibe Toast zu essen. Manchmal gehe ich früh ins Bett, und manchmal bleibe ich abends ewig wach und schicke Oliver peinliche Sprachnachrichten, flehe ihn an, mit mir die Therapie wieder aufzunehmen. Er ruft nie zurück, hält sich weiter stur an die Idee, dass wir beide «Raum» bräuchten. Essengehen steht auch nicht zur Debatte, als würde allein meine Nähe ihn zu sehr an unser Scheitern erinnern. Ich telefoniere jeden Tag mit Alicia, und sie ermutigt mich, unbedingt weiter Kunst zu machen – sie versichert mir, dass meine Kreativität mir helfen wird, all das durchzustehen. Ich spreche weiterhin mit Frauen für *Dirty Diana*, und mir wird klar, dass ich schon lange nicht mehr nach meinen Interviewpartnerinnen suchen muss. Jeden Tag meldet sich jemand Neues über die Kontaktadresse auf der Website.

Manchmal liege ich abends auf meinem Bett und höre mir Geschichten fremder Frauen über Liebe und Lust und Sehnsucht und Verlangen an, denke an Oliver und versuche, unsere

Geschichte zurückzuspulen, um rauszufinden, wie wir hier gelandet sind. Als ich eines Montagmorgens ins Büro komme, erfahre ich, dass er Freitag gekündigt hat. Doch anstatt vor den Kopf gestoßen zu sein, weil er nichts gesagt hat, denke ich, dass er die richtige Entscheidung getroffen hat.

Oliver ruft immer noch nicht an, aber er schickt Textnachrichten über Organisatorisches wie Abholzeiten und Freizeitanmeldungen. Ich frage was zum Sicherungskasten und was mit unserer Therapie ist. Essengehen bringe ich zur Sicherheit erst mal nicht mehr zur Sprache.

Eines Samstagvormittags bekomme ich zwei Textnachrichten: eine von Alicia und eine von Oliver. Alicia erinnert mich daran, dass ich ihr versprochen habe, einen Kontakt zu treffen, der meine Seite toll findet. Ich frage, ob sich das noch ein, zwei Wochen rausschieben lässt, aber sie bleibt hartnäckig.

Dann lese ich Olivers Nachricht.

Sorry, dass ich störe, aber Emmy schwört, du hättest gesagt, samstags darf sie zum Frühstück Cupcakes essen.

Netter Versuch, Ems.

War mir klar.

Drei Punkte verschwinden und erscheinen wieder. Dann schreibt er:

Wie geht es dir?

Was soll ich auf so eine Frage antworten?

Gut. Genieße meinen freien Samstag. Vermisse Emmy und ihre rotzfrechen Lügen.

Sie ... hat Fantasie ... Bist du zu Hause?

Willst du das wirklich wissen, oder ist dir nur langweilig?

Beides.

Ich wasche Wäsche. Räume rum. Nichts Aufregendes.

Wenigstens hast du jetzt weniger Wäsche, stimmt's?

Stimmt ... aber die Wäsche hat mir nie was ausgemacht.
Richtig.
Ich gehe davon aus, dass sich der Thread damit erledigt hat. Aber gerade als ich das Telefon weglege, vibriert es wieder.
Mir tut das alles so leid. Ist doch krass, oder?
Sehr krass.
Wieder tauchen seine drei Punkte auf. Und verschwinden. Und dann, nach einer ganzen Weile:
Vielleicht habe ich eine Midlife-Crisis?
Hast du dir einen winzigen, aber obszön teuren Sportwagen zugelegt?
Nein.
Ehe ich mich bremsen kann, fliegen meine Finger über den Bildschirm.
Einen Hummer?
Werden die immer noch gebaut?? (Nicht vergessen. Vintage Hummer googeln ...)
Hast du dich im Dōjō angemeldet?
Nein ... noch nicht?
Dann nein. Keine Midlife-Crisis. Versprochen.
Nach einer Pause schreibe ich:
Du machst einfach nur, was du machen willst.
Hat auch lange genug gedauert.
Haha.
Ich lege das Telefon weg, und nach einer Minute vibriert es schon wieder.
Möchtest du mit mir essen gehen?
Ich zögere keine Sekunde.
Ja. Heute Abend?
Wieder die drei Punkte, wieder verschwinden sie, dann, endlich:
Okay.

Während ich mich eilig für das Treffen mit Alicias Kontakt fertig mache, geht mir die Unterhaltung mit Oliver nicht aus dem Kopf. Was, wenn er mich sehen will, um mich um die Scheidung zu bitten? Aber weshalb dann beim Abendessen? Was, wenn er sich gemeldet hat, um wirklich mit mir zu reden? Was, wenn es eine Version von uns als Paar gibt, in der wir uns gegenseitig erzählen, was wir wirklich wollen? Ist es dafür schon zu spät?

Alicia hat mir einen Treffpunkt geschickt, wir wollen uns auf einen Kaffee treffen, aber als ich den Wagen parke, erschrecke ich kurz. Ich weiß gar nicht, wie ich die Frau finden soll. Ich scrolle durch die Nachrichten und sehe, dass ich nicht mal einen Namen habe.

Ich schreibe Alicia.

Wie heißt deine Bekannte? Weiß sie, wie ich aussehe?

Ich starre das Telefon in meiner Hand an, aber Alicia antwortet nicht. Es ist langsam Zeit, also betrete ich das Café. Nirgendwo sitzt eine einzelne Frau am Tisch oder sieht so aus, als würde sie jemanden erwarten, also suche ich mir einen Platz, von dem aus ich die Tür im Blick habe. Ich bestelle einen Kaffee und schaue immer wieder, ob Alicia mir geantwortet hat. Nichts.

Als das Glöckchen über der Tür bimmelt, hebe ich den Blick vom Handy und sehe, wie ein schlanker, breitschultriger Typ das Café betritt. Er hat zerzauste Haare, sein Gang ist betont langsam und lässig, und er erinnert mich an jemanden von früher.

Auch als er schon direkt auf mich zukommt, rede ich mir noch ein, dass er so was wie ein Doppelgänger sein muss, weil das Original unmöglich hier sein kann. Das Original ist anderswo, irgendwo, jedenfalls außer Reichweite.

Dann steht er vor mir, und ich schaue zu ihm hoch. «Jasper.»

Er setzt sich auf den Stuhl gegenüber, stützt die Ellbogen auf den Tisch und beugt sich vor. Er sieht mir in die Augen und lächelt.

«Diana», sagt er. «Danke, dass du dich mit mir triffst.»

Danksagung

Ein riesiges Dankeschön an: Alia Hanna Habib und Anna Worrall, das dynamische Duo unter all unseren Duos. Danke, dass ihr uns mit Scharfsinn, Geduld und Humor durch alle Drehungen und Wendungen begleitet habt; das Team bei Gernert Company, insbesondere David Gernert, Sophie Pugh-Sellers und Ellen Coughtrey; und Rebecca Gardner, die *Diana* auf derart spektakuläre Weise auf den Weg gebracht hat.

Whitney Frick, die uns mit jeder einzelnen Anmerkung, jedem Treffen und jedem Entwurf inspiriert hat und mit der wir riesiges Glück hatten – DANKE!; außerdem Rose Fox, Cindy Berman, Laurie McGee und das gesamte Team von Dial, die einen Verlag in ein echtes Zuhause verwandelt haben.

Lynne Drew und das Team bei HarperCollins UK – es ist ein Traum, in derart hervorragenden Händen zu sein!

Carin Besser, dafür, Rätsel auf poetische Weise zu lösen, und dafür, dass sie dieses Buch – und überhaupt alles – besser gemacht hat.

Demi Moore, die Diana zum Leben erweckt hat und uns auf ewig inspiriert.

Rob Herting und alle bei QCode, die uns von Anfang an so großartig unterstützt haben.

Emma Forrest für ihre tiefe Freundschaft und dafür, dass sie jederzeit bereit ist, mit uns über das Leben und ihre Sexkapaden zu plaudern.

Jen Pastiloff, für Unterstützung und Inspiration gleichermaßen.

Die Ladys unserer Ladys' Night – Aisha, Inara, Liz und Rina –, die bei jedem einzelnen Schritt für uns da waren. Wir sehen uns an unserem Stammtisch.

Kara, Nami und Loren – in der 12. Straße ist etwas Magisches passiert, und diese Magie, die seid ihr.

Unsere uns endlos unterstützenden Familien und Schwiegereltern: Lana, Sandi, Toni, Matt, Bobby, Todd, Babs, Mikey, Dewitt, Lynette, Deanna, Blair, Gaby, Bob, Gerry, Kerry, Peter, Kelly, Paul und Jen – danke, dass ihr bei jeder einzelnen Deadline und darüber hinaus verlässliche Anker für uns gewesen seid.

Die Top Fünf aller Zeiten: Primo, Waylon, Ellis, Roman und Odessa; und Ben und Brian, für eure Liebe und Vertrautheit.

Danke auch an beste Freundinnen und Freunde.